# 秋天的怀念

史铁生◎著

华夏出版社

# 目录

## 散文

3 —— 秋天的怀念

5 —— 合欢树

9 —— 「忘了」与「别忘了」

16 —— 我的梦想

20 —— 我与地坛

41 —— 好运设计

62 —— 我二十一岁那年

## 随笔

79 —— 对话四则

99 —— 康复本义断想

106 —— 「安乐死」断想

113 —— 减灾四想

118 —— 「透析」经验谈

## 小说

- 123 —— 午餐半小时
- 129 —— 没有太阳的角落
- 143 —— 「傻人」的希望
- 152 —— 夏天的玫瑰
- 162 —— 在一个冬天的晚上
- 178 —— 足球
- 191 —— 命若琴弦
- 215 —— 来到人间
- 235 —— 车神
- 244 —— 原罪·宿命
- 287 —— 老屋小记

看写作，了解那可怜的收入我没告诉。一回，不试你怎么知道会没用？"她说。每都虔诚地抱着希望。然而对我的腿来说，多回希望就有多少回失望。终于有一天说我去写小说。她跟我说："那就好好写。"我听出来，她对治好我的 绝望了喜的时候也最喜欢文学，"她说。"那时候当作家。那时候我跟你现在差不多大，"然后她又说起她小时候的那件事。说老不相信那么好的文章会是她写的。我们力把我的两条腿忘掉。她到处去给我借雨或冒着雪推我去看电影，像过去给我打听偏方那样，虔诚地抱了希望。

三十岁的时候，我的第一篇小说发表了已经不在人世。过了█年，我的另一篇作品获奖，母亲已经离开我整整七年。获奖之后，蹬门来访的记者很多█。人好心好意，认为我不容易。但是我只准套话，说来说去就觉得心里烦乱。我摇

散文

## 秋天的怀念

双腿瘫痪后,我的脾气变得暴怒无常。望着望着天上北归的雁阵,我会突然把面前的玻璃砸碎;听着听着李谷一甜美的歌声,我会猛地把手边的东西摔向四周的墙壁。母亲就悄悄地躲出去,在我看不见的地方偷偷地听着我的动静。当一切恢复沉寂,她又悄悄地进来,眼边红红的,看着我。"听说北海的花儿都开了,我推着你去走走。"她总是这么说。母亲喜欢花,可自从我的腿瘫痪后,她侍弄的那些花都死了。"不,我不去!"我狠命地捶打这两条可恨的腿,喊着:"我可活什么劲!"母亲扑过来抓住我的手,忍住哭声说:"咱娘儿俩在一起儿,好好儿活,好好儿活……"

可我却一直都不知道,她的病已经到了那步田地。后来妹妹告诉我,她常常肝疼得整宿整宿翻来覆去地睡不了觉。

那天我又独自坐在屋里,看着窗外的树叶"刷刷啦啦"地飘落。母亲进来了,挡在窗前:"北海的菊花开了,我推着你去看看吧。"她憔悴的脸上现出央求般的神色。"什么时候?""你要是愿意,就明天?"她说。我的回答已经让她喜出望外了。"好吧,就明天。"我说。她高兴得一会坐下,一会站起:"那就赶紧准备准备。""唉呀,烦不烦?几步路,有什么好准备的!"她也笑了,坐在我身边,絮絮叨叨地说着:"看完菊花,咱们就去'仿膳',你小时候最爱吃那儿的豌豆黄儿。还记得那回我带你去北海吗?你偏说那杨树花是毛毛虫,跑着,一脚踩扁一个……"她忽然不说了。对于"跑"和"踩"一类的字眼儿,她比我还敏感。她又悄悄地出去了。

她出去了,就再也没回来。

邻居们把她抬上车时,她还在大口大口地吐着鲜血。我没想到她已经病成那样。看着三轮车远去,也绝没有想到那竟是永远的诀别。

邻居的小伙子背着我去看她的时候,她正艰难地呼吸着,像她那一生艰难的生活。别人告诉我,她昏迷前的最后一句话是:"我那个有病的儿子和我那个还未成年的女儿……"

又是秋天,妹妹推我去北海看了菊花。黄色的花淡雅,白色的花高洁,紫红色的花热烈而深沉,泼泼洒洒,秋风中正开得烂漫。我懂得母亲没有说完的话。妹妹也懂。我俩在一块儿,要好好儿活……

一九八一年

## 合 欢 树

十岁那年,我在一次作文比赛中得了第一。母亲那时候还年轻,急着跟我说她自己,说她小时候的作文做得还要好,老师甚至不相信那么好的文章会是她写的。"老师找到家来问,是不是家里的大人帮了忙。我那时可能还不到十岁呢。"我听得扫兴,故意笑:"可能？什么叫可能还不到？"她就解释。我装作根本不再注意她的话,对着墙打乒乓球,把她气得够呛。不过我承认她聪明,承认她是世界上长得最好看的女的。她正给自己做一条蓝地白花的裙子。

二十岁,我的两条腿残废了。除去给人家画彩蛋,我想我还应该再干点别的事,先后改变了几次主意,最后想学写作。母亲那时已不年轻,为了我的腿,她头上开始有了白发。医院已经明确表示,我的病目前没办法治。母亲的全副心思却还放在给我治病上,到处找大夫,打听偏方,花很多钱。她倒总能找来些稀奇古怪的药,让我吃,让我喝,或者是洗、敷、熏、灸。"别浪费时间啦！根本没用！"我说。我一心只想着写小说,仿佛那东西能把残疾人救出困境。"再试一回,不试你怎么知道会没会？"她说每一回都虔诚地抱着希望。然而对我的腿,有多少回希望就有多少回失望。最后一回,我的胯上被熏成烫伤。医院的大夫说,这实在太悬了,对于瘫痪病人,这差不多是要命的事。我倒没太害怕,心想死了也好,死了倒痛快。母亲惊惶了几个月,昼夜守着我,一换药就说:"怎么会烫了呢?我还直留神呀?"幸亏伤口好起来,不然她非疯不可。

后来她发现我在写小说。她跟我说:"那就好好写吧。"我听出来,她对治好我的腿也终于绝望。"我年轻的时候也最喜欢文学,"她说。"跟你现在差不多大的时候,我也想过搞写作,"她说。"你小时候的作文不是得过第一?"她提醒我说。我们俩都尽力把我的腿忘掉。她到处去给我借书,顶着雨或冒了雪推我去看电影,像过去给我找大夫,打听偏方那样,抱了希望。

三十岁时,我的第一篇小说发表了,母亲却已不在人世。过了几年,我的另一篇小说又侥幸获奖,母亲已经离开我整整七年。

获奖之后,登门采访的记者就多。大家都好心好意,认为我不容易。但是我只准备了一套话,说来说去就觉得心烦。我摇着车躲出去。坐在小公园安静的树林里,想:上帝为什么早早地召母亲回去呢?迷迷糊糊的,我听见回答:"她心里太苦了。上帝看她受不住了,就召她回去。"我的心得到一点安慰,睁开眼睛,看见风正在树林里吹过。

我摇车离开那儿,在街上瞎逛,不想回家。

母亲去世后,我们搬了家。我很少再到母亲住过的那个小院儿去。小院儿在一个大院儿的尽里头,我偶尔摇车到大院儿去坐坐,但不愿意去那个小院儿,推说手摇车进去不方便。院儿里的老太太们还都把我当儿孙看,尤其想到我又没了母亲,但都不说,光扯些闲话,怪我不常去。我坐在院子当中,喝东家的茶,吃西家的瓜。有一年,人们终于又提到母亲:"到小院儿去看看吧,你妈种的那棵合欢树今年开花了!"我心里一阵抖,还是推说手摇车进出太不容易。大伙就不再说,忙扯些别的,说起我们原来住的房子里现在住了小两口,女的刚生了个儿子,孩子不哭不闹,光是瞪着眼睛看窗户上的树影儿。

我没料到那棵树还活着。那年,母亲到劳动局去给我找工作,回来时在路边挖了一棵刚出土的"含羞草",以为是含羞草,种在花盆里长,竟是一棵合欢树。母亲从来喜欢那些东西,但当时心思全在别处。第二年合欢树没有发芽,母亲叹息了一回,还不舍得扔掉,依然让它长在瓦盆里。第三年,合欢树却又长出了叶子,而且茂盛了。母亲高兴了很多天,以为那是个好兆头,常去侍弄它,不敢再大意。又过一年,她把合欢树移出盆,栽在窗前的地上,有时念叨,不知道这种树几年才开花。再过一年,我们搬了家,悲痛弄得我们都把那棵小树忘记了。

与其在街上瞎逛,我想,不如就去看看那棵树吧。我也想再看看母亲住过的那间房。我老记着,那儿还有个刚来到世上的孩子,不哭不闹,瞪着眼睛看树影儿。是那棵合欢树的影子吗?小院儿里只有那棵树。

院儿里的老太太们还是那么欢迎我,东屋倒茶,西屋点烟,送到我眼前。大伙都不知道我获奖的事,也许知道,但不觉得那很重要;还是都问我的腿,问我是否有了正式工作。这回,想摇车进小院儿真是不能了。家家门前的小厨房都扩大,过道窄到一个人推自行车进出也要侧身。我问起那棵合欢树。大伙说,年年都开花,长到房高了。这么说,我再看不见它了。我要是求人背我去看,倒也不是不行。我挺后悔前两年没有自己摇车进去看看。

我摇着车在街上慢慢走,不急着回家。人有时候只想独自静静地呆一会。悲伤也成享受。

有一天那个孩子长大了,会想起童年的事,会想起那些晃动的树影儿,会想起他自己的妈妈。他会跑去看看那棵树。但他不会知道那棵树是谁种的,是怎么种的。

一九八五年

## "忘了"与"别忘了"

### 一

　　一家残疾人刊物的编辑在向我约稿的时候,我正忙着别的事,忙得不亦乐乎,便有推辞之意。编辑怅然道:"别忘了你也是残疾人。"话说得不算十分客气,但我想这话还是对的。虽然这不说明我不该忙些别的事,可我确实应该别忘了我是个残疾人。

### 二

　　我曾在一篇小说中写过这么一件事:一个少女与一个瘸腿的男青年恋爱。少女偶然说到一只名叫"点子"的鸽子,说这名字有点让人以为它是个瘸子,男青年听了想起自己,情绪坏了。少女发现了便惊惶地道歉:"我忘了,你能原谅我吗?真的,我忘了。"于是男青年心底荡起渴望已久的幸福感。不是因为她的道歉,而是因为她忘了,忘了他是个残疾人。

三

上音乐厅去听听音乐或去体育馆看看球赛,想必都是极惬意的事,但对残疾人却是好梦。音乐厅和体育馆门前都是高高的台阶没有坡道,设计体育馆的人曾经把我们忘了一回,之后,音乐厅的设计者又把我们忘了一回。时至今日,那么多新建的大型公共场所以及住宅楼还是绝大多数都把我们忘了。这样我们自己就难忘,偶尔要忘,那些全如珠穆朗玛峰一般险峻的台阶便来提醒,于是我们便呼吁过而且还要呼吁:建筑设计师们可别忘了我们,别忘了我们是残疾人,我们上不去珠穆朗玛峰和台阶。

四

有一回我写的小说受到表彰,前辈们在表彰这篇小说的时候特别提到了它的作者是一名残疾人,于是台下的掌声也便不同凡响。当时我心里既感激大家对我的关怀和鼓励,又不免有一缕阴云来笼罩:到底是那小说确凿值得表彰呢?还是单因为它出自一个残疾人之笔下才有了表彰的理由?至少是这两条不能再动的腿,在那表彰的理由中占了一定的比例吧?这时,我的心头只有一句话萦绕不去:忘了我的腿吧,忘了我是个残疾人吧。又有一次我的小说遭了批判,老实说,我颇以为批判得无理。正当我愤愤然之际,有朋友来为我打抱不平了。我自然很高兴。不料这朋友却说:"我跟他们(指批判者)说了你的情况,你放心吧,没事了。"什么情况?腿,残疾。本来可能还有什么事呢?为什么就又没事了呢?(顺便说一句,我仍以那朋友为朋友,但他那一刻无疑是犯了糊涂。)我如坠入五里雾中,心头又是那句话来回翻滚:忘了这腿吧,忘了我是个残疾人行不行?

## 五

有一个人,叫王素岭。她自学外语且水平相当高,她双腿残疾且残得相当重,她曾经找不到工作,便以教孩子们学外语为乐,结果证明她教学的水平也相当高。她真想当一名教师,可是学校不要她,因为校方忘不了她是个残疾人。后经各有关方面百般呼吁和努力,她终于当上了教师。可是有很长一段时间,她是吃力地架着双拐站着讲课的。四十五分钟又四十五分钟,她真累,她为什么不坐下来讲呢?因为校方说老师必须要站着讲课,否则就别当老师。这时候校方显然又忘了她是个残疾人。

## 六

有一个人,叫顾阿根,是一个公司的头头,是一个残疾人。我见过他,见他在冬日的寒风中瘸着腿为公司的事务四处奔走,蹬起自行车来也如飞。脸上的汗和脸上的笑都正常到使人相信:他那时一定把自己是个残疾人给忘了。最近他正在筹建一个"残疾人用具用品专卖店"。他还准备购置两辆三轮摩托车,为不能出门和无力提拿重物的残疾顾客送货到家。他说该店的宗旨是:"让千百万残疾人得到与健康人同等的购物机会,让千百万残疾人能够买到他们所需的特殊用品,让千百万残疾人得到社会大家庭一员应有的温暖,让千百万残疾人的家属解除后顾之忧。"他说,这几年他和他的公司都有了一些钱,他在赚钱之初便一直是为着实现这一心愿。他说他忘不了残疾人,忘不了自己也是个残疾人,忘不了残疾人生活得很难。

## 七

也有这样的残疾人,怕别人注意到自己的残疾,甚至到了不愿意上街不愿意离家去工作的地步;由怕更容易转为怒,当人家完全没有恶意地说到"瘫"、"瘸"、"瞎"等字眼的时候,他也怒不可遏甚至有同人家拼命的意思;由怒而进一步就变为累月积年日趋暴烈的愤恨,觉得天地人都太不公正,都对不起他,万事万物都是没有良心的坏种。您也许会想,他一定是希望别人把他的残疾忘掉吧?但事情有时出乎您的意料:当他一旦做出一点成绩来,却又愿意别人注意到他的残疾,甚至自愿把那残疾渲染得更重些,仿佛那倒成了资本,越多越好。

听说还有这样的人,自恃身有残疾,便敢于在大街上闯红灯,说起警察拿他没辙来,竟似颇觉荣耀。

## 八

最后我们来看一出小戏。人物:男 A,男 B。时间:二十世纪八十年代中的任意一天。地点:反正不是渺无人烟或地广人疏之处。幕启时,二人已闲聊半天了。

男 A:"嘿,对了,我想起一件事。"

男 B:"什么?"

男 A:"你认识的人中,还有没有未婚的大龄男青年?"

男B:"干嘛?"

男A:"有好几个人托我留心着点。现在未婚的大龄女青年可真是不少。"

男B想了一会儿,说:"没有,没有了。"

两个人都叹一回,然后继续闲聊。

幕落。

您一定觉得这戏乏味。现在让我再把这二人详细介绍一下:男A,40岁,已婚,与男B是老熟人;男B,33岁,未婚,是个残疾人但肯定不是弱智。就是说,男B正是一个未婚大龄男青年,只是有残疾。这戏就不那么枯燥了,有可思考之处了:男A把男B忘了。男B也把男B忘了。不过,男A真把男B忘了吗?显然没有,所以他才把男B除外了。男B真的把自己忘了吗?这是最重要的问题。

## 九

综上八节而观之,到底是"忘了"好呢还是"别忘了"好?看来这问题不是用非此即彼的逻辑可以寻出答案的。我想读者诸君会得出这样的结论:该忘的时候忘了好,不该忘的时候还是别忘。那么,什么时候该忘什么时候不该忘呢?这却很难具体回答。世事之复杂,非以上八节所述可以概括,但我想,只要人道主义得以弘扬并蔚成风气,人们就会自然而然地在该忘时忘,在不该忘时不忘了。

譬如第三节中提到的那些台阶,倘所有的设计师都能想到,残疾人也要参加到社会生活中来,也要有自立的骄傲和平等于人的自豪,也要有听听音乐看看球赛的雅兴和逛逛商店或公园的闲情,那么他们必会想到修一条坡道,而且会发现这并不比把观光缆车的钢索架到泰山去更麻烦。

譬如第五节中提到的校方,倘其知道大凡一个人是要吃饭的,也是要从工作中实现人之价值的;倘其知道像王素玲这样的人可以靠自学走上讲台,本身就是对孩子们的一个多么好的教育;倘其知道若为她预备一把椅子,这本身就会在孩子们心中埋下多么美好的种子,那么我相信,校方会抢着要她来教书了,并把破除那条残酷的规矩视为一种光荣。

十

那么,人道主义是否仅仅意味着救死扶伤,从而仅仅意味着别人来理解和帮助我们残疾人呢?显然不。人道主义的最美妙之处在于这样的倡导:一切人,不管其肉体和社会职能有什么不同,他们的精神(或说灵魂)都是平等的,因而他们生于斯世,所应享有的权利和所应尽到的义务也便是平等的。(当然,有被选举权的人不都能当上总统,而同是尽了义务的,其社会或经济效益也不可能一般大——这是另外的问题。)

现在让我们看看自己有什么毛病吧。

譬如第七节中提到的那种人,我们只好说:悲夫!他竟不知残疾本身从来不是耻辱,也永远不可能成为光荣。如果用不幸的残疾去换取某种特权,如果像个永远长不大的孩子那样总需依仗父母的娇惯,那么,当人们送来了特权也送来了嘲讽,送来了迁就也送来了轻蔑,我们就没理由反对这种搭配了,因为是我们自己先把自己摆在了低于常人的位置上,摆在了深渊里。

譬如第四节中提到的那个史铁生,他是否过于敏感了呢?人们提到他是个残疾人难道有悖事实吗?大家多给他一点鼓励的掌声，难道不是人情之常么？假如确有那么一缕阴云的话，也是很敏感的产物。试想这敏感若多起来，谁跟他说话能不提心吊胆百般戒备呢？这样下去哪还有平等可言呢？"呜呼！灭六国者，六国也，非秦也。族秦者，秦也，非天下也。"有时候，使我们处于不平等之地位上的，是我们自己，非他人也。所以现在的这个史铁生想，还是第六节中提到的那个顾阿根更懂得，什么时候该忘什么时候该不忘。

再来说说那出小戏。男 A 把男 B 忘了，我们只想到了遗憾二字。男 B 也把男 B 忘了，我们便想到阿 Q 画押时唯怒不能画得圆。不过我相信男 B 并没有真忘了自己，只不过心向往之而不敢为罢了，于是渐渐把自己推向了麻木。所以我想，"忘我"未必都是好事，有时竟是生命的衰竭和绝望。不争者的不幸，一方面可怜，一方面可怒。这小戏是个象征：人道主义不仅意味着我们该有人的权利，这意味着我们必须理直气壮地去争取，倘自己先就胆怯，则天上掉大饼的机会微乎其微。

总之，我们既然要求的是平等，既然不谋为鬼也不想成神，事情其实就很简单了：让我们的肉体不妨继续带着残疾，但要让我们的精神像健康人一样与世界相处。

一九八七年

## 我的梦想

也许是因为人缺了什么就更喜欢什么吧,我的两条腿一动不能动,却是个体育迷。我不光喜欢看足球、篮球以及各种球类比赛,也喜欢看田径、游泳、拳击、滑冰、滑雪、自行车和汽车比赛,总之我是个全能体育迷。当然都是从电视里看,体育馆场门前都有很高的台阶,我上不去。如果这一天电视里有精彩的体育节目,好了,我早晨一睁眼就觉得像过节一般,一天当中无论干什么心里都想着它,一分一秒都过得愉快。有时我也怕很多重大比赛集中在一天或几天(譬如刚刚闭幕的奥运会),那样我会把其他要紧的事都耽误掉。

其实我是第二喜欢足球,第三喜欢文学,第一喜欢田径。我能说出所有田径项目的世界纪录是多少,是由谁保持的,保持的时间长还是短。譬如说男子跳远纪录是由比蒙保持的,二十年了还没有人能破;不过这事不大公平,比蒙是在地处高原的墨西哥城跳出这八米九〇的,而刘易斯在平原跳出的八米七二事实上比前者还要伟大,但却不能算世界纪录。这些纪录是我顺便记住的,田径运动的魅力不在于纪录,人反正是干不过上帝;但人的力量、意志和优美却能从那奔跑与跳跃中得以充分展现,这才是它的魅力所在。它比任何舞蹈都好看,任何舞蹈跟它比起来都显得矫揉造作甚至故弄玄虚。也许是我见过的舞蹈太少了。而你看刘易斯或者摩西跑起来,你会觉得他们是从人的原始中跳来,跑向无休止的人的未来,全身如风似水般滚动的肌肤就是最自然的舞蹈和最自由的歌。

我最喜欢并且羡慕的人就是刘易斯。他身高一米八八,肩宽腿长,像一头黑色的猎豹,随便一跑就是十秒以内,随便一跳就在八米开外,而且在最重要的比赛中他的动作也是那么舒展、轻捷、富于韵律;绝不像流行歌星们的唱歌,唱到最后总让人怀疑这到底是要干什么。不怕读者诸君笑话,我常暗自祈祷上苍,假若人真能有来世,我不要求别的,只要求有刘易期那样一副身体就好。我还设想,那时的人又会普遍比现在高了,因此我至少要有一米九以上的身材;那时的百米速度也会普遍比现在快,所以我不能只跑九秒九几。作小说的人多是白日梦患者。好在这白日梦并不令我沮丧,我是因为现实的这个史铁生太令人沮丧,才想出这法子来给他宽慰与向往。我对刘易斯的喜爱和崇拜与日俱增。相信他是世界上最幸福的人。我想若是有什么办法能使我变成他,我肯定不惜一切代价;如果我来世能有那样一个健美的躯体,今生这一身残病的折磨也就得到了足够的报偿。

奥运会上,约翰逊战胜刘易斯的那个中午我难过极了,心里别别扭扭别别扭扭的一直到晚上,夜里也没睡好觉。眼前老翻腾着中午的场面:所有的人都在向约翰逊欢呼,所有的旗帜和鲜花都向约翰逊挥舞,浪潮般的记者簇拥着约翰逊走出比赛场,而刘易斯被冷落在一旁。刘易斯当时那茫然若失的目光就像个可怜的孩子,让我一阵阵心疼。一连几天我都闷闷不乐,总想着刘易斯此时会怎样痛苦,不愿意再看电视里重播那个中午的比赛,不愿意听别人谈论这件事,甚至替刘易斯嫉妒着约翰逊,在心里找很多理由向自己说明还是刘易斯最棒;自然这全无济于事,我竟然比刘易斯还败得惨,还迷失得深重。这岂不是怪事么?在外人看来这岂不是发精神病么?我慢慢去想其中的原因。是因为一个美的偶像被打碎了么?如果仅仅是这样,我完全可以惋惜一阵再去竖立起约翰逊嘛,约翰逊的雄姿并不比刘易斯逊色。是因为我这人太恋旧骨子里太保守吗?可是我非常明白,后来者居上是最应该庆祝的事。或者是刘易斯没跑好让我遗憾?可是九秒九二是他最好的成绩。到底为什么呢?最后我知道了:我看见了所谓"最幸福的人"的不幸,刘易斯那茫然的目光使我的"最幸福"的定义动摇了继而粉碎了。上帝从来不对任何人施舍"最幸福"这三个字,他在所有人的欲望前面设下永恒的距离,公平地给每一个人以局限。如果不能在超越自我局限的无尽路途上去理解幸福,那么史铁生的不能跑与刘易斯的不能跑得更快就完全等同,都是沮丧与痛苦的根源。假若刘易斯不能懂得这些事,我相信,在前述那个中午,他一定是世界上最不幸的人。

在百米决赛的第二天,刘易斯在跳远决赛中跳出了八米七二,他是个好样的。看来他懂,他知道奥林匹斯山上的神火为何而燃烧,那不是为了一个人把另一个人战败,而是为了有机会向诸神炫耀人类的不屈,命定的局限尽可永在,不屈的挑战却不可须臾或缺。我不敢说刘易斯就是这样,但我希望刘易斯是这样,我一往情深地喜爱并崇拜这样一个刘易斯。

这样,我的白日梦就需要重新设计一番了。至少我不再愿意用我领悟到的这一切,仅仅去换一个健美的躯体,去换一米九以上的身高和九秒七九乃至九秒六九的速度,原因很简单,我不想在来世的某一个中午成为最不幸的人;即使人可以跑出九秒五九,也仍然意味着局限。我希望既有一个健美的躯体又有一个了悟了人生意义的灵魂,我希望二者兼得。但是，前者可以祈望上帝的恩赐，后者却必须在千难万苦中靠自己去获取——我的白日梦到底该怎样设计呢？千万不要说，倘若二者不可兼得你要哪一个？不要这样说，因为人活着必要有一个最美的梦想。

后来得知，约翰逊跑出了九秒七九是因为服用了兴奋剂。对此我们该说什么呢？我在报纸上见了这样一条消息：他的牙买加故乡的人们说，"约翰逊什么时候愿意回来，我们都会欢迎他，不管他做错了什么事，他都是牙买加的儿子"。这几句话让我感动至深。难道我们不该对灵魂有了残疾的人，比对肢体有了残疾的人，给予更多的同情和爱吗？

一九八八年

我与地坛

(一)

我在好几篇小说中都提到过一座废弃的古园,实际就是地坛。许多年前旅游业还没有开展,园子荒芜冷落得如同一片野地,很少被人记起。

地坛离我家很近。或者说我家离地坛很近。总之,只好认为这是缘分。地坛在我出生前四百多年就坐落在那儿了;而自从我的祖母年轻时带着我父亲来到北京,就一直住在离它不远的地方——五十多年间搬过几次家,可搬来搬去总是在它周围,而且是越搬离它越近了。我常觉得这中间有着宿命的味道:仿佛这古园就是为了等我,而历尽沧桑在那儿等待了四百多年。

它等待我出生,然后又等待我活到最狂妄的年龄上忽地残废了双腿。四百多年里,它一面剥蚀了古殿檐头浮夸的琉璃,淡褪了门壁上炫耀的朱红,坍圮了一段段高墙又散落了玉砌雕栏,祭坛四周的老柏树愈见苍幽,到处的野草荒藤也都茂盛得自在坦荡。这时候想必我是该来了。十五年前的一个下午,我摇着轮椅进入园中,它为一个失魂落魄的人把一切都准备好了。那时,太阳循着亘古不变的路途正越来越大,也越红。在满园弥漫的沉静光芒中,一个人更容易看到时间,并看见自己的身影。

自从那个下午我无意中进了这园子,就再没长久地离开过它。我一下子就理解了它的意图,正如我在一篇小说中所说的:"在人口密聚的城市里,有这样一个宁静的去处,像是上帝的苦心安排。"

两条腿残废后的最初几年,我找不到工作,找不到去路,忽然间几乎什么都找不到了,我就摇了轮椅总是到它那儿去,仅为着那儿是可以逃避一个世界的另一个世界。我在那篇小说中写道:"没处可去我便一天到晚耗在这园子里。跟上班下班一样,别人去上班我就摇了轮椅到这儿来。""园子无人看管,上下班时间有些抄近路的人们从园中穿过,园子里活跃一阵,过后便沉寂下来。""园墙在金晃晃的空气中斜切下一溜荫凉,我把轮椅开进去,把椅背放倒,坐着或是躺着,看书或者想事,撅一权树枝左右拍打,驱赶那些和我一样不明白为什么要来这世上的小昆虫。""蜂儿如一朵小雾稳稳地停在半空;蚂蚁摇头晃脑捋着触须,猛然间想透了什么,转身疾行而去;瓢虫爬得不耐烦了,累了,祈祷一回便支开翅膀,忽悠一下升空了;树干上留着一只蝉蜕,寂寞如一间空屋,露水在草叶上滚动,聚集,压弯了草叶轰然坠地摔开万道金光。""满园子都是草木竞相生长弄出的响动,窸窸窣窣窸窸窣窣片刻不息。"这都是真实的记录,园子荒芜但并不衰败。

除去几座殿堂我无法进去,除去那座祭坛我不能上去而只能从各个角度张望它,地坛的每一棵树下我都去过,差不多它的每一米草地上都有过我的车轮印。无论是什么季节,什么天气,什么时间,我都在这园子里呆过。有时候呆一会儿就回家,有时候就呆到满地上都亮起月光。记不清都是在它的哪些角落里了,我一连几小时专心致志地想关于死的事,也以同样的耐心和方式想过我为什么要出生。这样想了好几年,最后事情终于弄明白了:一个人,出生了,这就不再是一个可以辩论的问题,而只是上帝交给他的一个事实;上帝在交给我们这件事实的时候,已经顺便保证了它的结果,所以死是一件不必急于求成的事,死是一个必然会降临的节日。这样想过之后我安心多了,眼前的一切不再那么可怕。比如你起早熬夜准备考试的时候,忽然想起有一个长长的假期在前面等待你,你会不会觉得轻松一点?并且庆幸并且感激这样的安排?

剩下的就是怎样活的问题了。这却不是在某一个瞬间就能完全想透的,不是能够一次性解决的事,怕是活多久就要想它多久了,就像是伴你终生的魔鬼或恋人。所以,十五年了,我还是总得到那古园里去,去它的老树下或荒草边或颓墙旁,去默坐,去呆想,去推开耳边的嘈杂理一理纷乱的思绪,去窥看自己的心魂。十五年中,这古园的形体被不能理解它的人肆意雕琢,幸好有些东西是任谁也不能改变它的。譬如祭坛石门中的落日,寂静的光辉平铺的一刻,地上的每一个坎坷都被映照得灿烂;譬如在园中最为落寞的时间,一群雨燕便出来高歌,把天地都叫喊得苍凉;譬如冬天雪地上孩子的脚印,总让人猜想他们是谁,曾在哪儿做过些什么,然后又都到哪儿去了;譬如那些苍黑的古柏,你忧郁的时候它们镇静地站在那儿,你欣喜的时候它们依然镇静地站在那儿,它们没日没夜地站在那儿从你没有出生一直站到这个世界上又没了你的时候;譬如暴雨骤临园中,激起一阵阵灼烈而清纯的草木和泥土的气味,让人想起无数个夏天的事件;譬如秋风忽至,再有一场早霜,落叶或飘摇歌舞或坦然安卧,满园中播散着熨帖而微苦的味道。味道是最说不清楚的,味道不能写只能闻,要你身临其境去闻才能明了。味道甚至是难以记忆的,只有你又闻到它你才能记起它的全部情感和意蕴。所以我常常要到那园子里去。

## (二)

现在我才想到,当年我总是独自跑到地坛去,曾经给母亲出了一个怎样的难题。

她不是那种光会疼爱儿子而不懂得理解儿子的母亲。她知道我心里的苦闷,知道不该阻止我出去走走,知道我要是老呆在家里结果会更糟,但她又担心我一个人在那荒僻的园子里整天都想些什么。我那时脾气坏到极点,经常是发了疯一样地离开家,从那园子里回来又中了魔似的什么话都不说。母亲知道有些事不宜问,便犹犹豫豫地想问而终于不敢问,因为她自己心里也没有答案。她料想我不会愿意她跟我一同去,所以她从未这样要求过,她知道得给我一点独处的时间,得有这样一段过程。她只是不知道这过程得要多久,和这过程的尽头究竟是什么。每次我要动身时,她便无言地帮我准备,帮助我上了轮椅车,看着我摇车拐出小院,这以后她会怎样,当年我不曾想过。

有一回我摇车出了小院,想起一件什么事又返身回来,看见母亲仍站在原地,还是送我走时的姿势,望着我拐出小院去的那处墙角,对我的回来竟一时没有反应。待她再次送我出门的时候,她说:"出去活动活动,去地坛看看书,我说这挺好。"许多年以后我才渐渐听出,母亲这话实际是自我安慰,是暗自的祷告,是给我的提示,是恳求与嘱咐。只是在她猝然去世之后,我才有余暇设想,当我不在家里的那些漫长的时间,她是怎样心神不定坐卧难宁,兼着痛苦与惊恐与一个母亲最低限度的祈求。现在我可以断定,以她的聪慧和坚忍,在那些空落的白天后的黑夜,在那不眠的黑夜后的白天,她思来想去最后准是对自己说:"反正我不能不让他出去,未来的日子是他自己的,如果他真的要在那园子里出什么事,这苦难也只好我来承担。"在那段日子里——那是好几年前的一段日子呵,我想我一定使母亲作过了最坏的准备了,但她从来没有对我说过"你为我想想"。事实上我也真的没为她想过。那时她的儿子还太年轻,还来不及为母亲想,他被命运击昏了头,一心以为自己是世上最不幸的一个,不知道儿子的不幸在母亲那儿总是要加倍的。她有一个长到二十岁上忽然截瘫了的儿子,这是她唯一的儿子;她情愿截瘫的是自己而不是儿子,可这事无法代替。她想,只要儿子能活下去哪怕自己去死呢也行,可她又确信一个人不能仅仅是活着,儿子得有一条路走向自己的幸福,而这条路呢,没有谁能保证她的儿子终于能找到。——这样一个母亲,注定是活得最苦的母亲。

有一次与一个作家朋友聊天,我问他学写作的最初动机是什么?他想了一会说:"为我母亲。为了让她骄傲。"我心里一惊,良久无言。回想自己最初写小说的动机,虽不似这位朋友的那般单纯,但如他一样的愿望我也有,且一经细想,发现这愿望也在全部动机中占了很大比重。这位朋友说:"我的动机太低俗了吧?"我光是摇头,心想低俗并不见得低俗,只怕是这愿望过于天真了。他又说:"我那时真就是想出名,出了名让别人羡慕我母亲。"我想,他比我坦率。我想,他又比我幸福,因为他的母亲还活着。而且我想,他的母亲也比我的母亲运气好,他的母亲没有一个双腿残废的儿子,否则事情就不这么简单。

在我的头一篇小说发表的时候,在我的小说第一次获奖的那些日子里,我真是多么希望我的母亲还活着。我便又不能在家里呆了,又整天整天独自跑到地坛去,心里是没头没尾的沉郁和哀怨,走遍整个园子却怎么也想不通:母亲为什么就不能再多活两年?为什么在她的儿子就快要碰撞开一条路的时候,她却忽然熬不住了?莫非她来此世上只是为了替儿子担忧,却不该分享我的一点点快乐?她匆匆离我去时才只有四十九岁呀!有那么一会,我甚至对世界对上帝充满了仇恨和厌恶。后来我在一篇题为"合欢树"的文章中写道:"我坐在小公园安静的树林里,闭上眼睛,想,上帝为什么早早地召母亲回去呢?很久很久,迷迷糊糊的我听见了回答:'她心里太苦了,上帝看她受不住了,就召她回去。'我似乎得了一点安慰,睁开眼睛,看见风正从树林里穿过。"小公园,指的也是地坛。

只是到了这时候,纷纭的往事才在我眼前幻现得清晰,母亲的苦难与伟大才在我心中渗透得深彻。上帝的考虑,也许是对的。

摇着轮椅在园中慢慢走,又是雾罩的清晨,又是骄阳高悬的白昼,我只想着一件事:母亲已经不在了。在老柏树旁停下,在草地上在颓墙边停下,又是处处虫鸣的午后,又是鸟儿归巢的傍晚,我心里只默念着一句话:可是母亲已经不在了。把椅背放倒,躺下,似睡非睡挨到日没,坐起来,心神恍惚,呆呆地直坐到古祭坛上落满黑暗然后再渐渐浮起月光,心里才有点明白:母亲不能再来这园中找我了。

曾有过好多回,我在这园子里呆得太久了,母亲就来找我。她来找我又不想让我发觉,只要见我还好好地在这园子里,她就悄悄转身回去;我看见过几次她的背影。我也看见过几回她四处张望的情景,她视力不好,端着眼镜像在寻找海上的一条船;她没看见我时我已经看见她了,待我看见她也看见我了我就不去看她,过一会我再抬头看她就又看见她缓缓离去的背影。我单是无法知道有多少回她没有找到我。有一回我坐在矮树丛中,树丛很密,我看见她没有找到我,她一个人在园子里走,走过我的身旁,走过我经常呆的一些地方,步履茫然又急迫。我不知道她已经找了多久还要找多久,我不知道为什么我决意不喊她——但这绝不是小时候的捉迷藏,这也许是出于长大了的男孩子的倔强或羞涩?但这倔只留给我痛悔,丝毫也没有骄傲。我真想告诫所有长大了的男孩子,千万不要跟母亲来这套倔强,羞涩就更不必,我已经懂了可我已经来不及了。

儿子想使母亲骄傲,这心情毕竟是太真实了,以致使"想出名"这一声名狼藉的念头也多少改变了一点形象。这是个复杂的问题,且不去管它了罢。随着小说获奖的激动逐日暗淡,我开始相信,至少有一点我是想错了:我用纸笔在报刊上碰撞开的一条路,并不就是母亲盼望我找到的那条路。年年月月我都到这园子里来,年年月月我都要想,母亲盼望我找到的那条路到底是什么。母亲生前没给我留下过什么隽永的哲言,或要我恪守的教诲,只是在她去世之后,她艰难的命运,坚忍的意志和毫不张扬的爱,随光阴流转,在我的印象中愈加鲜明深刻。

有一年,十月的风又翻动起安详的落叶,我在园中读书,听见两个散步的老人说:"没想到这园子有这么大。"我放下书,想,这么大一座园子,要在其中找到她的儿子,母亲走过了多少焦灼的路。多年来我头一次意识到,这园中不单是处处都有过我的车辙,有过我的车辙的地方也都有过母亲的脚印。

## （三）

如果以一天中的时间来对应四季,当然春天是早晨,夏天是中午,秋天是黄昏,冬天是夜晚。如果以乐器来对应四季,我想春天应该是小号,夏天是定音鼓,秋天是大提琴,冬天是圆号和长笛。要是以这园子里的声响来对应四季呢?那么,春天是祭坛上空漂浮着的鸽子的哨音,夏天是冗长的蝉歌和杨树叶子哗啦啦地对蝉歌的取笑,秋天是古殿檐头的风铃响,冬天是啄木鸟随意而空旷的啄木声。以园中的景物对应四季,春天是一径时而苍白时而黑润的小路,时而明朗时而阴晦的天上摇荡着串串杨花;夏天是一条条耀眼而灼人的石凳,或阴凉而爬满了青苔的石阶,阶下有果皮,阶上有半张被坐皱的报纸;秋天是一座青铜的大钟,在园子的西北角上曾丢弃着一座很大的铜钟,铜钟与这园子一般年纪,浑身挂满绿锈,文字已不清晰;冬天,是林中空地上几只羽毛蓬松的老麻雀。以心绪对应四季呢?春天是卧病的季节,否则人们不易发觉春天的残忍与渴望;夏天,情人们应该在这个季节里失恋,不然就似乎对不起爱情;秋天是从外面买一棵盆花回家的时候,把花搁在阔别了的家中,并且打开窗户把阳光也放进屋里,慢慢回忆慢慢整理一些发过霉的东西;冬天伴着火炉和书,一遍遍坚定不死的决心,写一些并不发出的信。还可以用艺术形式对应四季,这样春天就是一幅画,夏天是一部长篇小说,秋天是一首短歌或诗,冬天是一群雕塑。以梦呢?以梦对应四季呢?春天是树尖上的呼喊,夏天是呼喊中的细雨,秋天是细雨中的土地,冬天是干净的土地上一只孤零的烟斗。

因为这园子,我常感恩于自己的命运。

我甚至现在就能清楚地看见,一旦有一天我不得不长久地离开它,我会怎样想念它,我会怎样想念它并且梦见它,我会怎样因为不敢想念它而梦也梦不到它。

## (四)

现在让我想想,十五年中坚持到这园子来的人都有谁呢?好像只剩了我和一对老人。

十五年前,这对老人还只能算是中年夫妇,我则货真价实还是个青年。他们总在薄暮时分来园中散步,我不大弄得清他们是从哪边的园门进来,一般来说他们是逆时针绕这园子走。男人个子很高,肩宽腿长,走起路来目不斜视,胯以上直至脖颈挺直不动;他的妻子攀了他一条胳膊走,也不能使他的上身稍有松懈。女人个子却矮,也不算漂亮,我无端地相信她必出身于家道中衰的名门富族;她攀在丈夫胳膊上像个娇弱的孩子,她向四周观望似总含着恐惧,她轻声与丈夫谈话,见有人走近就立刻怯怯地收住话头。我有时因为他们而想起冉阿让与柯赛特,但这想法并不巩固,他们一望即知是老夫老妻。两个人的穿着都算得上考究,但由于时代的演进,他们的服饰又可以称为古朴了。他们和我一样,到这园子里来几乎是风雨无阻,不过他们比我守时。我什么时间都可能来,他们则一定是在暮色初临的时候。刮风时他们穿了米色风衣,下雨时他们打了黑色的雨伞,夏天他们的衫衬是白色的裤子是黑色的或米色的,冬天他们的呢子大衣又都是黑色的,想必他们只喜欢这三种颜色。他们逆时针绕这园子一周,然后离去。他们走过我身旁时只有男人的脚步响,女人像是贴在高大的丈夫身上跟着漂移。我相信他们一定对我有印象,但是我们没有说过话,我们互相都没有想要接近的表示。十五年中,他们或许注意到一个小伙子进入了中年,我则看着一对令人羡慕的中年情侣不觉中成了两个老人。

曾有过一个热爱唱歌的小伙子,他也是每天都到这园中来,来唱歌,唱了好多年,后来不见了。他的年纪与我相仿,他多半是早晨来,唱半小时或整整唱一个上午,估计在另外的时间里他还得上班。我们经常在祭坛东侧的小路上相遇,我知道他是到东南角的高墙下去唱歌,他一定猜想我去东北角的树林里做什么。我找到我的地方,抽几口烟,便听见他谨慎地整理歌喉了。他反反复复唱那么几首歌。文化革命没过去的时候,他唱"蓝蓝的天上白云飘,白云下面马儿跑……"我老也记不住这歌的名字。文革后,他唱《货郎与小姐》中那首最为流传的咏叹调。"卖布——卖布嘞,卖布——卖布嘞!"我记得这开头的一句他唱得很有声势,在早晨清澈的空气中,货郎跑遍园中的每一个角落去恭维小姐。"我交了好运气,我交了好运气,我为幸福唱歌曲……"然后他就一遍一遍地唱,不让货郎的激情稍减。依我听来,他的技术不算精到,在关键的地方常出差错,但他的嗓子是相当不坏的,而且唱一个上午也听不出一点疲惫。太阳也不疲惫,把大树的影子缩小成一团,把疏忽大意的蚯蚓晒干在小路上。将近中午,我们又在祭坛东侧相遇,他看一看我,我看一看他,他往北去,我往南去。日子久了,我感到我们都有结识的愿望,但似乎都不知如何开口,于是互相注视一下终又都移开目光擦身而过,这样的次数一多,便更不知如何开口了。终于有一天——一个丝毫没有特点的日子,我们互相点了一下头。他说:"你好。"我说:"你好。"他说:"回去啦?"我说:"是,你呢?"他说:"我也该回去了。"我们都放慢脚步(其实我是放慢车速),想再多说几句,但仍然是不知从何说起,这样我们就都走过了对方,又都扭转身子面向对方。他说:"那就再见吧。"我说:"好,再见。"便互相笑笑各走各的路了。但是我们没有再见,那以后,园中再没了他的歌声,我才想到,那天他或许是有意与我道别的,也许他考上哪家专业的文工团或歌舞团了吧?真希望他如他歌里所唱的那样,交了好运气。

还有一些人,我还能想起一些常到这园子里来的人。有一个老头,算得一个真正的饮者;他在腰间挂一个扁瓷瓶,瓶里当然装满了酒,常来这园中消磨午后的时光。他在园中四处游逛,如果你不注意你会以为园中有好几个这样的老头,等你看过了他卓尔不群的饮酒情状,你就会相信这是个独一无二的老头。他的衣着过分随便,走路的姿态也不慎重,走上五六十米路便选定一处地方,一只脚踏在石凳上或土埂上或树墩上,解下腰间的酒瓶,解酒瓶的当儿眯起眼睛把一百八十度视角内的景物细细看一遭,然后以迅雷不及掩耳之势倒一大口酒入肚,把酒瓶摇一摇再挂向腰间,平心静气地想一会什么,便走下一个五六十米去。还有一个捕鸟的汉子,那岁月园中人少,鸟却多,他在西北角的树丛中拉一张网,鸟撞在上面,羽毛戗在网眼里便不能自拔。他单等一种过去很多而现在非常罕见的鸟,其他的鸟撞在网上他就把它们摘下来放掉,他说已经有好多年没等到那种罕见的鸟了,他说他再等一年看看到底还有没有那种鸟,结果他又等了好多年。早晨和傍晚,在这园子里可以看见一个中年女工程师,早晨她从北向南穿过这园子去上班,傍晚她从南向北穿过这园子回家。事实上我并不了解她的职业或者学历,但我以为她必是个学理工的知识分子,别样的人很难有她那般的素朴并优雅。当她在园中穿行的时刻,四周的树林也仿佛更加幽静,清淡的日光中竟似有悠远的琴声，比如说是那曲《献给艾丽丝》才好。我没有见过她的丈夫，没有见过那个幸运的男人是什么样子，我想象过却想象不出，后来忽然懂了想象不出才好，那个男人最好不要出现。她走出北门回家去，我竟有点担心，担心她会落入厨房，不过，也许她在厨房里劳作的情景更有另外的美吧，当然不能再是《献给艾丽丝》，是个什么曲子呢？还有一个人，是我的朋友，他是个最有天赋的长跑家，但他被埋没了。他因为在文革中出言不慎而坐了几年牢，出来后好不容易找了个拉板车的工作，样样待遇都不能与别人平等，苦闷极了便练习长跑。那时他总来这园子里跑，我用手表为他计时，他每跑一圈向我招一下手，我就记下一个时间。每次他要环绕这园子跑二十圈，大约两万米。他盼望以他的长跑成绩来获得政治上真正的解放，他以为记者的镜头和文字可以帮他做到这一点。第一年他在春节环城赛上跑了第十五名，他看见前十名的照片都挂在了长安街的新闻橱窗里，于是有了信心。第二年他跑了第四名，可是新闻橱窗里只挂了前三名的照片，他没灰心。第三年他跑了第七名，橱窗里挂前六名的照片，他有点怨自己。第四年他跑了第三名，橱窗里却只挂了第一名的照片。第五年他跑了第一名——他几乎绝望了，橱窗里只有一幅环城赛群众场面的照片。那些年我们俩常一起在这园子里呆到天黑，开怀痛骂，骂完沉默着回家，分手时再互相叮嘱：先别去死，再试着活一活看。现在他已经不跑了，年岁太大了，跑不了那么快了。最后一次参加环城赛，他以三十八岁之龄又得了第一名并且破了纪录，有一位专业队的教练对他说："我要是十年前发现你就好了。"他苦笑一下什么也没说，只在傍晚又来这园中找到我，把这事平静地向我叙说一遍。不见他已有好几年了，现在他和妻子和儿子住在很远的地方。

这些人现在都不到园子里来了,园子里差不多完全换了一批新人。十五年前的旧人,现在就剩我和那对老夫老妻了。有那么一段时间,这老夫老妻中的一个也忽然不来,薄暮时分唯男人独自来散步,步态也明显迟缓了许多,我悬心了很久,怕是那女人出了什么事。幸好过了一个冬天那女人又来了,两个人仍是逆时针绕着园子走,一长一短两个身影恰似钟表的两支指针;女人的头发白了很多,但依旧攀着丈夫的胳膊走得像个孩子。"攀"这个字用得不恰当了,或许可以用"搀"吧,不知有没有兼具这两个意思的字。

(五)

我也没有忘记一个孩子——一个漂亮而不幸的小姑娘。十五年前的那个下午,我第一次到这园子里来就看见了她,那时她大约三岁,蹲在斋宫西边的小路上捡树上掉落的"小灯笼"。那儿有几棵大栾树,春天开一簇簇细小而稠密的黄花,花落了便结出无数如同三片叶子合抱的小灯笼,小灯笼先是绿色,继而转白,再变黄,成熟了掉落得满地都是。小灯笼精巧得令人爱惜,成年人也不免捡了一个还要捡一个。小姑娘咿咿呀呀地跟自己说着话,一边捡小灯笼。她的嗓音很好,不是她那个年龄所常有的那般尖细,而是很圆润甚或是厚重,也许是因为那个下午园子里太安静了。我奇怪这么小的孩子怎么一个人跑来这园子里?我问她住在哪儿?她随手指一下,就喊她的哥哥,沿墙根一带的茂草之中便站起一个七八岁的男孩,朝我望望,看我不像坏人便对他的妹妹说"我在这儿呢",又伏下身去;他在捉什么虫子。他捉到螳螂、蚂蚱、知了和蜻蜓,来取悦他的妹妹。有那么两三年,我经常在那几棵大栾树下见到他们,兄妹俩总是在一起玩,玩得和睦融洽,都渐渐长大了些。之后有很多年没见到他们。我想他们都在学校里吧,小姑娘也到了上学的年龄,必是告别了孩提时光,没有很多机会来这儿玩了。这事很正常,没理由太搁在心上,若不是有一年我又在园中见到他们,肯定就会慢慢把他们忘记。

那是个礼拜日的上午。那是个晴朗而令人心碎的上午,时隔多年,我竟发现那个漂亮的小姑娘原来是个弱智的孩子。我摇着车到那几棵大栾树下去,恰又是遍地落满了小灯笼的季节。当时我正为一篇小说的结尾所苦,既不知为什么要给它那样一个结尾,又不知何以忽然不想让它有那样一个结尾,于是从家里跑出来,想依靠着园中的镇静,看看是否应该把那篇小说放弃。我刚刚把车停下,就见前面不远处有几个人在戏耍一个少女,做出怪样子来吓她,又喊又笑地追逐她拦截她,少女在几棵大树间惊惶地东跑西躲,却不松手揪卷在怀里的裙裾,两条腿坦露着也似毫无察觉。我看出少女的智力是有些缺陷,却还没看出她是谁。我正要驱车上前为少女解围,就见远处飞快地骑车来了个小伙子,于是那几个戏耍少女的家伙望风而逃。小伙子把自行车支在少女近旁,怒目望着那几个四散逃窜的家伙,一声不吭喘着粗气,脸色如暴雨前的天空一样一会比一会苍白。这时我认出了他们,小伙子和少女就是当年那对小兄妹。我几乎是在心里惊叫了一声,或者是哀号。世上的事常常使上帝的居心变得可疑。小伙子向他的妹妹走去。少女松开了手,裙裾随之垂落下来,很多很多她捡的小灯笼便洒落一地,铺散在她脚下。她仍然算得漂亮,但双眸迟滞没有光彩。她呆呆地望着那群跑散的家伙,望着极目之处的空寂,凭她的智力绝不可能把这个世界想明白吧?大树下,破碎的阳光星星点点,风把遍地的小灯笼吹得滚动,仿佛喑哑地响着的无数小铃铛。哥哥把妹妹扶上自行车后座,带着她无言地回家去了。

无言是对的。要是上帝把漂亮和弱智这两样东西都给了这个小姑娘,就只有无言和回家去是对的。

谁又能把这世界想个明白呢?世上的很多事是不堪说的。你可以抱怨上帝何以要降诸多苦难给这人间,你也可以为消灭种种苦难而奋斗,并为此享有崇高与骄傲,但只要你再多想一步你就会坠入深深的迷茫了:假如世界上没有了苦难,世界还能够存在么?要是没有愚钝,机智还有什么光荣呢?要是没了丑陋,漂亮又怎么维系自己的幸运?要是没有了恶劣和卑下,善良与高尚又将如何界定自己如何成为美德呢?要是没有了残疾,健全会否因其司空见惯而变得腻烦和乏味呢?我常梦想着在人间彻底消灭残疾,但可以相信,那时将由患病者代替残疾人去承担同样的苦难。如果能够把疾病也全数消灭,那么这份苦难又将由(比如说)相貌丑陋的人去承担了。就算我们连丑陋、连愚昧和卑鄙和一切我们所不喜欢的事物和行为,也都可以统统消灭掉,所有的人都一样健康、漂亮、聪慧、高尚,结果会怎样呢?怕是人间的剧目就全要收场了,一个失去差别的世界将是一潭死水,是一块没有感觉也没有肥力的沙漠。

看来差别永远是要有的。看来就只好接受苦难——人类的全部剧目需要它,存在的本身需要它。看来上帝又一次对了。

于是就有一个最令人绝望的结论等在这里:由谁去充任那些苦难的角色?又由谁去体现这世间的幸福、骄傲和欢乐?只好听凭偶然,是没有道理好讲的。

就命运而言,休论公道。

那么,一切不幸命运的救赎之路在哪里呢?

设若智慧或悟性可以引领我们去找到救赎之路,难道所有的人都能够获得这样的智慧和悟性吗?

我常以为是丑女造就了美人。我常以为是愚氓举出了智者。我常以为是懦夫衬照了英雄。我常以为是众生度化了佛祖。

## (六)

设若有一位园神,他一定早已注意到了,这么多年我在这园里坐着,有时候是轻松快乐的,有时候是沉郁苦闷的,有时候优哉游哉,有时候恓惶落寞,有时候平静而且自信,有时候又软弱,又迷茫。其实总共只有三个问题交替着来骚扰我,来陪伴我。第一个是要不要去死?第二个是为什么活?第三个,我干嘛要写作?

现在让我看看,它们迄今都是怎样编织在一起的吧。

你说,你看穿了死是一件无需乎着急去做的事,是一件无论怎样耽搁也不会错过的事,便决定活下去试试?是的,至少这是很关键的因素。为什么要活下去试试呢?好像仅仅是因为不甘心,机会难得,不试白不试,腿反正是完了,一切仿佛都要完了,但死神很守信用,试一试不会额外再有什么损失。说不定倒有额外的好处呢是不是?我说过,这一来我轻松多了,自由多了。为什么要写作呢?"作家"是两个被人看重的字,这谁都知道。为了让那个躲在园子深处坐轮椅的人,有朝一日在别人眼里也稍微有点光彩,在众人眼里也能有个位置,哪怕那时再去死呢也就多少说得过去了。开始的时候就是这样想,这不用保密。这些现在不用保密了。

我带着本子和笔,到园中找一个最不为人打扰的角落,偷偷地写。那个爱唱歌的小伙子在不远的地方一直唱。要是有人走过来,我就把本子合上把笔叼在嘴里。我怕写不成反落得尴尬。我很要面子。可是你写成了,而且发表了。人家说我写得还不坏,他们甚至说:真没想到你写得这么好。我心说你们没想到的事还多着呢。我确实有整整一宿高兴得没合眼。我很想让那个唱歌的小伙子知道,因为他的歌也毕竟是唱得不错。我告诉我的长跑家朋友的时候,那个中年女工程师正优雅地在园中穿行。长跑家很激动,他说好吧,我玩命跑,你玩命写。这一来你中了魔了,整天都在想哪一件事可以写,哪一个人可以让你写成小说。是中了魔了,我走到哪儿想到哪儿,在人山人海里只寻找小说,要是有一种小说试剂就好了,见人就滴两滴看他是不是一篇小说,要是有一种小说显影液就好了,把它泼满全世界看看都是哪儿有小说,中了魔了,那时我完全是为了写作活着。结果你又发表了几篇,并且出了一点小名,可这时你越来越感到恐慌。我忽然觉得自己活得像个人质,刚刚有点像个人了却又过了头,像个人质,被一个什么阴谋抓了来当人质,不定哪天就被处决,不定哪天就完蛋。你担心要不了多久你就会文思枯竭,那样你就又完了。凭什么我总能写出小说来呢?凭什么那些适合作小说的生活素材就总能送到一个截瘫者跟前来呢?人家满世界跑都有枯竭的危险,而我坐在这园子里凭什么可以一篇接一篇地写呢?你又想到死了。我想见好就收吧。当一名人质实在是太累了太紧张了,太朝不保夕了。我为写作而活下来,要是写作到底不是我应该干的事,我想我再活下去是不是太冒傻气了?你这么想着你却还在绞尽脑汁地想写。我好歹又拧出点水来,从一条快要晒干的毛巾上。恐慌日甚一日,随时可能完蛋的感觉比完蛋本身可怕多了,所谓不怕贼偷就怕贼惦记,我想人不如死了好,不如不出生的好,不如压根儿没有这个世界的好。可你并没有去死。我又想到那是一件不必着急的事。可是不必着急的事并不证明是一件必要拖延的事呀?你总是决定活下来,这说明什么?是的,我还是想活。人为什么活着?因为人想活着,说到底是这么回事,人真正的名字叫做:欲望。可我不怕死,有时候我真的不怕死。有时候,——说对了。不怕死和想去死是两回事,有时候不怕死的人是有的,一生下来就不怕死的人是没有的。我有时候倒是怕活。可是怕活不等于不想活呀?可我为什么还想活呢?因为你还想得到点什么,你觉得你还是可以得到点什么的,比如说爱情,比如说价值感之类,人真正的名字叫欲望。这不对吗?我不该得到点什么吗?没说不该。可我为什么活得恐慌,就像个人质?后来你明白了,你明白你错了,活着不是为了写作,而写作是为了活着。你明白了这一点是在一个挺滑稽的时刻。那天你又说你不如死了好,你的一个朋友劝你:你不能死,你还得写呢,还有好多好作品等着你去写呢。这时候你忽然明白了,你说:只是因为我活着,我才不得不写作。或者说只是因为你还想活下去,你才不得不写作。是的,这样说过之后我竟然不那么恐慌了。就像你看穿了死之后所得的那份轻松?一个人质报复一场阴谋的最有效的办法是把自己杀死。我看出我得先把我杀死在市场上,那样我就不用参加抢购题材的风潮了。你还写吗?还写。你真的不得不写吗?人都忍不住要为生存找一些牢靠的理由。你不担心你会枯竭了?我不知道,不过我想,活着的问题在死之前是完不了的。

这下好了,您不再恐慌了不再是个人质了,您自由了。算了吧你,我怎么可能自由呢?别忘了人真正的名字是:欲望。所以您得知道,消灭恐慌的最有效的办法就是消灭欲望。可是我还知道,消灭人性的最有效的办法也是消灭欲望。那么,是消灭欲望同时也消灭恐慌呢?还是保留欲望同时也保留人性?

我在这园子里坐着,我听见园神告诉我:每一个有激情的演员都难免是一个人质。每一个懂得欣赏的观众都巧妙地粉碎了一场阴谋。每一个乏味的演员都是因为他老以为这戏剧与自己无关。每一个倒楣的观众都是因为他总是坐得离舞台太近了。

我在这园子里坐着,园神成年累月地对我说:孩子,这不是别的,这是你的罪孽和福祉。

## (七)

要是有些事我没说,地坛,你别以为是我忘了,我什么也没忘,但是有些事只适合收藏。不能说,也不能想,却又不能忘。它们不能变成语言,它们无法变成语言,一旦变成语言就不再是它们了。它们是一片朦胧的温馨与寂寥,是一片成熟的希望与绝望,它们的领地只有两处:心与坟墓。比如说邮票,有些是用于寄信的,有些仅仅是为了收藏。

如今我摇着车在这园子里慢慢走,常常有一种感觉,觉得我一个人跑出来已经玩得太久了。有一天我整理我的旧相册,看见一张十几年前我在这园子里照的照片——那个年轻人坐在轮椅上,背后是一棵老柏树,再远处就是那座古祭坛。我便到园子里去找那棵树。我按着照片上的背景找很快就找到了它,按着照片上它枝干的形状找,肯定那就是它。但是它已经死了,而且在它身上缠绕着一条碗口粗的藤萝。我当然记得园工们种那棵藤萝时的情景,我却不记得是在什么时候它已经长到了碗口粗。有一天我在这园子里碰见一个老太太,她说:"哟,你还在这儿哪?"她问我:"你母亲还好吗?""您是谁?""你不记得我,我可记得你。有一回你母亲来这儿找你,她问我您看没看见一个摇轮椅的孩子?……"我忽然觉得,我一个人跑到这世界上来玩真是玩得太久了。有一天夜晚,我独自坐在祭坛边的路灯下看书,忽然从那漆黑的祭坛里传出一阵阵唢呐声。四周都是参天古树,方形的祭坛占地几百平米空旷坦荡独对苍天,我看不见那个吹唢呐的人,唯唢呐声在星光寥寥的夜空里低吟高唱,时而悲怆时而欢快,时而缠绵时而苍凉,或许这几个词都不足以形容它,我清清醒醒地听出它响在过去,响在现在,响在未来,回旋飘转亘古不散。

必有一天,我会听见喊我回去。

那时您可以想象一个孩子,他玩累了可他还没玩够呢,心里好些新奇的念头甚至等不及到明天。也可以想象是一个老人,无可质疑地走向他的安息地,走得任劳任怨。还可以想象一对热恋中的情人,互相一次次说"我一刻也不想离开你",又互相一次次说"时间已经不早了",时间不早了可我一刻也不想离开你,一刻也不想离开你可时间毕竟是不早了。

我说不好我想不想回去。我说不好是想还是不想,还是无所谓。我说不好我是像那个孩子,还是像那个老人,还是像一个热恋中的情人。很可能是这样:我同时是他们三个。我来的时候是个孩子,他有那么多孩子气的念头所以才哭着喊着闹着要来,他一来一见到这个世界便立刻成了不要命的情人,而对一个情人来说,不管多么漫长的时光也是稍纵即逝,那时他便明白,每一步每一步,其实一步步都是走在回去的路上。当牵牛花初开的时节,葬礼的号角就已吹响。

但是太阳,它每时每刻都是夕阳也都是旭日。当它熄灭着走下山去收尽苍凉残照之际,正是它在另一面燃烧着爬上山巅布散烈烈朝辉之时。有一天,我也将沉静着走下山去,扶着我的拐杖。那一天,在某一处山洼里,势必会跑上来一个欢蹦的孩子,抱着他的玩具。

当然,那不是我。

但是,那不是我吗?

宇宙以其不息的欲望将一个歌舞炼为永恒。这欲望有怎样一个人间的姓名,大可忽略不计。

写于一九八九年五月五日<br>修改于一九九〇年一月七日

## 好运设计

　　要是今生遗憾太多,在背运的当儿,尤其在背运之后情绪渐渐平静了或麻木了,你独自呆一会儿,抽支烟,不妨想一想来世。你不妨随心所欲地设想一下(甚至是设计一下)自己的来世。你不妨试试。在背运的时候,至少我觉得这不失为一剂良药——先可以安神,而后又可以振奋。就像输惯了的赌徒把屡屡的败绩置于脑后,输光了裤子也还是对下一局存着饱满的好奇和必赢的冲动。这没有什么不好。这有什么不好吗?无非是说迷信,好吧你就迷信它一回。无非是说这不科学,行,况且对于走运和背运的事实,科学本来无能为力。无非说这是空想,这是自欺,是做梦,没用,那么希望有用吗?希望是不是必得在被证明了是可以达到的之后才能成立?当然,这些差不多都是废话,背了运的时候哪想得起来这么多废话?背了运的时候只是想走运有多么好,要是能走运有多好。到底会有多好呢?想想吧,想想没什么坏处,干嘛不想一想呢?我就常常这样去想,我常常浪费很多时间去做这样的蠢事。

　　我想,倘有来世,我先要占住几项先天的优越:聪明、漂亮和一副好身体。命运从一开始就不公平,人一生下来就有走运的和不走运的。譬如说一个人很笨,生来就笨,这该怨他自己吗?然而由此所导致的一切后果却完全要由他自己负责——他可能因此在兄弟姐妹之中是最不被父母喜爱的一个,他可能因此常受老师的斥责和同学们的嘲笑,他于是便更加自卑、更加萎顿,饱受了轻蔑终也不知这事到底该怨谁。再譬如说,一个人生来就丑,相当丑,再怎么想办法去美容都无济于事,这难道是他的错误是他的罪过?不是。好,不是。那为什么就该他难得姑娘们的喜欢呢?因而婚事就变得格外困难,一旦有个漂亮姑娘爱上他却又赢得多少人的惊诧和不解,终于有了孩子,不要说别人就连他自己都希望孩子长得千万别像他自己。为什么就该他是这样呢?为什么就该他常遭取笑,常遭哭笑不得的外号,或者常遭怜悯,常遭好心人小心翼翼地对待呢?再说身体,有的人生来就肩宽腿长潇洒英俊(或者婀娜妩媚娉娉婷婷),生来就有一身好筋骨,跑得也快跳得也高,气力足耐力又好,精力旺盛,而且很少生病,可有的人却与此相反生来就样样都不如人。对于身体,我的体会尤甚。譬如写文章,有的人写一整天都不觉得累,可我连续写上三四个钟头眼前就要发黑。譬如和朋友们一起去野游,满心欢喜妙想联翩地到了地方,大家的热情正高正浓,可我已经累得只剩下让大家扫兴的份儿了。所以我真希望来世能有一副好身体。今生就不去想它了,只盼下辈子能够谨慎投胎,有健壮优美如卡尔·刘易斯一般的身材和体质,有潇洒漂亮如周恩来一般的相貌和风度,有聪明智慧如阿尔伯特·爱因斯坦一般的大脑和灵感。

  既然是梦想不妨就让它完美些罢。何必连梦想也那么拘谨那么谦虚呢?我便如醉如痴并且极端自私自利地梦想下去。

降生在什么地方也是件相当重要的事。二十年前插队的时候,我在偏远闭塞的陕北乡下,见过不少健康漂亮尤其聪慧超群的少年,当时我就想,他们要是生在一个恰当的地方他们必都会大有作为,无论他们做什么他们都必定成就非凡,但在那穷乡僻壤,吃饱肚子尚且是一件颇为荣耀的成绩,哪还有余力去奢想什么文化呢?所以他们没有机会上学,自然也没有书读,看不到报纸电视甚至很少看得到电影,他们完全不知道外面的世界是什么样子,便只可能遵循了祖祖辈辈的老路,日出而作日入而息,春种秋收夏忙冬闲日复一日年复一年。光阴如常地流逝,然后他们长大了,娶妻生子成家立业,才华逐步耗尽变作纯朴而无梦想的汉子。然后,可以料到,他们也将如他们的父辈一样地老去,唯单调的岁月在他们身上留下注定的痕迹,而人为什么要活这一回呢?却仍未在他们苍老的心里成为问题。然后,他们恐惧着、祈祷着、惊慌着听命于死亡随意安排。再然后呢?再然后倘若那地方没有变化,他们的儿女们必定还是这样地长大、老去、磨钝了梦想,一代代去完成同样的过程。或许这倒是福气?或许他们比我少着梦想所以也比我少着痛苦?他们会不会也设想过自己的来世呢?没有梦想或梦想如此微薄的他们又是如何设想自己的来世呢?我不知道。我不知道。我只希望我的来世不要是他们这样,千万不要是这样。

那么降生在哪儿好呢?是不是生在大城市,生在个贵府名门就肯定好呢?父亲是政绩斐然的总统,要不是个家藏万贯的大亨,再不就是位声名赫赫的学者,或者父母都是不同寻常的人物,你从小就在一个备受宠爱备受恭维的环境中长大,你从小就在一个五彩缤纷妙趣频逢的环境中长大,呈现在你面前的是无忧无虑的现实,绚烂辉煌的前景,左右逢源的机遇,一帆风顺的坦途……不过这样是不是就好呢?一般来说这样的境遇也是一种残疾,也是一种牢笼。这样的境遇经常造就着蠢材,不蠢的几率很小,有所作为的比例很低,而且大凡有点水平的姑娘都不肯高攀这样的人;固然他们之中也有智能超群的天才,也有过大有作为的人物,也出过明心见性的悟者,但毕竟几率很小比例很低。这就有相当大的风险,下辈子务必慎重从事,不可疏忽大意不可掉以轻心,今生多舛来生再受不住是个蠢材了。

生在穷乡僻壤,有孤陋寡闻之虞,不好。生在贵府名门,又有骄狂愚妄之险,也不好。

生在一个介于此二者之间的位置上怎么样?嗯,可能不错。

既知晓人类文明的丰富璀璨,又懂得生命路途的坎坷艰难,这样的位置怎么样?嗯,不错。

既了解达官显贵奢华而危惧的生活,又体会平民百姓清贫而深情的岁月,这位置如何?嗯!不错,好!

既有博览群书并入学府深造的机缘,又有浪迹天涯独自在社会上闯荡的经历;既能在关键时刻得良师指点如有神助,又时时事事都要靠自己努力奋斗绝非平步青云;既饱尝过人情友爱的美好,又深知了世态炎凉的正常,故而能如罗曼·罗兰所说"看清了这个世界,而后爱它"。——这样的位置可好?好。确实不错。好虽好,不过这样的位置在哪儿呢?

在下辈子。在来世。只要是好,咱可以设计。咱不慌不忙仔仔细细地设计一下吧。我看没理由不这样设计一下。甭灰心,也甭沮丧,真与假的说道不属于梦想和希望的范畴,还是随心所欲地来一回"好运设计"吧。

你最好生在一个普通知识分子的家庭。

也就是说,你父亲是知识分子但千万不要是那种炙手可热过于风云的知识分子,否则,"贵府名门"式的危险和不幸仍可能落在你头上:你将可能没有一个健全、质朴的童年,你将可能没有一群烂漫无猜的伙伴,你将会错过唯一可能享受到纯粹的友情、感受到圣洁的忧伤的机会,而那才是童年,才是真正的童年。一个人长大了若不能怀恋自己童年的痴,若不能默然长思或仍耿耿于怀孩提时光的往事,当是莫大的缺憾;对于我们的"好运设计",则是个后患无穷的错误。你应该有一大群来自不同家庭的男孩儿和女孩儿做你的朋友,你跟他们一块儿认真地吵架并且翻脸,然后一块儿哭着和好如初。把你的秘密告诉他们,把他们告诉给你的秘密对任何人也不说。你们定一个暗号,这暗号一经发出你们一个个无论正在干什么也得从家里溜出来,密谋一桩令大人们哭笑不得的事件。当你父母不在家的时候,随便找个理由把你的好朋友都叫来——比如说为了你的生日或为了离你的生日还差一个多月,你们痛痛快快随心所欲地折腾一天,折腾饿了就把冰箱里能吃的东西都吃光,然后继续载歌载舞地庆祝,直到不小心把你父亲的一件贵重艺术品摔成分文不值,你们的汗水于是被冻僵了一会儿,但这是个机会是你为朋友们献身的时刻,你脸色煞白但拍拍胸脯说这怕什么这没啥了不起,随后把朋友们都送走,你独自胆战心惊地策划一篇谎言(要是你家没有猫,你记住:邻居家不一定都没有猫)。你还可以跟你的朋友们一起去冒险,到一个据说最可怕的地方,比如离家很远的一片野地、一幢空屋、一座孤岛、孤岛上废弃的古刹、古刹四周阴森零落的荒冢……都是可供选择的地方。你从自己家的抽屉里而不要从别人家的抽屉里拿点钱,以备不时之需;你们瞒过父母,必要的话还得瞒过姐姐或弟弟;你们可以不带那些女孩子去,但如果她们执意要跟着也就别无选择,然后出发,义无反顾。把你的新帽子扯破了新鞋弄丢了一只这没关系,把膝盖碰出了血把白衬衫上洒了一瓶紫药水这没关系,作业忘记做了还在书包里装了两只活蛤蟆一只死乌鸦这都毫无关系,你母亲不会怪你,因为当晚霞越来越淡继而夜色越来越重的时候,你父亲也沉不住气了,他正要动身去报案,你们突然都回来了,累得一塌糊涂但毕竟完整无缺地回来了,你母亲庆幸还庆幸不过来呢还会再存什么别的奢望吗?"他们回来啦,他们回来啦!"仿佛全世界都和平解放了,一群平素威严的父亲都乖乖地跑出来迎接你们,同样多的一群母亲此刻转忧为喜光顾得摩挲你们的脸蛋和亲吻你们的脑门儿:"你们这是上哪儿去了呀,哎哟天哪,你们还知道回来吗!"你就大模大样地躺在沙发上呼吃唤喝,"累死了,哎呀真是累死了!"——你就这样,没问题,再讲点莫须有的惊险故事既吓唬他们也陶醉自己,你就得这样,只要这样一切帽子、裤子、鞋、作业和书包、活蛤蟆以及死乌鸦,就都微不足道了。(等你长到我这样的年龄时,你再告诉他们那些惊险的故事都是你为了逃避挨揍而获得的灵感,那时你年老的父母肯定不会再补揍你一顿,而仍可能摩挲你的脸甚至吻你的脑门儿了。)但重要的是,这次冒险你无论如何得安全地回来——就像所有的戏剧还没打算结束时所需要的那样,否则接下去的好运就无法展开了。不错,你的童年就应该是这样的,就应该按照这样的思路去设计,一个幸运者的童年就得是这样。我的纸写不下了,待实施的时候应该比这更丰富多彩。比如你还可颇具分寸地惹一点小祸,一个幸运的孩子理应惹过一点小祸,而且理应遇到过一些困难,遇到过一两个骗子、一两个坏人、一两个蠢货和一两个不会发愁而很会说笑话的人。一个幸运的孩子应该有点野性。当然你的父亲是个地地道道的知识分子,因为一个幸运的人必须从小受到文化的熏陶,野到什么份上都不必忧虑但要有机会使你崇尚知识,之所以把你父亲设计为知识分子,全部的理由就在于此。

你的母亲也要有知识,但不要像你父亲那样关心书胜过关心你。也不要像某些愚蠢的知识妇女,料想自己功名难就,便把一腔希望全赌在了儿女身上,生了个女孩就盼她将来是个居里夫人,养了个男娃就以为是养了个小贝多芬。这样的母亲千万别落到咱头上,你不听她的话你觉得对不起她,你听了她的话你会发现她对不起你。她把你像幅名画似的挂在墙上后退三步眯起眼睛来观赏你,把你像颗话梅似的含在嘴里颠来倒去地品味你,你呢?站在那儿吱吱嘎嘎地折磨一把挺好的小提琴,长大了一想起小提琴就发抖,要不就是没日没夜地背单词背化学方程式,长大了不是傻瓜就是暴徒。你的母亲当然不是这样。有知识不是有文凭,你的母亲可以没有文凭。有知识不是被知识霸占,你的母亲不是知识的奴隶。有知识不能只是有对物的知识,而是得有对人的了悟。一个幸运者的母亲必然是一个幸运的母亲,一个明智的母亲,一个天才的母亲,她自打当了母亲她就得了灵感,她教育你的方法不是来自于教育学,而是来自她对一切生灵乃至天地万物由衷的爱,由衷的颤栗与祈祷,由衷的镇定和激情。在你幼小的时候她只是带着你走,走在家里,走在街上,走到市场,走到郊外,她难得给你什么命令,从不有目的地给你一个方向,走啊走啊,你就会爱她,走啊走啊,你就会爱她所爱的这个世界。

等你长大了,她就放你到你想要去的地方去,她深信你会爱这个世界,至于其他她不管,至于其他那是你的自由你自己负责,她只有一个愿望,就是你能常常回来,你能有时候回来一下。

在你两三岁的时候你就光是玩,成天就是玩,别着急背诵《唐诗三百首》和弄通百位数以内的加减法,去玩一把没有钥匙的锁和一把没有锁的钥匙,去玩撒尿和泥,然后用不着洗手再去玩你爷爷的胡子。到你四五岁的时候你还是玩,但玩得要高明一点了,在你母亲的皮鞋上钻几个洞看看会有什么效果,往你父亲的录音机里撒把沙子听听声音会不会更奇妙。上小学的时候,我看你门门功课都得上三四分就够了,剩下的时间去做些别的事,以便让你父母有机会给人家赔几块玻璃。一上中学尤其一上高中,所有的熟人几乎都不认识你了,都得对你刮目相看:你在数学比赛上得奖,在物理比赛上得奖,在作文比赛上得奖,在外语比赛上你没得奖但事后发现那不过是老师的一个误判。但这都并不重要,这些奖啊奖啊奖啊并不足以构成你的好运,你的好运是说你其实并没花太多时间在功课上,你爱好广泛,多能多才,奇想迭出,别人说你不务正业你大不以为然,凡兴趣所至仍神魂聚注若癫若狂。

你热爱音乐,古典的交响乐,现代的摇滚乐,温文尔雅的歌剧清唱剧,粗犷豪放的民谣村歌,乃至悠婉凄长的叫卖,孤零萧瑟的风声,温馨闲适的节日的音讯,你都听得心醉神迷,听得怆然而沉寂,听出激越和威壮,听到玄缈与空冥,你真幸运,生存之神秘注入你的心中使你永不安规守矩。

你喜欢美术,喜欢画作,喜欢雕塑,喜欢异彩纷呈的烧陶,喜欢古朴稚拙的剪纸,喜欢在渺无人迹的原野上独行,在水阔天空的大海里驾舟,在山林荒莽中跋涉,看大漠孤烟看长河落日,看鸥鸟纵情翱飞看老象坦然赴死,你从色彩感受生命,由造型体味空间,在线条上嗅出时光的流动,在连接天地的方位发现生灵的呼喊,你是个幸运的人因为你真幸运,你于是匍匐在自然造化的脚下,奉上你的敬畏与感恩之心吧,同时上苍赐予你不屈不尽的创造情怀。

你幸运得简直令人嫉妒,因为体育也是你的擅长。九秒九一,懂吗?二小时五分五十九秒,懂吗?就是说,从一百米到马拉松不管多长的距离没有人能跑得过你;二点四五米,八点九一米,知道这是什么意思吗?就是说没人比你跳得高也没人比你跳得远;突破二十三米、八十米、一百米,就是说,铅球也好铁饼也好标枪也好,在投掷比赛中仍然没有你的对手。当然这还不够,好运气哪有个够呢?差不多所有的体育项目你都行:游泳、滑雪、溜冰、踢足球、打篮球,乃至击剑、马术、射击,乃至铁人三项……你样样都玩得精彩、洒脱、漂亮。你跑起来浑身的肌肤像波浪一样滚动,像旗帜一般飘展;你跳起来仿佛土地也有了弹性,空中也有着依托;你披波戏水,屈伸舒卷,鬼没神出;在冰原雪野,你翻转腾挪,如风驰电掣;生命在你那儿是一个节日,是一个庆典,是一场狂欢……那已不再是体育了,你把体育变得不仅仅是体育了,幸运的人,那是舞蹈,那是人间最自然最坦诚的舞蹈,那是艺术,是上帝选中的最朴实最辉煌的艺术形式,这时连你在内,连你的肉体你的心神,都是艺术了,你这个幸运的人,世界上最幸运的人,偏偏是你被上帝选作了美的化身。

接下来你到了恋爱的季节。你十八岁了,或者十九或者二十岁了。这时你正在一所名牌大学里读书,读一个最令人仰慕的系最令人敬畏的专业,你读得出色,各种奖啊奖啊又闹着找你。现在你的身高已经是一米八八,你的喉结开始突起,嘴唇上开始有了黑色但还柔软的胡须,就是在这时候你的嗓音开始变得浑厚迷人,就是在这时候你的百米成绩开始突破十秒,你的动静坐卧举手投足都流溢着男子汉的光彩……总之,由于我们已经设计过的诸项优点或说优势,明显地追逐你的和不露声色地爱慕着你的姑娘们已是成群结队,你经常在教室里看见她们异样的目光,在食堂里听出她们对你喊喊嚓嚓的议论,在晚会上她们为你的歌声所倾倒,在运动会上她们被你的身姿所激动而忘情地欢呼雀跃,但你一向只是拒绝,拒绝,婉言而真诚地拒绝,善意而巧妙地逃避,弄得一些自命不凡的姑娘们委屈地流泪。但是有一天,你在运动场上正放松地慢跑,你忽然看见一个陌生的姑娘也在慢跑,她的健美一点不亚于你,她修长的双腿和矫捷的步伐一点不亚于你,生命对她的宠爱、青春对她的慷慨这些绝不亚于你,而她似乎根本没有发现你,她顾自跑着目不斜视,仿佛除了她和她的美丽这世界上并不存在其他东西,甚至连她和她的美丽她也不曾留意,只是任其随意流淌,任其自然地涌荡。而你却被她的美丽和自信震慑了,被她的优雅和茁壮惊呆了,你被她的倏然降临搞得心恍神惚手足无措(我们同样可以为她也作一个"好运设计",她是上帝的一个完美的作品,为了一个幸运的男人这世界上显然该有一个完美的女人,当然反过来也是一样),于是你不跑了,伏在跑道边的栏杆上忘记了一切,光是看她。她跑得那么轻柔,那么从容,那么飘逸,那么灿烂。你很想冲她微笑一下向她表示一点敬意,但她并不给你这样的机会,她跑了一圈又一圈却从来没有注意到你,然后她走了。简单极了,就是说她跑完了该走了,就走了。就是说她走了,走了很久而你还站在原地。就是说操场上空空旷旷只剩了你一个人,你头一回感到了惆怅和孤零——她不知道你是谁,你也不知道她从哪儿来。但你把她记在了心里。但幸运之神仍然和你在一起。此后你又在图书馆里见到过她,你费尽心机总算弄清了她在哪个系。此后你又在游泳池里见到过她,你拐弯抹角从别人那儿获悉了她的名字。此后你又在滑冰场上见到过她,你在她周围不露声色地卖弄你的千般技巧万种本事,终于引起了她的注意。此后你又在领奖台上和她站到过一起,这一回她对你笑了笑使你一生再也没能忘记。此后你又在朋友家里和她一起吃过一次午饭(你和你的朋友为此蓄谋已久),这下你们到底算认识了,你们谈了很多,谈得融洽而且热烈。此后不是你去找她,就是她来找你,春夏秋冬春夏秋冬,不是她来找你就是你去找她,春夏秋冬……总之,总而言之,你们终成眷属;你是一个幸运的人——至少我们的"幸运设计"是这样说的——所以你万事如意。

也许你已经注意到了,我们的"好运设计"至此显得有些潦草了。是的。不过绝不是我们无能把它搞得更细致、更完善、更浪漫、更迷人,而是我忽然有了一点疑虑,感到了一点困惑,有一道淡淡的阴影出现了并正在向我们靠近,但愿我们能够摆脱它,能够把它消解掉。

阴影最初是这样露头的:你能在一场如此称心、如此顺利、如此圆满的爱情和婚姻中饱尝幸福吗?也就是说,没有挫折,没有坎坷,没有望眼欲穿的企盼,没有撕心裂肺的煎熬,没有痛不欲生的痴颠与疯狂,没有万死不悔的追求与等待,当成功到来之时你会有感慨万端的喜悦吗?在成功到来之后还会不会有刻骨铭心的幸福?或者,这喜悦能到什么程度?这幸福能被珍惜多久?会不会因为顺利而冲淡其魅力?会不会因为圆满而阻塞了渴望,而限制了想象,而丧失了激情,从而在以后漫长的岁月中只是遵从了一套经济规律、一种生理程序、一个物理时间,心路却已荒芜,然后是腻烦,然后靠流言蜚语排遣这腻烦,继而是麻木,继而用插科打诨加剧这麻木——会不会?会不会是这样?地球如此方便如此称心地把月亮搂进了自己的怀中,没有了阴晴圆缺,没有了潮汐涌落,没有了距离便没有了路程,没有了斥力也就没有了引力,那是什么呢?很明白,那是死亡。当然一切都在走向那里,当然那是一切的归宿,宇宙在走向热寂。但此刻宇宙正在旋转,正在飞驰,正在高歌狂舞,正借助了星汉迢迢,借助了光阴漫漫,享受着它的路途,享受着坍塌后不死的沉吟,享受着爆炸后辉煌的咏叹,享受着追寻与等待,这才是幸运,这才是真正的幸运,恰恰死亡之前这波澜壮阔的挥洒,这精彩纷呈的燃烧才是幸运者得天独厚的机会。你是一个幸运者,这一点你要牢记。所以你不能学那凡夫俗子的梦想,我们也不能满意这晴空朗日水静风平的设计。所谓好运,所谓幸福,显然不是一种客观的程序,而完全是心灵的感受,是强烈的幸福感罢了。幸福感,对了。没有痛苦和磨难你就不能强烈地感受到幸福,对了。那只是舒适只是平庸,不是好运不是幸福,这下对了。

现在来看看,得怎样调整一下我们的"设计",才能甩掉那道不祥的阴影,才能远远地离开它。也许我们不得不给你加设一点小小的困难,不太大的坎坷和挫折,甚至是一些必要的痛苦和磨难,为了你的幸福不致贬值我们要这样做,当然,会很注意分寸。

仍以爱情为例。我们想是不是可以这样:一开始,让你未来的岳父岳母对你们的恋爱持反对态度,他们不大看得上你,包括你未来的大舅子、小姨子、大舅子的夫人和小姨子的男朋友等等一干人马都看不上你。岳父说要是这样他宁可去死。岳母说要是这样她情愿少活。大舅子于是奉命去找了你们单位的领导说你破坏了一个美满的家庭。小姨子流着泪劝她的姐姐三思再三思,爹有心脏病娘有高血压。岳父便说他死不瞑目。岳母说她死后做鬼也不饶过你们。你是个幸运的人你真没看错那个姑娘,她对你一往情深始终不渝,她说与其这样不如她先于他们去死,但在死前她有必要提个问题:"请问他哪点不如你们?请问他有哪点不好?"是呀,他哪点儿不好呢?你,是说你,你有哪点儿不好呢?不仅这姑娘的父母无言以对,就连咱们也无以做答。按照已有的设计,你好像没有哪点不好,你简直无懈可击,那两个老人倘不是疯子不是傻瓜不是心理变态,他们为什么会反对你成为他们的女婿呢?所以对此得做一点修改,你不能再是一个完人,你得至少有一个弱点,甚至是一种很要紧的缺欠,一种大凡岳父岳母都难以接受的缺欠,然后你在爱情的鼓舞下,在那对蛮横老人颇合逻辑的蔑视的刺激下,痛下决心破釜沉舟发奋图强历尽艰辛终于大功告成终于光彩照人终于震撼了那对老人令他们感动令他们愧悔于是心悦诚服地承认了你这个女婿使你热泪盈眶欣喜若狂忽然发现天也是格外地蓝地球也是出奇地圆柔情似水佳期如梦幸福地久天长……是不是得这样呢?得这样。大概是得这样。

什么样的缺欠呢?你看给你设计什么样的缺欠比较适合?

笨?不不,这不行,笨很可能是一件终生的不幸,几乎不是努力可以根本克服的,此一点应坚决予以排除。

丑呢？不，丑也不行，丑也是无可挽回的局面，弄不好还会殃及后代，不行，这肯定不行。

无知呢，行不行？不，这比笨还不如，绝对的（或相当严重的）无知与白痴没什么区别；而相对的无知又不是一项缺欠，我们每个人都是这样。

你总得作一点让步嘛。譬如说木讷一点，古板一点行吗？缺乏点活力，缺乏点朝气，缺乏点个性，缺乏点好奇心，譬如说这样，行吗？噢，你居然还在问"行吗"，再糟糕不过！接下来你会发现他还缺乏勇气，缺乏同情，缺乏感觉，遇事永远不会激动，美好不能使其赞叹，丑恶也不令其憎恶，他既不懂得感动也不懂得愤怒，他不怎么会哭又不大会笑，这怎么能行？他还是活的吗？他还能爱吗？他还会为了爱而痛苦而幸福吗？不行。

那么狡猾一点可以吗？狡猾，唉，其实人们都多多少少地有那么一点狡猾，这虽不是优点但也不必算做缺点，凡要在这世界上生存下去的种类，有点狡猾也是在所难免。不过有一点需要明确：若是存心算计别人、不惜坑害别人的狡猾可不行。那样的人我怕大半没什么好下场。那样的人同样也不会懂得爱（他可能了解性，但他不懂得爱，他可能很容易猎获性器的快感，但他很难体验性爱的陶醉，因为他依靠的不是美的创造而仅仅是对美的赚取），况且这样的人一般来说都没什么真正的才华和魅力，否则也无需选用了狡猾。不行。无论从哪个角度想，狡猾都不行。

要不，有一点病？噢老天爷，千万可别，您饶了我吧，无论如何帮帮忙，下辈子万万不能再有病了，绝对不能。咱们辛辛苦苦弄这个"好运设计"因为什么您知道不？是的您应该知道，那就请您再别提病，一个字也别再提。

只是有一点小病呢？小病也不行,发烧感冒拉肚子？不不,这没用,有点小病不构成对什么人的威胁,也不能如我们所期望的那样最终使你的幸福加倍,有也是白有。但这绝不是说你没病则已,有就有它一种大病,不不！绝没有这个意思;你必须要明白,在任何有期徒刑(注意:有期)和有一种大病之间,要是你非得作出选择不可的话,你要选择前者,前者！对对,没有商量的余地。

要是你得了一种大病,别急听我说完,得了一种足以使你日后的幸福升值的大病,而这病后来好了,完全好了,这怎么样？唔,这倒值得考虑。你在病榻上躺了好几年,看见任何一个健康的人你都羡慕,你想你是他们中间的任何一个你都知足,然后你的病好了,完好如初,这怎么样？说下去。你本来已经绝望了,你想即便不死未来的日子也是无比暗淡,你想与其这样倒不如死了痛快,就在这时你的病情突然有了转机。说下去。在那些绝望的白天和黑夜,你祷告许愿,你赌咒发誓,只要这病还能好,再有什么苦你都不会觉得苦再有什么难你也不会觉得难,一文不名呀,一贫如洗呀,这都有什么关系呢？你将爱生活,爱这个世界,爱这世界上所有的人……这时,就在这时奇迹发生了,一个奇迹使你完全恢复了健康,你又是那么精力旺盛健步如飞了,这样好不好？好极了,再往下说。你本来想只要还能走就行,可你现在又能以九秒九一的速度飞跑了;你本来想要是再能跳就好了,可你现在又可以跳过二点四五米了;你本来想只要还能独立生活就够了,可现在你的用武之地又跟地球一样大了;你本来想只要还能算个人不致于把谁吓跑就谢天谢地了,可现在喜欢你的好姑娘又是数不胜数铺天盖地而来了。往下说呀,别含糊,说下去。当然你痴心不改——这不是错误,大劫大难之后人不该失去锐气,不该失去热度,你镇定了但仍在燃烧,你平稳了却更加浩荡,你依然爱着那个姑娘爱得山高海深不可动摇,这时候你未来的老丈人老丈母娘自然也不会再反对你们的结合了,不仅不反对而且把你看做是他们的光彩是他们的荣耀是他们晚年的福气是他们九泉之下的安慰。此刻你是多么幸福,你同你所爱的人在一起,在蓝天阔野中跑,在碧波白浪中游,你会是怎样地幸福!现在就把前面为你设计的那些好运气都搬来吧,现在可以了,把它们统统搬来吧,劫难之后失而复得,现在你才真正是一个幸福的人了。苦尽甜来,对,这才是最为关键的好运道。

苦尽甜来,对,只要是苦尽甜来其实怎么都行,生生病呀,失失恋呀,要要饭呀,挨挨揍呀(别揍坏了),被抄抄家呀,坐坐冤狱呀,只要能苦尽甜来其实都不是坏事。怕只怕苦也不尽,甜也不来。其实都用不着甜得很厉害,只要苦尽也就够了。其实都用不着什么甜,苦尽了也就很甜了。让我们为此而祈祷吧。让我们把这作为一条基本原则,无论如何写进我们的"好运设计"中去吧,无论如何安排在头版头条。

问题是,苦尽甜来之后又怎样呢?苦尽甜来之后又当如何?哎哟,那道阴影好像又要露头。苦尽甜来之后要是你还没死,以后的日子继续怎样过呢?我们应当怎样继续为你设计好运呢?好像问题还是原来的问题,我们并没能把它解决。当然现在你可以不断地忆苦思甜,不断地知足常乐,我们也完全可以把你以后的生活设计得无比顺利,但这样下去我们是不是绕了一圈又回到那不祥的阴影中去了?你将再没有企盼了吗?再没有新的追求了吗?那么你的心路是不是又要荒芜,于是你的幸福感又要老化、萎缩、枯竭了呢?是的,肯定会是这样。幸福感不是能一次给够的,一次幸福感能维持多久这不好计算,但日子肯定比它长,比它长的日子却永远要依靠着它。所以你不能失去距离,不能没有新的企盼和追求,你一时失去了距离便一时没有了路途,一时没有了企盼和追求便一时失去了兴致和活力,那样我们势必要前功尽弃,那道阴影必会不失时机地又用无聊、用乏味、用腻烦和麻木来纠缠你,来恶心你,同时葬送我们的"好运设计"。当然我们不会答应。所以我们仍要为你设计新的距离,设计不间断的企盼和追求。不过这样你就仍然要有痛苦,一直要有。是的是的,一时没有了痛苦的衬照便一时没有了幸福感。

真抱歉,我们没想到会是这样。我们一向都是好意,想使你幸福,想使你在来世频交好运,没想到竟还得不断地给你痛苦。那道讨厌的阴影真是把咱们整惨了。看看吧,看看是否还有办法摆脱它。真对不起,至少我先不吹牛了,要是您还有兴趣咱们就再试试看,反正事已至此,我想也不必草草率率地回心转意。看在来世的份上,就再试试吧。

看来,在此设计中不要痛苦是不大可能了。现在就只剩了一条路:使痛苦尽量小些,小到什么程度并没有客观的尺度,总归小到你能不断地把它消灭就行了。就是说,你能够不断地克服困难,你能够不断地跨越距离,你能够不断地实现你的愿望,这就行了。痛苦可以让它不断地有,但你总是能把它消灭,这就行了,这样你就巧妙地利用了这些混帐玩意儿而不断地得到幸福感了。只要这样行,接下来的事由我们负责。我们将根据以上要求为你设计必要的才能、必要的机运、必要的心理素质、意志品质,以及必要的资金、器械、设施、装备,乃至大夫护士、贤妻良母、孝子乖孙等等一系列优秀的后勤服务。总之,这些我们都能为你设计,只要一个人永远是个胜利者这件事是可能的,只要无论什么样的痛苦总归是能被消灭的这件事是可能的,只要这样,我们的"好运设计"就算成了。只好也就这样了,这样也就算成了。

不过,这是不是可能的?你见没见过永远的胜利者?好吧,没见过并不说明这是不可能的,没见过的我们也可以设计。你,譬如说你就是一个永远的胜利者,那么最终你会碰见什么呢?死亡。对了,你就要碰见它,无论如何我们没法使你不碰见它,不感到它的存在,不意识到它的威胁。那么你对它有什么感想?你一生都在追求,一直都在胜利,一向都是幸福的,但当死亡来临的时候你想你终于追求到了什么呢?你的一切胜利到底都是为了什么呢?这时你不沮丧,不恐惧,不痛苦吗?你从来没碰到过不可逾越的障碍,从来没见过不可消除的痛苦,你就像一个被上帝惯坏了的孩子,从来不知道什么叫失败,从来没遭遇过绝境,但死神终于驾到了,死神告诉你这一次你将和大家一样不能幸免,你的一切优势和特权(即那"好运设计"中所规定的)都已被废黜,你只可俯首贴耳听凭死神的处治,这时候你必定是一个最痛苦的人,你会比一生不幸的人更痛苦(他已经见到了的东西你却一直因为走运而没机会见到),命运在最后跟你算总账了(它的账目一向是收支平衡的),它以一个无可逃避的困境勾销你的一切胜利,它以一个不容质疑的判决报复你的一切好运,最终不仅没使你幸福反而给你一个你一直有幸不曾碰到的——绝望。绝望,当死亡到来之际这个绝望是如此地货真价实,你甚至没有机会考虑一下对付它的办法了。

怎么办?你怎么办?我们怎么办?你说事情不会是这

样,你的胜利依旧还是胜利,它会造福于后人;你的追求并没有白费,它将为后人铺平道路;而这就是你的幸福,所以你不会沮丧不会痛苦你至死都会为此而感到幸福。这太好了,一个真正的幸运者就应该有这样的胸怀有如此高尚的情操——让我们暂时忘记我们只是在为自己设计好运吧,或者让我们暂时相信所有的人都能够享有同样的好运吧——一个幸运者只有这样才能最终保住自己的好运,才能使自己最终得享平安和幸福。但是——但是!就算我们没有发现您的不诚实,一个如您这般聪明高尚的人总该知道您正在把后人的路铺向哪儿吧?铺到哪儿才算成功了呢?铺到所有的人都幸福都没了痛苦的地方?那么他们不是又将面对无聊了吗?当他们迎候死亡时不是就不能再像您这样,以"为后人铺路"而自豪而高尚而心安理得了吗?如果终于不能使所有的人都幸福都没了痛苦,您的高尚不就成了一场骗局您的胜利又怎么能胜得过阿Q呢?我们处在了两难境地。如果您再诚实点,事情可能会更难办:人类是要消亡的,地球是要毁灭的,宇宙在走向热寂。我们的一切聪明和才智、奋斗和努力、好运和成功到底有什么价值?有什么意义?我们在走向哪儿?我们再朝哪儿走?我们的目的何在?我们的欢乐何在?我们的幸福何在?我们的救赎之路何在?我们真的已经无路可走真的已入绝境了吗?

是的,我们已入绝境。现在你就是对此不感兴趣都不行了,你想糊弄都糊弄不过去了,你曾经不是傻瓜你如今再想是也晚了,傻瓜从一开始就不对我们这个设计感兴趣,而你上了贼船,这贼船已入绝境,你没处可退也没处可逃。情况就是这样。现在我们只占着一项便宜,那就是死神还没驾到,我们还有时间想想对付绝境的办法,当然不是逃跑,当然你也跑不了。其他的办法,看看,还有没有。

过程。对,过程,只剩了过程。对付绝境的办法只剩它了。不信你可以慢慢想一想,什么光荣呀,伟大呀,天才呀,壮烈呀,博学呀,这个呀那个呀,都不行,都不是绝境的对手,只要你最最关心的是目的而不是过程你无论怎样都得落入绝境,只要你仍然不从目的转向过程你就别想走出绝境。过程——只剩了它了。事实上你唯一具有的就是过程。一个只想(只想!)使过程精彩的人是无法被剥夺的,因为死神也无法将一个精彩的过程变成不精彩的过程,因为坏运也无法阻挡你去创造一个精彩的过程,相反你可以把死亡也变成一个精彩的过程,相反坏运更利于你去创造精彩的过程。于是绝境溃败了,它必然溃败。你立于目的的绝境却实现着、欣赏着、饱尝着过程的精彩,你便把绝境送上了绝境。梦想使你迷醉,距离就成了欢乐;追求使你充实,失败和成功都是伴奏;当生命以美的形式证明其价值的时候,幸福是享受,痛苦也是享受。现在你说你是一个幸福的人你想你会说得多么自信,现在你对一切神灵鬼怪说谢谢你们给我的好运,你看看谁还能说不。

过程!对,生命的意义就在于你能创造这过程的美好与精彩,生命的价值就在于你能够镇静而又激动地欣赏这过程的美丽与悲壮。但是,除非你看到了目的的虚无你才能够进入这审美的境地,除非你看到了目的的绝望你才能找到这审美的救助。但这虚无与绝望难道不会使你痛苦吗?是的,除非你为此痛苦,除非这痛苦足够大,大得不可消灭大得不可动摇,除非这样你才能甘心从目的转向过程,从对目的的焦虑转向对过程的关注,除非这样的痛苦与你同在,永远与你同在,你才能够永远欣赏到人类的步伐和舞姿,赞美着生命的呼喊与歌唱,从不屈获得骄傲,从苦难提取幸福,从虚无中创造意义,直到死神和天使一起来接你回去,你依然没有玩够,但你却不惊慌,你知道过程怎么能有个完呢?过程在到处继续,在人间、在天堂、在地狱,过程都是上帝巧妙的设计。

但是我们的设计呢?我们的设计是成功了呢还是失败了?如果为了使你幸福,我们不仅得给你小痛苦,还得给你大痛苦,不仅得给你一时的痛苦,还得给你永远的痛苦,我们到底帮了你什么忙呢?如果这就算好运,我,比如说我——我的名字叫史铁生,这个叫史铁生的人又有什么必要弄这么一份"好运设计"呢?也许我现在就是命运的宠儿?也许我的太多的遗憾正是很有分寸的遗憾?上帝让我终生截瘫就是为了让我从目的转向过程,所以有那么一天我终于要写一篇题为"好运设计"的散文,并且顺理成章地推出了我的好运?多谢多谢。可我不,可我不!我真是想来世别再有那么多遗憾,至少今生能做做好梦!

我看出来了——我又走回来了,又走到本文的开头去了。我看出来了,如果我再从头开始设计我必然还是要得到这样一个结尾。我看出来了,我们的设计只能就这样了。我不知道怎么办了,不知道还能怎么办。上帝爱我!——我们的设计只剩这一句话了,也许从来就只有这一句话吧。

一九九〇年二月二十七日

## 我二十一岁那年

友谊医院神经内科病房有十二间病室,除去1号2号,其余十间我都住过。当然,决不为此骄傲。即便多么骄傲的人,据我所见,一躺上病床也都谦恭。1号和2号是病危室,是一步登天的地方,上帝认为我住那儿为时尚早。

十九年前,父亲搀扶着我第一次走进那病房。那时我还能走,走得艰难,走得让人伤心就是了。当时我有过一个决心:要么好,要么死,一定不再这样走出来。

正是晌午,病房里除了病人的微鼾,便是护士们轻极了的脚步,满目洁白,阳光中飘浮着药水的味道,如同信徒走进了庙宇我感觉到了希望。一位女大夫把我引进10号病室。她贴近我的耳朵轻轻柔柔地问:"午饭吃了没?"我说:"您说我的病还能好吗?"她笑了笑。记不得她怎样回答了,单记得她说了一句什么之后,父亲的愁眉也略略地舒展。女大夫步履轻盈地走后,我永远留住了一个偏见:女人是最应该当大夫的,白大褂是她们最优雅的服装。

那天恰是我二十一岁生日的第二天。我对医学对命运都还未及了解,不知道病出在脊髓上将是一件多么麻烦的事。我舒心地躺下来睡了个好觉。心想:十天,一个月,好吧就算是三个月,然后我就又能是原来的样子了。和我一起插队的同学来看我时,也都这样想;他们给我带来很多书。

10号有六个床位。我是6床。5床是个农民,他天天都盼着出院。"光房钱一天就一块一毛五,你算算得啦,"5床说,"死病值得了这么些?"3床就说:"得了嘿,你有完没完!死死死,数你悲观。"4床是个老头,说:"别介别介,咱毛主席有话啦——既来之,则安之。"农民便带笑地把目光转向我,却是对他们说:"敢情你们都有公费医疗。"他知道我还在与贫下中农相结合。1床不说话,1床一旦说话即可出院。2床像是个有些来头的人,举手投足之间便赢得大伙的敬畏。2床幸福地把一切名词都忘了,包括忘了自己的姓名。2床讲话时,所有名词都以"这个"、"那个"代替,因而讲到一些轰轰烈烈的事迹却听不出是谁人所为。4床说:"这多好,不得罪人。"

我不搭茬儿。刚有的一点舒心倾刻全光。一天一块多房钱都要从父母的工资里出,一天好几块的药钱、饭钱都要从父母的工资里出,何况为了给我治病家中早已是负债累累了。我马上就想那农民之所想了:什么时候才能出院呢?我赶紧松开拳头让自己放明白点:这是在医院不是在家里,这儿没人会容忍我发脾气,而且砸坏了什么还不是得用父母的工资去赔?所幸身边有书,想来想去只好一头埋进书里去,好吧好吧,就算是三个月!我凭白地相信这样一个期限。

可是三个月后我不仅没能出院,病反而更厉害了。

那时我和2床一起住到了7号。2床果然不同寻常,是位局长,十一级干部,但还是多了一级,非十级以上者无缘去住高干病房的单间。7号是这普通病房中唯一仅设两张病床的房间,最接近单间,故一向由最接近十级的人去住。据说刚有个十三级从这儿出去。2床搬来名正言顺。我呢？护士长说是"这孩子爱读书"，让我帮助2床把名词重新记起来。"你看他连自己是谁都闹不清了。"护士长说。但2床却因此越来越让人喜欢，因为"局长"也是名词也在被忘之列，我们之间的关系日益平等、融洽。有一天他问我："你是干什么的？"我说："插队的。"2床说他的"那个"也是，两个"那个"都是，他在高出他半个头的地方比划一下："就是那两个，我自己养的。""您是说您的两个儿子？"他说对，儿子。他说好哇，革命嘛就不能怕苦，就是要去结合。他说："我们当初也是从那儿出来的嘛。"我说："农村？""对对对。什么？""农村。""对对对农村。别忘本呀！"我说是。我说："您的家乡是哪儿？"他于是抱着头想好久。这一回我也没办法提醒他。最后他骂一句，不想了，说："我也放过那玩艺。"他在头顶上伸直两个手指。"是牛吗？"他摇摇头，手往低处一压。"羊？""对了，羊。我放过羊。"他躺下，双手垫在脑后，甜甜蜜蜜地望着天花板老半天不言语。大夫说他这病叫做"角回综合症，命名性失语"，并不影响其他记忆，犹其是遥远的往事更都记得清楚。我想局长到底是局长，比我会得病。他忽然又坐起来："我的那个，喂，小什么来？""小儿子？""对！"他怒气冲冲地跳到地上，说："那个小玩艺，娘个×！"说："他要去结合，我说好嘛我支持。"说："他来信要钱，说要办个这个。"他指了指周围，我想"那个小玩艺"可能是要办个医疗站。他说："好嘛，要多少？我给。可那个小玩艺！"他背着手气哼哼地来回走，然后停住，两手一摊："可他又要在那儿结婚！""在农村？""对，农村。""跟农民？""跟农民。"无论是根据我当时的思想觉悟，还是根据报纸电台当时的宣传倡导，这都是值得肃然起敬的。"扎根派。"我钦佩地说。"娘了个×派！"他说："可你还要不要回来嘛？"这下我有点发懵。见我愣着，他又一跺脚，补充道："可你还要不要革命?!"这下我懂了，先不管革命是什么，2床的坦诚都令人欣慰。

不必去操心那些玄妙的逻辑了。整个冬天就快过去，我反倒拄着拐杖都走不到院子里去了，双腿日甚一日地麻木，肌肉无可遏止地萎缩，这才是需要发愁的。

我能住到7号来，事实上是因为大夫护士们都同情我。因为我还这么年轻，因为我是自费医疗，因为大夫护士都已经明白我这病的前景极为不妙，还因为我爱读书——在那个"知识越多越反动"的年代，大夫护士们尤为喜爱一个爱读书的孩子。他们都还把我当孩子。他们的孩子有不少也在插队。护士长好几次在我母亲面前夸我，最后总是说："唉，这孩子……"这一声叹，暴露了当代医学的爱莫能助。他们没有别的办法帮助我，只能让我住得好一点，安静些，读读书吧——他们可能是想，说不定书中能有"这孩子"一条路。

可我已经没了读书的兴致。整日躺在床上，听各种脚步从门外走过；希望他们停下来，推门进来，又希望他们千万别停，走过去走你们的路去别来烦我。心里荒荒凉凉地祈祷：上帝如果你不收我回去，就把能走路的腿也给我留下！我确曾在没人的时候双手合十，出声地向神灵许过愿。多年以后才听一位无名的哲人说过：危卧病榻，难有无神论者。如今想来，有神无神并不值得争论，但在命运的混沌之点，人自然会忽略着科学，向虚暝之中寄托一份虔敬的祈盼。正如迄今人类最美好的向往也都没有实际的验证，但那向往并不因此消灭。

主管大夫每天来查房，每天都在我的床前停留得最久："好吧，别急。"按规矩主任每星期查一次房，可是几位主任时常都来看看我:"感觉怎么样？嗯，一定别着急。"有那么些天全科的大夫都来看我，八小时以内或以外，单独来或结队来，检查一番各抒主张，然后都对我说:"别着急，好吗？千万别急。"从他们谨慎的言谈中我渐渐明白了一件事:我这病要是因为一个肿瘤的捣鬼，把它找出来切下去随便扔到一个垃圾桶里，我就还能直立行走，否则我多半就是把祖先数百万年进化而来的这一优势给弄丢了。

　　窗外的小花园里已是桃红柳绿，二十二个春天没有哪一个像这样让人心抖。我已经不敢去羡慕那些在花丛树行间漫步的健康人和在小路上打羽毛球的年轻人。我记得我久久地看过一个身着病服的老人，在草地上踱着方步晒太阳；只要这样我想只要这样！只要能这样就行了就够了！我回忆脚踩在软软的草地上是什么感觉？想走到哪儿就走到哪儿是什么感觉？踢一颗路边的石子，踢着它走是什么感觉？没这样回忆过的人不会相信，那竟是回忆不出来的！老人走后我仍呆望着那块草地，阳光在那儿慢慢地淡薄，脱离，凝作一缕孤哀凄寂的红光一步步爬上墙，爬上楼顶……我写下一句歪诗:轻拨小窗看春色，漏入人间一斜阳。日后我摇着轮椅特意去看过那块草地，并从那儿张望7号窗口，猜想那玻璃后面现在住的谁？上帝打算为他挑选什么前程？当然，上帝用不着征求他的意见。

　　我乞求上帝不过是在和我开着一个临时的玩笑——在我的脊椎里装进了一个良性的瘤子。对对,它可以长在椎管内,但必须要长在软膜外,那样才能把它剥离而不损坏那条珍贵的脊髓。"对不对,大夫？""谁告诉你的？""对不对吧？"大夫说:"不过,看来不太像肿瘤。"我用目光在所有的地方写下"上帝保佑",我想,或许把这四个字写到千遍万遍就会赢得上帝的怜悯,让它是个瘤子,一个善意的瘤子。要么干脆是个恶毒的瘤子,能要命的那一种,那也行。总归得是瘤子,上帝!

朋友送了我一包莲子,无聊时我捡几颗泡在瓶子里,想,赌不赌一个愿?——要是它们能发芽,我的病就不过是个瘤子。但我战战兢兢地一直没敢赌。谁料几天后莲子竟都发芽。我想好吧我赌!我想其实我压根儿是倾向于赌的。我想倾向于赌事实上就等于是赌了。我想现在我还敢赌——它们一定能长出叶子!(这是明摆着的。)我每天给它们换水,早晨把它们移到窗台西边,下午再把它们挪到东边,让它们总在阳光里;为此我抓住床栏走,扶住窗台走,几米路我走得大汗淋漓。这事我不说,没人知道。不久,它们长出一片片圆圆的叶子来。"圆",又是好兆。我更加周到地侍候它们,坐回到床上气喘吁吁地望着它们,夜里醒来在月光中也看看它们:好了,我要转运了。并且忽然注意到"莲"与"怜"谐音,毕恭毕敬地想:上帝终于要对我发发慈悲了吧?这些事我不说没人知道。叶子长出了瓶口,闲人要去摸,我不让,他们硬是摸了呢,我便在心里加倍地祈祷几回。这些事我不说,现在也没人知道。然而科学胜利了,它三番五次地说那儿没有瘤子,没有没有。果然,上帝直接在那条娇嫩的脊髓上做了手脚!定案之日,我像个冤判的屈鬼那样疯狂地作乱,挣扎着站起来,心想干嘛不能跑一回给那个没良心的上帝瞧瞧?后果很简单,如果你没摔死你必会明白:确实,你干不过上帝。

我终日躺在床上一言不发,心里先是完全的空白,随后由着一个死字去填满。王主任来了(那个老太太,我永远忘不了她。还有张护士长。八年以后和十七年以后,我有两次真的病到了死神门口,全靠这两位老太太又把我抢下来)。我面向墙躺着,王主任坐在我身后许久不说什么,然后说了,话并不多,大意是:还是看看书吧,你不是爱看书吗?人活一天就不要白活。将来你工作了,忙得一点时间都没有,你会后悔这段时光就让它这么白白地过去了。这些话当然并不能打消我的死念,但这些话我将受用终生,在以后的若干年里我频繁地对死神抱有过热情,但在未死之前我一直记得王主任这些话,因而还是去做些事。使我没有去死的原因很多(我在另外的文章里写过),"人活一天就不要白活"亦为其一,慢慢地去做些事于是慢慢地有了活的兴致和价值感。有一年我去医院看她,把我写的书送给她,她已是满头白发了,退休了,但照常在医院里从早忙到晚。我看着她想,这老太太当年必是心里有数,知道我还不至去死,所以她单给我指一条活着的路。可是我不知道当年我搬离7号后,是谁最先在那儿发现过一团电线?并对此作过什么推想?那是个秘密,现在也不必说。假定我那时真的去死了呢?我想找一天去问问王主任。我想,她可能会说"真要去死那谁也管不了",可能会说"要是你找不到活着的价值,迟早还是想死",可能会说"想一想死倒也不是坏事,想明白了倒活得更自由",可能会说"不,我看得出来,你那时离死神还远着呢,因为你有那么多好朋友"。

友谊医院——这名字叫得好。"同仁""协和""博爱""济慈",这样的名字也不错,但或稍嫌冷静,或略显张扬,都不如"友谊"听着那么平易、亲近。也许是我的偏见。二十一岁末尾,双腿彻底背叛了我,我没死,全靠着友谊。还在乡下插队的同学不断写信来,软硬兼施劝骂并举,以期激起我活下去的勇气;已转回北京的同学每逢探视日必来看我,甚至非探视日他们也能进来。"怎进来的你们?""咳,闭上一只眼睛想一会儿就进来了。"这群插过队的,当年可以凭一张站台票走南闯北,甭担心还有他们走不通的路。那时我搬到了加号。加号原本不是病房,里面有个小楼梯间,楼梯间弃置不用了,余下的地方仅够放一张床,虽然窄小得像一节烟筒,但毕竟是单间,光景固不可比十级,却又非十一级可比。这又是大夫护士们的一番苦心,见我的朋友太多,都是少男少女难免说笑得不管不顾,既不能影响了别人又不可剥夺了我的快乐,于是给了我十点五级的待遇。加号的窗口朝向大街,我的床紧挨着窗,在那儿我度过了二十一岁中最惬意的时光。每天上午我就坐在窗前清清静静地读书,很多名著我都是在那时读到的,也开始像模像样地学着外语。一过中午,我便直着眼睛朝大街上眺望,尤其注目骑车的年轻人和6路汽车的车站,盼着朋友们来。有那么一阵子我暂时忽略了死神。朋友们来了,带书来,带外面的消息来,带安慰和欢乐来,带新朋友来,新朋友又带新的朋友来,然后都成了老朋友。以后的多少年里,友谊一直就这样在我身边扩展,在我心里深厚。把加号的门关紧,我们自由地嘻笑怒骂,毫无顾忌地议论世界上所有的事,高兴了还可以轻声地唱点什么——陕北民歌,或插队知青自己的歌。晚上朋友们走了,在小台灯幽寂而又喧嚣的光线里,我开始想写点什么,那便是我创作欲望最初的萌生。我一时忘记了死,还因为什么?还因为爱情的影子在隐约地晃动。那影子将长久地在我心里晃动,给未来的日子带来幸福也带来痛苦,尤其带来激情,把一个绝望的生命引领出死谷。无论是幸福还是痛苦,都会成为永远的珍藏和神圣的纪念。

二十一岁、二十九岁、三十八岁,我三进三出友谊医院,我没死,全靠了友谊。后两次不是我想去勾结死神,而是死神对我有了兴趣；我高烧到四十多度，朋友们把我抬到友谊医院，内科说没有护理截瘫病人的经验，柏大夫就去找来王主任，找来张护士长，于是我又住进神内病房。尤其是二十九岁那次，高烧不退，整天昏睡、呕吐，差不多三个月不敢闻饭味，光用血管去喝葡萄糖，血压也不安定，先是低压升到一百二十接着高压又降到六十，大夫们一度担心我活不过那年冬天了——肾，好像是接近完蛋的模样，治疗手段又像是接近于无了。我的同学找柏大夫商量，他们又一起去找唐大夫：要不要把这事告诉我父亲？他们决定：不。告诉他，他还不是白着急？然后他们分了工：死的事由我那同学和柏大夫管，等我死了由他们去向我父亲解释；活着的我由唐大夫多多关照。唐大夫说："好，我以教学的理由留他在这儿，他活一天就还要想一天办法。"真是人不当死鬼神奈何其不得，冬天一过我又活了，看样子极可能活到下一个世纪去。唐大夫就是当年把我接进10号的那个女大夫，就是那个步履轻盈温文尔雅的女大夫，但八年过去她已是两鬓如霜了。又过了九年，我第三次住院时唐大夫已经不在。听说我又来了，科里的老大夫、老护士们都来看我，问候我，夸我的小说写得还不错，跟我叙叙家常，唯唐大夫不能来了。我知道她不能来了，她不在了。我曾摇着轮椅去给她送过一个小花圈，大家都说：她是累死的，她肯定是累死的！我永远记得她把我迎进病房的那个中午，她贴近我的耳边轻轻柔柔地问："午饭吃了没？"倏忽之间，怎么，她已经不在了？她不过才五十岁出头。这事真让人哑口无言，总觉得不大说得通，肯定是谁把逻辑摆弄错了。

但愿柏大夫这一代的命运会好些。实际只是当着众多病人时我才叫她柏大夫。平时我叫她"小柏"，她叫我"小史"。她开玩笑时自称是我的"私人保健医"，不过这不像玩笑这很近实情。近两年我叫她"老柏"她叫我"老史"了。十九年前的深秋,病房里新来了个卫生员,梳着短辫儿,戴一条长围巾穿一双黑灯芯绒鞋,虽是一口地道的北京城里话,却满身满脸的乡土气尚未退尽。"你也是插队的?"我问她。"你也是?"听得出来,她早已知道了。"你哪届?""老初二,你呢?""我六八,老初一。你哪儿?""陕北。你哪儿?""我内蒙。"这就行了,全明白了,这样的招呼是我们这代人的专利,这样的问答立刻把我们拉近。我料定,几十年后这样的对话仍会在一些白发苍苍的人中间流行,仍是他们之间最亲切的问候和最有效的沟通方式;后世的语言学者会煞费苦心地对此作一番考证,正儿八经地写一篇论文去得一个学位。而我们这代人是怎样得一个学位的呢?十四五岁停学,十七八岁下乡,若干年后回城,得一个最被轻视的工作,但在农村呆过了还有什么工作不能干的呢?同时学心不死业余苦读,好不容易上了个大学,毕业之后又被轻视——因为真不巧你是个"工农兵学员",你又得设法摘掉这个帽子,考试考试考试这代人可真没少考试,然后用你加倍的努力让老的少的都服气,用你的实际水平和能力让人们相信你配得上那个学位——比如说,这就是我们这代人得一个学位的典型途径。这还不是最坎坷的途径。"小柏"变成"老柏",那个卫生员成为柏大夫,大致就是这么个途径,我知道,因为我们已是多年的朋友。她的丈夫大体上也是这么走过来的,我们都是朋友了;连她的儿子也叫我"老史"。闲下来细细去品,这个"老史"最令人羡慕的地方,便是一向活在友谊中。真说不定,这与我二十一岁那年恰恰住进了"友谊"医院有关。

  因此偶尔有人说我是活在世外桃源,语气中不免流露了一点讥讽,仿佛这全是出于我的自娱甚至自欺。我颇不以为然。我既非活在世外桃源,也从不相信有什么世外桃源。但我相信世间桃源,世间确有此源,如果没有恐怕谁也就不想再活。倘此源有时弱小下去,依我看,至少讥讽并不能使其强大。千万年来它作为现实,更作为信念,这才不断。它源于心中再流入心中,它施于心又由于心,这才不断。欲其强大,舍心之虔诚又向何求呢?

也有人说我是不是一直活在童话里?语气中既有赞许又有告诫。赞许并且告诫,这很让我信服。赞许既在,告诫并不意指人们之间应该加固一条防线,而只是提醒我:童话的缺憾不在于它太美,而在于它必要走进一个更为纷繁而且严酷的世界,那时只怕它太娇嫩。

事实上在二十一岁那年,上帝已经这样提醒我了,他早已把他的超级童话和永恒的谜语向我略露端倪。

住在4号时,我见过一个男孩。他那年七岁,家住偏僻的山村,有一天传说公路要修到他家门前了,孩子们都翘首以待好梦联翩。公路终于修到,汽车终于开来,乍见汽车,孩子们惊讶兼着胆怯,远远地看。日子一长孩子便有奇想,发现扒住卡车的尾巴可以威风凛凛地兜风,他们背着父母玩得好快活。可是有一次,只一次,这七岁的男孩失手从车上摔了下来。他住进医院时已经不能跑,四肢肌肉都在萎缩。病房里很寂寞,孩子一瘸一瘸地到处窜;淘得过分了,病友们就说他:"你说说你是怎么伤的?"孩子立刻低了头,老老实实地一动不动。"说呀?""说,因为什么?"孩子嗫嚅着。"喂,怎么不说呀?给忘啦?""因为扒汽车。"孩子低声说。"因为淘气。"孩子补充道。他在诚心诚意地承认错误。大家都沉默,除了他自己谁都知道:这孩子伤在脊髓上,那样的伤是不可逆的。孩子仍不敢动,规规矩矩地站着用一双正在萎缩的小手擦眼泪。终于会有人先开口,语调变得哀柔:"下次还淘不淘了?"孩子很熟悉这样的宽容或原谅,马上使劲摇头:"不,不,不了!"同时松了一口气。但这一回不同以往,怎么没有人接着向他允诺"好啦,只要改了就还是好孩子"呢?他睁大眼睛去看每一个大人,那意思是:还不行么?再不淘气了还不行么?他不知道,他还不懂,命运中有一种错误是只能犯一次的,并没有改正的机会,命运中有一种并非是错误的错误(比如淘气,是什么错误呢),但这却是不被原谅的。那孩子小名叫"五蛋",我记得他,那时他才七岁,他不知道,他还不懂。未来,他势必有一天会知道,可他势必有一天就会懂吗?但无论如何,那一天就是一个童话的结尾。在所有童话的结尾处,让我们这样理解吧:上帝为了锤炼生命,将布设下一个残酷的谜语。

　　住在6号时,我见过有一对恋人。那时他们正是我现在的年纪,四十岁。他们是大学同学。男的二十四岁时本来就要出国留学,日期已定,行装都备好了,可命运无常,不知因为什么屁大的一点事不得不拖延一个月,偏就在这一个月里因为一次医疗事故他瘫痪了。女的对他一往情深,等着他,先是等着他病好,没等到;然后还等着他,等着他同意跟她结婚,还是没等到。外界的和内心的阻力重重,一年一年,男的既盼着她来又说服着她走。但一年一年,病也难逃爱也难逃,女的就这么一直等着。有一次她狠了狠心,调离北京到外地去工作了,但是斩断感情却不这么简单,而且再想调回北京也不这么简单,女的只要有三天假期也迢迢千里地往北京跑。男的那时病更重了,全身都不能动了,和我同住一个病室。女的走后,男的对我说过:你要是爱她,你就不能害她,除非你不爱她,可那你又为什么要结婚呢?男的睡着了,女的对我说过:

我知道他这是爱我,可他不明白其实这是害我,我真想一走了事,我试过,不行,我知道我没法不爱他。女的走了男的又对我说过:不不,她还年轻,她还有机会,她得结婚,她这人不能没有爱。男的睡了女的又对我说过:可什么是机会呢?机会不在外边而在心里,结婚的机会有可能在外边,可爱情的机会只能在心里。女的不在时,我把她的话告诉男的,男的默然垂泪。我问他:"你干嘛不能跟她结婚呢?"他说:"这你还不懂。"他说:"这很难说得清,因为你活在整个这个世界上。"他说:"所以,有时候这不是光由两个人就能决定的。"我那时确实还不懂。我找到机会又问女的:"为什么不是两个人就能决定的?"她说:"不,我不这么认为。"她说:"不过确实,有时候这确实很难。"她沉吟良久,说:"真的,跟你说你现在也不懂。"十九年过去了,那对恋人现在该已经都是老人。我不知道现在他们各自在哪儿,我只听说他们后来还是分手了。十九年中,我自己也有过爱情的经历了,现在要是有个二十一岁的人问我爱情都是什么?大概我也只能回答:真的,这可能从来就不是能说得清的。无论她是什么,她都很少属于语言,而是全部属于心的。还是那位台湾作家三毛说得对:爱如禅,不能说不能说,一说就错。那也是在一个童话的结尾处,上帝为我们能够永远地追寻着活下去,而设置的一个残酷却诱人的谜语。

二十一岁过去,我被朋友们抬着出了医院,这是我走进医院时怎么也没料到的。我没有死,也再不能走,对未来怀着希望也怀着恐惧。在以后的年月里,还将有很多我料想不到的事发生,我仍旧有时候默念着"上帝保佑"而陷入茫然。但是有一天我认识了神,他有一个更为具体的名——

精神。在科学的迷茫之处,在命运的混沌之点,人唯有乞灵于自己的精神。不管我们信仰什么,都是我们自己的精神的描述和引导。

一九九〇年十二月七日

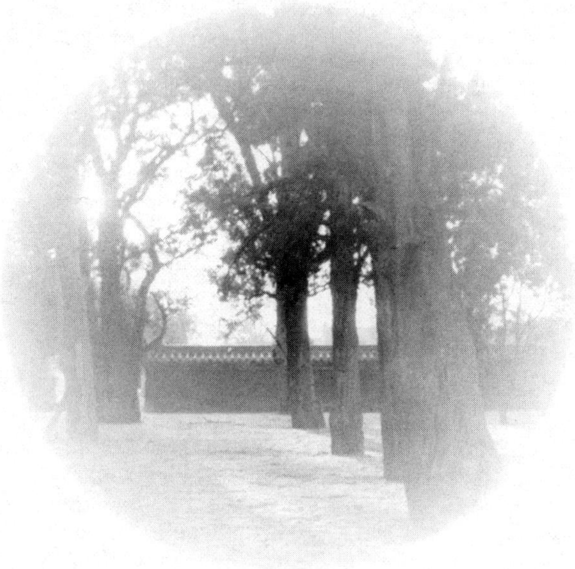

## 随笔

看写作,仿佛那可以使残疾人救出苦海。"可""不试你怎么知道会没用?"她说,每//都虔诚地抱着希望。然而对我的腿来说/少回希望我有多少回失望。终于有一天/现我在写小说。她跟我说:"那就好好写"我听出来,她对治好我的腿是绝望了,/青的时候也最喜欢文学,"她说。"那时候/考作家,那时候我跟你现在差不多大。"然后她又说起她小时候的那件事,说着/不相信那么好的文章会是她写的。我们/力把我的两条腿忘掉。她到处去给我借/雨或冒着雪推我去看电影,像过去给我/、打听偏方那样,虔诚地抱了希望。

三十岁的时候,我的第一篇小说发表了/已经不在人世。过了几年,我的另一篇/文章获奖,母亲已经离开我整々几年。获奖之后,蹬门来访的记者很多■。人/好心好意,认为我不容易。但是我只怪/套话,说来说去我觉得心里烦乱。我摇

# 对话四则

## 一、关于死

M:你想过死吗?

S:想过,可是想不明白。大概活着的人都不可能想得明白。

M:不,我不是问死是怎么回事,我是说,你想没想过死?

S:你是说寻死,或者说自杀,但是你不忍心用这个词。用不着这样,想寻死不见得就是坏事,这说明一个人对生命的意义有着要求,否则的话他怎么活着都行。

M:从理性上讲我很理解,但是我没有过这样的亲身体验,我从来没有真的想要去死过。而你有过?

S:是的。不过这无法证明,因为我毕竟还活着。我只是曾经非常渴望过死,祈求过死。

M:因为什么事?因为你的双腿瘫痪?

S:差不多,总归跟我的病有关,虽然并不总是这么直接。都是什么事说起来话长,但总之是因为我感到了绝望。

M:你这句话等于没说,当然是绝望。

S:比如说,你终于明白你再也站不起来了。比如说,才只有二十一岁,你却不能上大学,大学已经预先把你开除了;你也找不到正式工作,好像你已经到了退休的时候;差不多所有的人都会称赞你的坚强,但是有一个前提:你不要试图成为他们的女婿;如果你爱上了一个姑娘,你会发现最好的方式是离开她,否则说不定她比你还痛苦;你最好是做个通情达理的人,那样会安全些,那样你会得到好评,但是这样一来你就不知道为什么还要活着了;这就是绝望。如果你走运你会有一对爱你的父母,会有一些好朋友,但是你经常会在他们脸上看见深深的忧虑,你自然就会想,你活着是给他们带来的帮助多呢还是麻烦多呢?是安慰多呢还是愁苦多?这就是绝望。我知道,就在咱俩这样说着的时候,正有很多人处在这样的绝望中。

M:你是怎么从这样的绝望中摆脱出来的呢?你怎么没死?

S:别着急,早晚会死的。

M:少贫嘴。我是说,你怎么没自杀。

S:一点儿都不贫嘴。我听了卓别林的劝。

M:我跟你说正经的呢。

S:要是你正正经经地陷入了绝望,你不妨听听幽默大师的话。当然,使我没去自杀的原因很多,但是我第一次平心静气地放弃自杀的念头却是因为听了卓别林的劝,以后很多次都是这样。幸好有一天我去看了那场电影,什么名字我忘了,一个女人想自杀,但被卓别林扮演的那个角色发现了,女人很埋怨他,发了疯似的喊:"你为什么不让我死?为什么不让我死!"卓别林慢悠悠不动声色地说:"着什么急?早晚会死的。"

M:真是妙。

S:怪事,为什么他说了就"真是妙",我说了就是"少贫嘴"呢?

M(笑):你让我想想,嗯……

M:可能是这样,我在听他说这句话之前已经进入了幽默的心态,已经对幽默有了准备,卓别林这三个字就像一个信号把我带进了另一种思维方式,你自然而然就跳出了常规的逻辑。

S:就是就是,关键是你得进入幽默,关键是卓别林能把你领进幽默中去。在那之前我从来没想到过对于死还有这样一种态度。一般人们总是劝你坚强些,"别这么软弱,你应该坚强些"。你想,要是医生对病人说:"别生病,健康些,你应该健康些。"这不是废话吗?

M:人家这是好意,我讨厌你这样对待人家的好意。

S:我也知道这是好意,事后我也后悔这样对待人家的好意,但是当我一心一意想死的时候我不在乎谁讨厌我。还有,还有人会这样劝你:"别这么悲观,生活是多么美好,你要热爱生活。"如果生活一向只是美好,如果生活中压根儿没有悲哀没有丑恶没有绝望,活下去本来就不需要谁来劝,就像吃喝拉撒睡一样用不着谁来劝。比如说,被侮辱、被歧视、被不公平不平等地对待,而且这局面很可能坚如磐石至少在九十九年里无法动摇,这样的事让你碰上了,没让他碰上,你想死,他却用"生活是多么美好"来劝你活,当然他这也是好意,但是你不觉得他比我还讨厌吗?

M:还有些人,谈死色变。你一说到死,他就说"哎哎,老提什么死呀怪不吉利的",或者说"嘘嘘——,别老这么悲观,要说死找没人的地方说去",好像不知道死就是乐观,好像不说死就能不死了似的。

S:那倒不怎么讨厌,那不过是让死吓的。其实他知道人必有一死,这一事实吓得他不敢再想下去。很可能他还会找到一种自我安慰的方法:"活着先说活着的事。"那么死呢?"咳,到时候再说。"这让人想起其他动物,除了人,其他动物都是这么任凭生死摆布的,并且对此毫无意见。

M:也许倒是人错了呢?想它又管什么用:顺其自然,也许倒是其他动物对了呢?

S:顺其自然大概不等于逆来顺受,人对生、对死都要求着意义。先不说这个,总而言之,要是我们一时弄不清是做人好还是做其他动物好,我们不妨只记住一个事实:我们是人,我们必不可免地得思考生和死的问题。就是说,无论我们赞成思考这一问题,还是禁止思考这一问题,还是设法逃避这一问题,我们都已经进入了这一问题,我们可以羡慕其他动物,但是从我们是了人的那一天起,我们就无法改变自己的种类了。况且,子非鱼,安知鱼不知生死乎?这有点像废话了。

M:还说卓别林吧,还说你是怎么听了他的劝的吧。

S:关键是卓别林先让你放了心,他不像很多人那样先劈头盖脸地反击、嘲笑,或是企图粉碎你的愿望,他理解你的一切苦衷,他相信死也是人的一种权利,他和你站在一起维护你的这个权利,然后他只是提醒你:死神是最守信用的,他早晚会来的,你又何必这么着急呢?我真是长长地出了一口闷气,觉得轻松多了。死本来是绝望,但卓别林轻而易举地把它变成了一种希望。这希望有两层意思:一是说,要是你真的再没有力气了,你放心吧,那时候死神肯定会来搭救你;二是说,既然如此你何必不再试试呢?说不定你还能玩出什么花样来高兴高兴呢。可不是么?你活着已经苦到了头,你想死而死又是那么样地可靠,你还怕什么呢?你还会有什么损失呢?你就再试试呗。

M：摆脱死的诱惑就这么简单？

S：当然不会就这么简单。我只是说，要是别人或是你自己忽然想寻死，要是你还有可能劝劝别人或者是你自己，让我说，卓别林的劝法是最有效的劝法。至于彻底摆脱绝望摆脱死神的诱惑，可能只有两个办法，一是设法把自己变成傻瓜，一是在明白了过程就是目的之后。

## 二、关于生

M：上次你说，彻底摆脱死神的诱惑只有两个办法，一个办法是当傻瓜，一个办法就是得明白——过程就是目的。

S：是。

M：这么说，你是靠了后一种办法喽？

S：为什么？

M：我看你不像个傻瓜。

S：谢谢。我希望我没辜负你的恭维。

我还要补充一点。照我的理解，"傻瓜"一词绝不是指先天的弱智，而是指后天的麻木。弱智常常并不妨碍弱智者向他们不公正的命运要求意义。可是对生命意义的麻木不问，却可以使智力健全的生命仅仅为一种生理现象，而不是精神过程。

M：这样的人只是活着，无论怎样活着只要活着就够了，因此他们不会有烦恼得要去自杀的时候。可这又有什么不好呢？在烦恼和傻瓜之间，选择后者说不定是更明智的呢。

S：也许是吧，所以我说那也不失为一种活着的办法。

M：那你为什么不选择这种办法？

S：我试过，但是没成功。

M：在这点上咱俩倒是挺一样。我也试过，可是不行。我老是想，与其那样活着倒不如死了痛快。

S：亚当和夏娃吃了禁果，知道了善与恶，被逐出了伊甸园，再也回不去了。所谓"知道了善与恶"其实就是对生活有了价值判断，对生命的意义有了要求，所以我们跟亚当夏娃一样，也别想回去当傻瓜了。

《圣经》上说，亚当和夏娃被逐出伊甸园，人类历史从此开始。这说法真是妙极了。也就是说，从此开始他们才是人了，由此他们才有别于其他动物而成为人了。遗憾的是人们只注意到了这是痛苦的开始，而没看到这才有了人生欢乐的可能。人们应该理解上帝的好意。把那个伊甸园称为乐园实在荒唐，我相信那儿可能没有痛苦，但没有痛苦的地方肯定也没有欢乐。所以我想，还是别回到伊甸园去当那漫长的傻瓜吧。

M：所以你选择了第二个办法？

S：不如说是去寻找另外的办法，因为第二个办法不是现成的。但是，如果你相信死是一件不必着急的事，如果你又不想去当那个漫长的傻瓜，如果你诚心诚意地去找另外的办法，你就准能找到它，你找到的就准是它。

M：玄了。我看你是不是越说越玄了？你就直截了当地说吧，怎么会"过程就是目的"呢？

S：比如说踢足球，全场九十分钟常常才进一两个球，有时候甚至是零比零，那么目的是什么呢？就是过程，在这九十分钟的过程中证明和欣赏生命矫健、坚强、智慧和优美。其实要想多进球还不简单吗？只要越位不算犯规，大伙都上大门那儿等着去，要不干脆一开始就罚点球，保险进球多。可是那样就没意思了，没有了过程，就没有了趣味，没有了快乐。在真正的球迷看来,过程比目的要紧。

不久前意大利的世界杯赛,由于时差关系,很多场球我们只能看录像,那时胜败已定,但球迷们都避免先知道结果,并向知道了结果的人发出警告:不许说!因为令我们着迷的是过程,他们要在前途未卜的过程中享受激情,享受惊险,享受渴望,享受悲欢。

我还知道一些更高明的球迷,甚至不怕知道结果;无论结果如何,丝毫不影响他们的兴致,只要那过程是充满艰险和激情的,不管辉煌的还是悲壮的,他们依然会如醉如痴地沉入在美的享受之中。问他们:谁赢了?他们可能会告诉你,但也可能他们记不清了,不过他们肯定能告诉你最好的球队是哪个,最好的球星是谁。如果他们告诉你得亚军的那个队实际上是最乏味的一个队,你用不着吃惊,因为他们是以过程来做判断的。

其实什么事都是这样。小说是这样,小说要是只写最后谁死了谁还活着,那就像人口普查了,没人爱看。科学怎么样?如果没有坎坷而欢欣的过程,人类想办到什么就办到了什么,人就差不多又要去当那个漫长的傻瓜了。生活也是,一场球赛九十分钟,一场生活就算它九十年,区别无非时间的长短罢了。上帝给人们设置了很多障碍,为的是展开一个过程,于是才能有趣味有快乐。

M:照此说来,生活是无需乎目的了?

S:不行,目的还非得有不可。如果都不想赢球,这场球还怎么踢下去呢?就像人活着没有理想,人可往哪儿走呢?没有了目的,过程一样没法展开。目的和理想的设置,我想,原就是为了引导出一个过程,我想,一个最最美好的理想或目的不如就让它处在那个望眼欲穿的位置上吧,这样才永远都有个奔头,创造着,欣赏着,乐此不彼。

M:但是你终于得到了什么呢?你总得能得到什么呀?总就是过程、过程、过程,总也达不到目的,你不觉得有点儿荒诞吗?

S:你得到了一个快乐的过程。就像一场球赛,你无论是输了还是赢了,只要你看重的是过程,你满怀激情地参与过程,生龙活虎不屈不挠地投入了过程,你在这过程的每一分钟里就都是快乐的。我发现这是划算的,胜负毕竟太短暂,过程却很长久,你干嘛不去取得那长久的快乐呢?

况且胜利常常与上帝的情绪有关,上帝要是决心不喜欢你(比如说让你瘫痪了等等),你再怎么抗议也是白搭。但是,上帝神通再大也无法阻止你获取过程的欢乐。所以不如把那没有保证的胜利交给上帝去过瘾,咱们只用那靠得住的过程来陶醉。

M:嗯,有道理。我发现你确实不是傻瓜。

S:多谢多谢,我很喜欢你经常发现这一点。

M:我有时候也这么想,真的,人最终究竟能得到什么呢?未知是无限的,人类的希望无穷无尽,于是认识就永远没有个完,永远不会到达终点,一个阶段的结束不过是又一个阶段的开始。也许你说对了,人要是不能从过程中体味幸福和欢乐,生命就成了一场荒诞的苦役,死就一直具有诱惑力。

S:这么聪明的话,我希望你还是留给我说。我要说什么来着?哦,对了——所以过程就是目的。我想给你念一段一个残疾朋友写给我的话:

"事实上你唯一具有的就是过程。一个只想(只想!)使过程精彩的人是无法剥夺的,因为死神也无法将一个精彩的过程变成不精彩的过程,因为坏运也无法阻挡你去创造一个精彩的过程,相反你可以把死亡也变成一个精彩的过程,相反坏运更利于你去创造精彩的过程。于是绝境溃败了,它必然溃败。你立于目的的绝境却实现着、欣赏着、饱尝着过程的精彩,你便把绝境送上了绝境。梦想使你迷醉,距离就成了欢乐;追求使你充实,失败和成功都是伴奏;当生命以美的形式证明其价值的时候,幸福是享受,痛苦也是享受。现在你说你是一个幸福的人你想你会说得多么自信,现在你对一切神灵鬼怪说谢谢你们给我的好运,你看看谁还能说不。"

M:嗯,这个人很能说。

但是意义呢?价值呢?目的要是不重要,为什么还有高尚和卑下之分呢?

S:道德的最高尚的原则,我想,就是使最多的人最大程度地获得自由、幸福、快乐的生命过程。只有更为高尚的目的才能引导出更为自由、更为幸福、更为快乐的过程。我看这用不着担心。如果为了展开过程我们需要设置目的,那么为了展开更为自由、幸福、快乐的过程,我们明显需要设置更为高尚的目的。你没想到再表扬我两句吗?

M:等你不止是说,而是去做的时候吧。

S:那我就听不到了。

M:为什么?

S:这件事在死之前是做不完的。

## 三、职业·事业

S:如果生命是一条河,我想,事业相当于一条船。在河上漂泊,你总是有一条船。

A:你的这条船就是写小说喽?

S:碰巧是这样。迄今为止这条船对我还合适。当然我也写别的,我也干些别的事。

A:活着就是为了事业吗?

S:正好相反。船是为了漂泊,漂泊不是为了船。事业是为了活着,是为了活得更有味道。

A:那你怎么理解,譬如:"一切为了事业","把生命献给事业"这样的话呢?

S:我更相信这样的事实,譬如:他的事业,给了他无比的快乐。为事业而奋斗,他感到莫大的幸福。在事业中他找到了自己的位置,实现了自己的价值。

A:有人说,活着就是奉献。

S:这话不仅不美反而失实,而且细品很像是诉苦,像是抱屈,像是炫耀,仿佛从中受益的只是他人。这类少实事求是之心多哗众取宠之嫌的说道,不见得能保证长久的快乐。如果他注意到了自己从事业中享受了多少乐趣,也许能对"奉献"一词体会得更全面。如果他活着真的只有奉献,我想那是对"按劳分配"原则的违背;如果奉献是他自己选择的幸福方式,那么他已经得到了丰厚的报偿,他不会在喝彩与掌声中眉飞色舞,而更可能在人们钦佩的目光下稍稍有一点惭愧。一种是,把事业视为自己的幸福,它不仅仅意味着心血的付出,它更意味着精神的收获;另一种则把事业仅仅看作是付出,仅仅看作是为他人的利益而受苦受累——这意味着需要报答,可这希冀倘若落空呢,事业岂不成了一场折磨人的灾难么?

顺便说一句,在信念的领域里可以不考虑经济规律,但这绝不意味着按劳分配的原则应该废弃。

A:你是怎么选择了写作这条路的呢?听说你身体残疾后,也曾一度想去死?

S:不是一度,是几度。这方面的事,在和M的谈话中已经说过了。

后来我想再活一活试试,以观后效。一个人,不管他曾经与死神的关系多么密切,如果现在他想活下去试试,他总得做些事,否则不劳而食你会觉得羞耻,否则精神无以安顿你会觉得时间漫长有如徒刑。必须得干些事。

我先到一个街道生产组找了个工作。那不是正式工作,干一天拿一块钱,再无其他待遇;所得工资可以温饱,关键是自力更生了,没有活成个负数,这感觉让人踏实。生产组是一间低矮破旧的老房,成员多是家庭妇女、老头、老太太和残疾人,每天在昏暗的光线里画些美丽的图案兼而嘻笑怒骂;那也是生活,如果你能体会,那样的生活里也一样包含了深意。这感觉给人希望,生活从不轻易抛弃谁。老头老太太们都对我好,他们没有文化但有饱满的人情味,这感觉让人温暖,让人对生活多了信心。我自以为工作得努力,肯定对得起那份工作,这样感觉比占了便宜要舒服。当然,我还不满意,我想我说不定还能干些更有趣的事。人对快乐的要求没有个够,我以为这不是坏思想。

一开始我先自学了一年外语,但很快就发现既无资料可供我笔译,也没人要我去做口译,外语这东西不用就忘,于是浅尝辄止。现在外语的用处多了,可我也老了,学不彻底就该火化了,下辈子再学吧。后来又学画彩蛋、画仕女图,虽第一批交货即通过验收,但毕竟不是兴趣所在,便又半途而废。那时周围的人都在学数理化准备考大学,我动了七八回心,终于明白人家不肯录取残疾人,就没去碰那个钉子。干什么呢?想了好久,想起我上学时作文一向有好分数,平时喜欢文学,心里又颇多感受,就试试写作吧。

选择一项事业(或者找一条能够载渡精神的船)的时候,应该想起兵书上的一句话:知己知彼,百战不殆。没有谁是为了失败而工作的,因为注定的失败不能引导出一个如醉如痴的过程。所谓知己,就是要知道自己的兴趣何在?自己的禀赋何在?如果你喜欢文学,可你偏偏不肯舍弃一个学化学的机会,且不说没有兴趣你的化学很难学好,即便你小有成就那也是你的悲剧。如果你是一个数学天才,比如说是一个潜在的陈景润,可你对此昏然不知偏要去当一个写小说的,结果多半不妙。所谓知彼,就是得知道客观条件允许你干什么。如果你热爱起足球的时候已经四十多岁,你最好安心做一个球迷,千万别学马拉多纳了。如果你羡慕三毛,你也有文学才能,但是你的双腿一动都不能动,你就不要向往撒哈拉,你不如写一写自己心中的沙漠。我一贯相信,每个人都有自己的所长,倘能扬长避短谁都能有所作为;相反如果弃长取短,天才也能成为蠢才,不信让陈景润与托尔斯泰调换一下工作试试看。对事业的选择,要根据"知己知彼"的原则,可别为"热门"或时髦所左右。

　　然后还得需要点勇气,需要冒一点风险,没有什么办法能保证你肯定有一条金光大道。我开始想写作的时候,人们提醒我说,你哪儿都去不了不能深入生活,你凭什么能干这一行呢?我自己心里也打鼓。可是我忍不住地想写。我有纸也有笔,还有好多想法,别人一天有二十四小时的生活,我一天也有二十四小时的生活,所有的生活一样都有品味不尽的深意,我就偷偷地写了一点,自己觉得还有希望,于是豁出去了,写!如果你看不出你的选择有什么不对头,你得豁得出去,你得敢于试试,一条道走到黑或者不撞南墙不回头。当然那时我已经在街道生活组挣着自己的饭钱了,我想我最不济是个〇,不会是个负数了。

A：幸好你没撞到南墙。

S：到现在为止，我看我还不需要回头。

A：要是撞了呢？要是你撞着南墙呢？

S：要是你发现你确实不适合干某一行，你还得敢于回头，及时回头。这不丢人，事业不是为了撞南墙的，撞死在南墙下算不上勇敢。这方面你不行，你得相信在其他方面你未必都不行。

A：一开始你就相信，写小说你肯定行吗？

S：我只是认为我不见得不行。我没有把它当成一件只许成功不许失败的事来干。寻找也可以算一种事业。尝试也是一个有价值的过程。鉴于我们的选择无论多么科学多么慎重，我们仍有失败的可能，所以我们还是得把注重点从目的移向过程。

A：你很幸运。

S：你是指我的残疾？

A：别起哄，我是说能把这些事想得明白，这也是一种幸运。

S：不起哄，也许正因为命运让我有机会见识了绝境，这确实算得一种幸运。

A：你毕竟找到了你所感兴趣的事业，并不是谁都有这样的福气。

S：可是谁都有业余时间。现在的工作分配还不可能都根据个人的兴趣，可是挣完了饭钱还有不少时间，这些时间全凭个人调度。

A：你在事业上有过挫折吗？

S：我绝对认为我的智商适中。我好几次都认为我得改行了,根据"知己知彼"的原则想了又想,还是没改。我现在不大发愁写什么,可怎么能写得更好估计永远都是一个问题。

A:事业上的挫折,难道不给你带来苦恼吗?

S:当然。如果挫折不带来苦恼,成功也就不带来快乐了。

A:你怎么摆脱这样的苦恼呢?

S:一遍一遍地摆脱,没完没了地摆脱。一次一次地相信:船不是目的,河也不是,目的是诚心诚意尽心尽力地漂泊。

A:那也许是因为,你在事业上毕竟算个成功者。

S:我不起哄可是你起哄。成功与否完全是个度量标准的问题。

A:总归人家管你叫作家,不管我叫什么"家"。

S:那是因为很多事不大公道,现在"作家"这个头衔不值钱,发表几篇小说就算个"家",比当别的"家"——比如科学家、哲学家、数学家——要省事得多。而且写小说容易出名,因为你写了,总得签上你的名。

A:我看你是得了便宜卖乖。

S:我料到您要这么说了。不过您说的也许不全错。

可是还是得说,千万别把事业当成一项赌注。尤其是我们残疾人,千万别以为成功了某项事业,你的一切艰难困苦就都迎刃而解了,根本没那回事。就算我像你说的那样是个事业的成功者吧,那么我以这个身份最想说的就是,事业的成功确实让人兴奋,但它不为人解决其余的问题,兴奋之后清静下来,一瞧:所有的问题都还在,一如既往。

A:可是对于残疾人来说,它至少可以解决工作问题。

S:你存心跟我作对,存心让我理屈词穷是不是?我得承认有这么回事,这样的事真让人遗憾。不过人大常委会很快就要通过一项"残疾人保障法"了,将明文规定残疾人与所有的人一样有工作的权利,以后谁不给残疾人工作谁就是违法。

我们还是说说法律以外的问题吧,有很多问题不见得是法律能管得了的。

A:什么问题,比如说?

S:比如说,对残疾人的歧视,这种歧视常常只流露在别人的眼睛里,法律管不了吧?可你怎么办?比如说,爱情问题,法律说你有结婚的权利,可你所爱的人(当然他或她也爱你)因为种种并不违法的外界压力而离开了你,你怎么办?这些问题并不因为你在事业上的成功就可以消失。比如说,孤独,自卑,沮丧,活着到底为了什么?我们在走向哪儿?人类的理想一向很完美,可人类的现实为什么总是不如人意?这样的问题永远都在那儿等着你,并不因为你成了什么"家"它们就云消雾散。千万别把事业的成功作为一项赌注,当成一笔全面幸福的保险金,千万别以为你一旦功成名就天下的倒楣事就都归了别人,幸福就都归了你,那样想你会失望的,到时候你的诸多奢望不能兑现绝没有谁给你赔偿,而且你还会因此而失去事业原本为你预备的快乐,那才真叫一败涂地呢。对于事业,我想还是"只问耕耘,不问收获"来得聪明,那样事业这条船才能一直载歌载舞载欢载乐。

我知道有一位残疾朋友,他一心要写小说,发誓不成功则成仁,什么事都不做,什么事都不屑于做,他说就是要有这样的决心和雄心,他说他相信成功和幸福必定会在某一天早晨成为事实。我不敢贸然说他不是天才,但我以为对于绝大多数不是天才的人来说,这么干挺危险。从我这个凡夫俗子的角度看,文学创作跟学外语大不相同,不是忍得几载寒窗苦就能行的,它需要自然然地去体会生存这件事,然后需要不急不躁地去写。要紧的还不在这儿,要紧的是他不成功他会痛苦,他真的成功了他也见不到预期的那种幸福。还是那句话,事业是一条船,可船不是目的,船只有在航程中才给人提供创造的快乐和享受这快乐的机会。

A:我知道有一个人,他说他要是写不好小说他就一辈子不谈恋爱。

S:这可麻烦了。我总认为不会恋爱的人就不会写作。我总想,不懂得爱情的人可能懂得艺术吗？我总怀疑,要是漂泊不能吸引你,你跳到船上去干嘛呢？依你看呢？

A:依我看你刚才贬低了学外语的。

S:对不起,要是有这样的事肯定不是出于恶意。

A:我以为对一个人来说,不管他干哪一行,他都应该对丰富多彩的生活葆有激情。任何事业都不应该把人弄成机器,事业的成功是一回事,人的成功是另外一回事。

S:这是我说的。

A:是我,是我说的。

S:是你替我说的。

A:你真矫情。

S:你也一样。

## 四、关于平等

M:《中国残疾人》上关于平等问题的讨论,你觉得怎么样？

S:好。

M:就一个字？怎么好？

S:怎么都好。这样的讨论本身就好,这讨论本身就是平等的一次实现。

M:你是说先不必期待一个放之四海而皆准的真理,先不必统一思想?

S:不是先不必,是永远不必。

M:那干嘛要讨论?

S:那才要讨论。为什么讨论偏要以统一思想为目的呢?譬如平等,是意味着统一思想统一行动呢?还是说,每一种处境、每一种心绪都有被了解的机会(或权利)呢?是"非礼勿言"平等呢,还是"百花齐放"平等?

M:经过这样的讨论,不仅能使我们互相了解,也使每个人自己更了解自己了。

S:我曾经也像戈奇那样苦笑、尖刻、拍案而起过。现在嘛,我想我更赞成东野长峥的态度。我想我非常理解戈奇,我想东野长峥一定也是从那条愤怒的路上走过来的。我现在仍然相信那是美丽的愤怒,那是真正渴望平等的愤怒,那是真诚的哭喊和笑骂。我们不能做鬼我们也不要成仙,我们不忍受欺侮同样不忍受溺爱,我们看得出在过分的优待和小心的恭维后面,并非有意但确实还是非人的看待。我曾经写过,譬如说,一个人拉一辆车完全算不得什么光荣,但一只猴子拉一辆车却赢得满场的喝彩。要是我们听了类似的喝彩而不愤怒,甚至还洋洋自得,我们就很有危险沦为舞台上一道伪劣的风景。但是……

M:"但是"后面大做文章。

S:"但是"后面确实有文章可做。

M:当然当然。别愤怒,百花齐放。

S:也可以百花怒放。不过不保证肯定不是毒草。

我看,平等,这件事跟爱情差不多。平等很可爱,是你朝思暮想的情人,比如这么说。但是,不是你爱上谁谁就也得爱你。不是你渴望平等,人家就一定要把你平等相看。为此你拍案而起,得,人家没准儿更躲你远点儿,怕不留神"欺负"了你。人家跟你说话总得加着小心,那样你准保又要愤怒——难道跟残疾人说话就总得这么小心翼翼吗?你又要喊——残疾,给了我们什么特权!就这样,你越愤怒人家越把你另眼相看,越给你"特权",然后你更加地愤怒,结果弄成了个怪圈,一圈一圈地转下来你离平等越远了。(顺便说一句,你把人家也弄进一个怪圈里去了——欺负你是欺负你,不欺负你还是欺负你。)我曾经就是这样,把自己和别人都弄到怪圈里去了。幸运的是我看见了这个怪圈,发现打破它的办法首先是放弃愤怒。从愤怒到放弃愤怒,不等于不会愤怒,不等于麻木,尤其不等于沾沾自喜于做一道伪劣的风景。

M:应该说,放弃对别人的愤怒,把那美丽的愤怒瞄准自己。

S:对对。因为,平等要是丢了,一定不是贼偷了,一定是自己糊里糊涂地忘了它在哪儿。平等,确实很像爱情,不可强求。强求有时可以成婚,但那婚姻中没有爱情。即使人家愿意送给你平等,但是送来的肯定不是平等。

M:不过,要是人家不认为你有爱的权利呢(还有工作的权利、学习的权利),你也放弃愤怒?

S:你是说有人在违法?那还用说?义不容辞,愤怒地把他送交法庭或诉诸舆论就是。不过我想,这样的局面并不是最难应付的局面。最难办的是人家并不违法,只是在心里看不起你,目光中流露着对你的轻视和可怜,你可有啥办法?

M:用行动,只有用行动消除他们的偏见!用我们的意志、作为、智慧,来消除他们的偏见。

S:好主意。好主意倒是好主意,可要是你的行动仅仅以他们的偏见为坐标,仅仅是根据那些偏见作出的反应,你还是有点像夺路而逃,逃进一种近乎于复仇雪耻的勇猛中去了。但是这样的出逃,很可能急不择路而掉进什么泥沼里去。

我看过一本书,书中有段话,大意是这样:我们可以为了从高处鸟瞰风景的缘故而去爬一棵树,也可以由于有一头野兽在后面紧紧追赶的缘故而去爬一棵树。在这两种情形下我们都是在爬树,但动机却完全不同。前者,我们爬树是为了娱乐;后者,我们则是受恐惧的驱使。前者,我们要不要爬树完全是我们的自由;后者,我们喜不喜欢都得这样做。前者,我们可以寻找一棵最适合我们意图的树;后者,我们却无法选择,必须立刻就近爬上树去,也就是说由一头野兽替我们做出了选择。

M:这个比喻挺不错。平等的前提,非得是自由不可,心灵的自由。爹娘让你娶 A 小姐你无奈就娶了 A 小姐,这是包办婚姻;爹娘让你娶 A 小姐你一气之下就娶了 B 小姐,这其实仍不是自由婚姻。关键是你到底爱不爱?爱谁?你是不是尊重和服从了自己的爱、自己的愿望和意志?当然,你还得像尊重自己一样地尊重 A 小姐和 B 小姐的意愿。

S:事业也是这样,一切都是这个逻辑。当我们摆脱了那头野兽,当那头野兽看见我们就逃而不是我们看见它就逃,当我们忘记了残疾,就是说我们自己心里先不受那残疾的摆布,那时,平等便悄然而至,不用怎么喊它,它自然就要光临。光临得既不鬼祟也不张扬。它光临的方式,主要不是从门外进来拜访你,而是从你心底涌起,并饱满地在那儿久住。

M:残疾,你相信真能忘记它吗?要是仍然有人因为残疾而歧视你呢?

S:法律管不了的事,只好由文明的慢慢发达来解决。有句俗话——听拉拉蛄叫还不种庄稼了吗?

M:你不是说,我们就不需要别人特殊的帮助吗?

S:请你相信我,至少我没那么大能耐。世界上可有一个人不需要别人的帮助吗?如果把帮助和蔑视混淆,那头野兽就又要调头追来了,帮助,全是特殊的,没有统一型号。你个子矮,你要一双高跟鞋,我双腿瘫痪我不要高跟鞋,我要一辆轮椅和一些坡道,我们都不是孩子了,所以我们就不要谁再来摸摸我们的后脑勺儿,你说是不?

M:要不要你妻子摸一摸呢,有时候?

S:这另当别论。

一九八八年

## 康复本义断想

让不能行动的人重新可以行动,使不能工作的人重新能够工作,为丧失谋生能力的人提供生存保障,这无疑是非常重要的。但是,若仅此而已便只能算做修理和饲养,不能算做康复。(就像把一辆破汽车、一台坏机床修理好,就像在笼中养肥一只鸟儿。)康复的意思是指:使那些不幸残疾的人失而复得做人的全部权利、价值、意义和欢乐,不单是为了他们能够生存能够生产。

人来到这个世界上,不是为了完成一连串的生物过程,而是为了追寻一系列的精神实现;不是为了当一部好机器,而是为了创造幸福也享有幸福,倘有人说他不渴望幸福,方便的话我们可以给他一点教训,为了他竟敢说谎竟敢亵渎全人类的方向。(至于对幸福的不同理解,至于在通往幸福的路上必然散布着痛苦,那是另外的问题。)

正因为行动、工作和生存保障,可能提供给我们创造幸福并享有幸福的机会,它才是重要的,才可算做康复的步骤之一。但是,是不是一个能够行动、工作和生存的人,就一定能够如醉如痴地成为一个幸福的创造者和享有者呢?要回答这个问题,只需记起一件事就够了:一个身体健全且衣食住行都不愁的人,也可能自杀。

我曾在另一篇文章中谈到过自杀,我以为那是人类的一种光荣品质,是人与其他动物的一个分界。只有人会自杀,因为只有人才不满足于单纯的生物性和机器性,只有人才把怎样活着看得比活着本身更要紧,只有人在顽固地追问并要求着生存的意义,因而只有人创造出了灿烂的文明和壮丽的生活,于是人幸运地没有沦落到去街头随了锣声钻火圈。我不知道这值不值得人类骄傲,但我相信我们要以一个人的资格活下去就必得保持这种骄傲,所以我们的康复工作万万不能轻视了这种骄傲。

如果我们终于承认了残疾人也是人,如果我们终于相信了人不是为了活着而活着的动物,也不是为了生产而配置的机器——如果这样的前提已经确立,而我们要是还说:"残疾人的就业问题尚且没有完全解决,哪还顾得上其他(譬如说残疾人的爱情问题)呢?"那么,要想证明我们的思维能力还是健全的,就只好把上述前提光明磊落地推翻。

上述前提当然不容推翻。应该推翻的,是对康复工作的某些简陋的理解,是无意之中仍然轻蔑了残疾人的人权的某些逻辑。譬如说,没有爱情的生活对于健全人来说是不人道的,那么同样的生活对于残疾人来说就应该是可以将就的吗?平等二字忽然到哪儿去了?

也许我们应该先来认真想想什么是人道主义了,虽然这四个字现在已经不太陌生。我们对它习惯的理解大约来源于这样一句话:"救死扶伤,实行革命人道主义。"但是我们现在更想知道的是:我们从濒死中活了过来,我们的伤病已然治愈或已然固定为一种残疾,在这之后,人道主义对我们还有什么见教或效用?如果再没有了,便难免会得出一个骇人听闻的结论:没病没伤且衣食饱暖的活人,是无需人道主义的。也许现在倒是轮到我们来拯救人道主义了:人道主义不仅应该关怀人的肉体,最主要的是得关怀人的灵魂。把一个要死的人救活,把一个人的伤病治好,却听凭他的灵魂被捆缚被冷冻被晾干,这能算是人道吗?一面称赞着他们的身残志不残,一面漠视着他们爱的权利,这能算是人道吗?当一切健全人都赞美着爱的神圣,讴歌"生命诚可贵,爱情价更高"之时,我们却偏偏对残疾人说:"你们的就业等等问题尚且艰难,怎么有时间来考虑你们的爱情问题呢?"这应该算是人道还是应该算做歧视?

有一种观点认为:人不能活着又怎么去爱呢?所以他们主张爱情问题当然要放在就业等等问题之后。但是还有一种观点认为:人不能去爱又怎么能活呢?看来,这绝不是先有鸡还是先有蛋式的争论,这乃是对于生命意义的不同理解。限于篇幅先不去论谁是谁非,然而我们有理由相信,一个懂得爱并且可以爱的人,自会不屈不挠地活着并且满怀激情地创造更美的生活;一个懂得爱却不能去爱的人,多半是活不下去的;而一个既不懂得爱也得不到爱的人,即便可以活下去,但是活得像个什么却不一定。

人道主义指引下的康复事业,是要使残疾人活成人而不是活成其他,是要使他们热爱生命迷恋生活,而不是在盼死的心境下去苦熬岁月。所以我以为爱情问题至少是与就业问题同等重要的。生与爱原本是一码事。如果偏要问先迈左腿还是先迈右腿的话,回答是:没了这条腿你休想迈动那条腿——

你残疾了你就知道了。况且渴望前行的不是腿,而是人,人之不存,腿将焉附?

我有时候担心,我们费力救活的人,会不会是(或者将会不会是)一个不愿活下去的人?我们隆而重之送去的轮椅,会不会倒为一个孤苦难耐的人提供了寻死的方便?如果爱情对于残疾人来说总是可望不可及的,总是望而生羡生畏生惭生叹之事,如果他们总是被告知:爱情不是你们生活之必需,而是可有可无的奢侈品,——那么上述担心绝不是多余的。

自杀并不一定就是软弱,常常倒是一种坚定的抗议,是鲜活可爱的心向生命要求意义的无可奈何的惨烈方式。要是我们说"不自由勿宁死",大概谁都会赞同,但是不能爱者恰似奴隶的身份。要是我们说"人活着不能没有理想",大概没有谁会反对,可是爱情正是理想之一种,甚或是一切美好理想之动因。没有人无缘无故地想死,一个为得不到爱情权利而死的人,至少不比无缘无故地活着更值得嘲笑。照理说上帝是公正的,他应该在给每一个人生命的同时也给每一个人爱情的权利,要是上帝也有错误也有疏忽,让我们原谅他并以康复工作来帮他纠正和弥补吧。

所幸,使一个人愿意活着比使一个人活着,重要得多,也有效得多。正像人人说过的那样:是不断地给一个人输血呢?还是设法恢复他自身的造血功能?美好的爱情可以使人愿意活,渴望活、并焕发出千百倍创造生活的力量。还能说这是不如就业重要的事么?

生命的意义当然不只是爱情,但爱情无疑是生命的最美好的意义之一。倘此言不错的话,现在该说说具体事了:为了一切残疾人都可能享有美好的爱情,康复工作应该给他们什么帮助?也许有人会提醒我们注意:"健全人也未必都能享有美好的爱情。"但我想这是另外一个问题,我们必须要求一切人都有机会站到起跑线上来。大概又会有人说了:"这太容易了,没人不让残疾人站到爱情的起跑线上来。"这让我想起一位康复工作者的话,他说:"让残疾人与健全人站到同一条起跑线上,这本身就不平等。为了平等,残疾人必须要得到一些特殊的帮助。"这话对极了。

譬如说,为性功能有缺憾的残疾人,提供性科学咨询和性工具,这事使得使不得?

爱情不等于性、性也不等于爱情,但是世所公认:美好的爱情必须要有美满的性生活,而美满的性生活,当然必得是出于爱情。至少,在我们梦寐以求着美好爱情的时候,我们得有机会商量商量这个不可低估的性问题。

一对真诚相爱的男女,如果因为性方面的缺憾而难成眷属或终至离异,实在是太大的悲剧。其悲尤其在于,我们不见得没有办法使其得到弥补,只因为我们一直没来得及想想办法,或者因为我们稀里糊涂地有着一张薄脸皮。幸亏多少人多少代的痛苦终于在今天化作清醒,确认此事与脸皮无关,悲剧多半还是出于毫无道理的旧观念,还是因为对人道主义的理解太肤浅。

性生活是美好的还是丑恶的?是丑恶的为什么大家都不放弃?是美好的,为什么一谈及便把一些人羞杀、把另一些人气死?为什么残疾人的婚姻问题已受到一定程度的重视,而性康复工作却羞答答地迟迟不能开展?(出了一些有关书籍,也总是吞吞吐吐像在撒谎,躲躲闪闪像在造着一个谣言。)莫非残疾人结婚单是为了找一个帮工的和壮胆的,并无获得婚姻的全面幸福的必要?为什么可以为肢残者提供拐杖和轮椅,却不能为性功能缺憾者提供性工具、性咨询,以及其他有助于性生活美满的方法?

如果认为这些事是淫秽的、是低级的、是流氓,那可真是天大的误会。淫秽和低级不是因为涉及了性器官,而是因为这种涉及既非为着科学也不是出于爱情。流氓的特征也不在于发生了性行为,而在于他们以强迫和欺骗侮辱了别人并且也亵渎了性。倘一谈及性便想到淫秽和流氓,我们的出处可真惨到头了。流氓不是性知识造就的,倒常常是因为缺乏性知识,缺乏对爱与性的理解,缺乏人道主义精神,甚至可能因为他们自己就生活在不够人道的境遇中。(譬如得不到异性的爱,以至于过度的性饥渴使他们忽然不能自制。)

总之,在爱情的引导下,无论多么丰富多彩的性行为都是正当的、美妙的、高尚的。为挚爱的夫妻提供任何利于性生活美满的指导和器具,都应该是必要的、人道的和理直气壮的。

有性功能缺憾的残疾人,仍然有性要求和享受性欢乐的能力,这已为医学专家们所证明。如果性咨询和性器具有利于他们弥补缺憾,从而使爱情更全面地实现,我们不赶紧做起来还等什么?

在我们作着上述呼吁的同时,我们当然应该懂得,性生活的美满主要不是技术问题,而差不多是个艺术问题,就是说,那不能单是肉体的接洽,必须是精神的结合,是心灵的贴近与奉献。没有真诚的家,温暖的肉体也可变成冰冷的机器。而在倾心的爱慕之下,满怀的激情便会驱动起美妙的想象力,使残损的肉体也变得丰盈,使人造的器具也有了生命,一个平素拘谨的人也可能忽然有了艺术灵感,创造出无穷的令人销魂的形式。那时,就连上帝也要惭愧,也要感谢我们原谅了他的过错和弥补了他的疏忽。

最后我想我们还应该冷静。在我们热烈追求爱情的幸福之时,在我们绝不放弃我们应有的权利之时,残疾的朋友们,我们还得冷静。如果我们的残疾导致我们爱情的破裂(这是可能的,不仅仅因为性,还因为许多其他缘故),我们这些从死神近旁蹓跶过来的人,想必应该有了不太小器的准备:我们何苦不再全力地做些事,以期后世残疾者以及全人类不要像我们这样活得艰难?

一九八九年

## "安乐死"断想

首先我认为,用人为的方法结束植物人的生命,并不在"安乐死"的范畴之内,因为植物人已经丧失意识,已无从体尝任何痛苦和安乐。安乐死是对有意识的人而言的,其定义是:患不治之症的病人在危重濒死状态时,由于精神和躯体的极端痛苦,在病人或亲友的要求下,经过医生的认可,用人为的方法使病人在无痛苦状态下度过死亡阶段而终结生命全过程(引自《安乐死》第15页)。

在弄清一件事是否符合人道主义之前,有必要弄清什么是人?给人下一个定义是件很复杂的事,但人与其他东西的区别却是显而易见的:人是这星球上唯一有意识的生命。(《辞海》上说,意识是"人所特有的"。)有意识当然不是指有神经反射或仅仅能够完成条件反射,而是指有精神活动因而能够创造生活和享受生活。而植物人是没有意识的。那么,植物人还是人吗?这样问未免太残酷,甚至比听说人是猴变的还要感觉残酷。但面对这残酷的事实科学显然不能回避,而是要问:既然如此,我们仍要对植物人实行人道主义的理由何在?我想,那是因为我们记得:每一个植物人在成为植物人之前都是骄傲的可敬可爱的堂堂正正的人。正因为我们深刻地记得这一点,我们才不能容忍他们有朝一日像一株株植物似的任人摆布而丧失尊严。与其让他们无辜地,在无法表达自己的意愿无从行使自己的权利的状态下屈辱地呼吸,不如帮他们凛然并庄严地结束。我认为这才是对他们以往人格的尊重,因而这才是人道。

当然,植物人也已无从体尝人道。事实上,一切所谓人道都是对我们这些活人(有意识的人)而言的。我们哀悼死者是出于我们感情的需要,不允许人们有这种感情是不人道的。我们为死者穿上整齐的衣服并在其墓前立一块碑,我们实际是在为包括我们在内的人类唱一支赞歌——人是不能混同于其他东西的,因而要有一个更为庄严的结束;让我们混同于其他东西是不人道的。让一个人仅仅开动着消化、循环和呼吸系统而没有自己的意志,不仅是袖手旁观他的被侮辱,而且是对我们所有人的自由和尊严的严重威胁,所以是不人道的。那么,让一个实际已经告别了人生的植物人妨碍着人们(譬如植物人的亲属)的精神全面实现,使他们陷于(很可能是漫长的)痛苦,并毫无意义地争夺他们的物质财富,这难道是人道的吗?当然不。

总之,人为地结束植物人的生命无疑是人道的。至于如何甄别植物人,这不是道德问题而是技术问题,技术的不完善只说明应该加紧研究,并不说明其他。

真正值得探讨的是符合前述定义的"安乐死"是否人道,是否应该施行?

譬如,一个人到了癌症晚期,虽然他还有意识,但这意识刚够他受尽精神和肉体的折磨,除此之外他只是在等死,完全无望继续创造生活和享受生活了。这时候他有没有权利要求提前去死?医生和法律应不应该帮助他实现这最后的愿望?我说他有这个权利,医生和法律也应该帮助他实现这一愿望。

反对这样做的唯一似乎站得住脚的理由是：医学是不断发展的，什么人也不能断定，今天不能治愈的疾病在今后也不能治愈。保证他存活，是等待救活他的机会到来的最重要前提。而且只有这样才能促进医学的发展而造福于后人。但是首先，如果医学的发展竟以一个无辜者的巨大痛苦为前提，并且不顾他自己的权利与愿望，这又与法西斯拿人来做试验有什么两样呢？法西斯的上述行为不是也使医学有过发展么？看来，以促进医学的发展为由反对安乐死是站不住脚的，这是舍本求末丢弃了医学的最高原则——人道主义。况且，医学新技术完全可以靠动物试验而得以发展，只有在这新技术接近完善之时才能用之于人，绝不可想象让一个身患绝症的濒死的人受尽折磨，而只是为了等待一项八字还没一撇的医学新技术。其次，医学的发展确实是难以预料的，有时一个偶然的机会也许就能使绝症出现转机。这又怎么办呢？一边是百分之九十九的无可救药，一边是百分之一的对偶然的企盼。我想，所以安乐死的施行第一要紧的是尊重患者本人的意愿。科学不能以偶然为依据，但科学承认偶然的存在。医生把情况向患者讲明，之后，患者的意愿就是上帝，他宁愿等待偶然或宁愿不等待偶然，我们都该听命于他。当然，如果他甘愿忍受痛苦而为医学的发展做出贡献，他理应受到人们加倍的尊敬。但这绝不等于说别人可以强迫他这样做。

另外我想，安乐死的施行，会逼迫人们更注重疾病的早期防治与研究。如果能把维持无望治愈者暂时存活的人力物力，用于早期患者的防治上，效果肯定会更好。

据说，发生过极少数"植物人"苏醒的病例。但这除了说明有极少数误诊之外还能说明什么呢？一项正确的措施显然不能因为极少数例外或失误而取消，因噎废食差不多是最愚蠢的行为。难道我们真要看到盒中的每一根火柴都能划着才敢相信这是一盒值得买下来的火柴吗？倘如此，人类将无所作为，只配等死；因为现行的很多诊断和治疗方法，都有着被科学和法律所允许的致死率。甚至在交通事故如此频繁发生的今天，也没有哪个正常人想到要把自己锁在家里。

"只要是生命，就应该无条件地让它存活下去，这才人道，这才体现出一个社会的进步程度。"这样的观点就更糊涂，糊涂到竟未弄清人与某种被饲养物的区别。人是不能无条件活着的；譬如，不能没有尊严。人也是不能允许其他东西无条件地活着的；譬如，当老鼠掠夺你的口粮的时候。而且我们倡导人道，并不是为了体现出社会的进步，而是为了所有的人生活得更美好。如果人道主义日益发达，人们生活得日益美好，那么体不体现出社会的进步就不是一件需要焦虑的事了。

"重残"、"严重缺陷"、"智力缺陷"、"畸形儿"，就施行安乐死来说，这些都不是严格的标准。我想，无论有何种残疾或缺陷，只要其丧失了创造生活的能力（譬如完全不能动也不能说话的人），或丧失了享受生活的能力（譬如彻底的白痴和植物人），那么，他就有权享受安乐死，人为地终止其生命就都是人道的。但是，一个虽无创造生活能力但还有享受生活的能力的人，只要他愿意，他就有继续生存的权利，社会也就有赡养他的义务。（享受生活，是指能够从生活中获取幸福和快乐，而不是指单能吃喝拉撒睡却对此毫无感受者。）

对初生的重残儿童怎么办？一个无辜的儿童来到这世界上，而且他注定要有一个比常人百倍严酷的人生——对于这样的儿童我们应该为他们做些什么？我觉得对他们施行安乐死的标准应该放得更宽些，我们何必不让这些注定要备受折磨的灵魂回去，而让一些更幸运的孩子来呢？这本不是太复杂的事呀。我从感情上觉得应该这样做,但从理性上我找不到可以信服的理由支持这样做。我知道感情是不能代替科学和法律的。这是件非常令人沮丧和遗憾的事。我希望人们终于有一天能够找到一个办法,至少使所有的人一来到这个世界上,就都站在一条平等的起跑线上,尽管他们前面的人生仍然布满着坎坷与艰难。

安乐死还有"积极安乐死"和"消极安乐死"之分。前者指在医生的指导和监督下,用药物结束患者的生命。后者指撤除对患者的一切治疗,使其自行死亡。我以为很明显,前者是更为人道的。因为,当已经确定应该对某人施行安乐死之后,哪种方法更能减少其死亡过程中的痛苦,哪种方法就是最人道的。

还有"自愿安乐死"和"非自愿安乐死"之分。前者是指本人要求安乐死,或对安乐死表示过同意。后者指那些对安乐死已不能有所表示的人,和以往也不曾对安乐死有过确定态度或干脆是持反对态度的人。对前者施行安乐死,显然是无可非议了。那么对后者呢?对那些对安乐死不曾表示过确定态度的人,或许他的亲朋好友还可以代他做出选择。但是,对那些反对安乐死而又譬如说成了植物人的人,又当如何呢?真是不知道了。就像不知道一个无罪者的行为既不能利己又损害了他人,面对这种局面人们应该怎么办?这值得研究。

不过我想,如果使每一个人在其健康时都有机会表明自己对安乐死的态度,则肯定是有益的。而且我相信,随着人们生命观念的日益进步,反对安乐死的人会越来越少。

还有"自杀安乐死"和"助杀安乐死"之分。前者是说,确认一个符合了安乐死的标准,但是医生(或其他人)不予帮助,死的手段由其自己去找。后者是说,医生(或其他人)为其提供死之手段并帮助其施行。我觉得前者除了像拿人开心之外,别的什么都不像。

现在从《安乐死》一书中引一段文字:

> 1961年9月的一天,英国"圣克里斯托弗安息所"的花园林荫小道上,一位中年男子和一位年轻的女人,推着手推车慢慢行走。手推车上半躺着一位老人,脸色苍白,十分消瘦,看上去就是一位重病人,这一男一女一边推着车,一边与老人轻轻交谈。他们像是父子,像是祖孙,老人不时也被小辈的话语所打中,轻轻点点头,时而也做做手势,表达自己的意思。明媚的阳光照在老人的脸上,给他十分苍白的脸上增加几分精神。老人神情安逸,心绪稳定。
>
> 其实他们是医生、护士和病人。老人已患晚期肿瘤,即将离开人世。医生和护士坦然地与老人一起讨论"死",讨论"如何无痛苦地死",讨论"死给你带来的感觉",讨论"死是不可避免的自然规律",讨论"人应有选择死亡的权利"等等。
>
> 这是目前在西欧、北美国家大量存在的安息所。它是60年代后出现的医疗保健系统中的一种新形式,旨在使临终的病人在生命的最后日子里得到很好的照顾。

这也是安乐死的一项内容,甚至可能是最为重要的一项内容。如果我们国家还没有这样的条件,那么像《中国残疾人》和《三月风》也许就应该担当起这样的职责——使人们对生和死有更为科学的认识,更为镇静和坦然的态度。

以上是我对安乐死的一些看法,肯定有很多毛病和错误。

我非常感谢《中国残疾人》杂志辟出版面开展这样的讨论。我也非常感谢他们给我说出上述观点的机会,以便有一天我不幸成了只能浪费氧气、粮食和药品的人,那时候,人们能够知道我对此所持的态度,并仁慈地赐我一个好死。

再从《安乐死》一书上引一段话,作为此文的结尾:

> 1976年在日本东京举行了一次"安乐死国际会议",其宣言中强调,应尊重人"生的意义"和"庄严的死"。这样的提法究竟能够为多少人接受,眼下还难以确定,但把人的生死权利相提并论,至少可以说标志着人类对于自己生命意义的认识进入到了一个新阶段。

一九八九年

# 减灾四想

## （一）

"减灾报"这名称先让我感动，因为盈耳的一向是捷报和喜报。不可指望世间无灾，抗灾、减灾差不多算得历史主旋律。譬如从猿到人的演变，谁不希望是一路和平？但上帝不许，因而一路的壮举很少不与减灾有关。未来必还是这样，上帝喜欢从中检查人类的智慧和勇气。

希望《减灾报》为我们残疾人开设一目专栏。残疾，无疑是灾，由灾所致，而后成灾。并不期此栏表彰我们的坚韧，唯盼为我们报灾，其他报刊旨趣繁多，此事唯《减灾报》做来名正言顺。至少是我，宁可看见坚韧与灾情共减。

## （二）

先说一件事。我是个住院的老手，往日的百分之五是在病房里度过。我曾与两位陌路老人相逢同一间病室，三张病床我居当中，左边的一位七十岁，右边的一位也是七十岁，我是截瘫，他们俩都是偏瘫，排布得工整恰似一副对联。然而右边的一位有五儿两女，左边的一位只有一个养子，于是看出多子多福来了。右边,每日迎来送往探者如云,昼夜有人轮班守候,老爷子颐指气使要星星要月亮,众儿孙轻唯低喏万苦不辞。左边呢,整日清清寂寂偶得一二鼾声,幸亏老先生善睡,任二便横流纵溢单由护士去操心埋怨。凡走进我们病室的人都叹说:这一下子最少抵消了一万次"只生一个好"的宣传。病人多,护士少,左边老人的臀上、胯上、乃至脚上都长了褥疮。护士说:他那养子什么也不管,真没良心。大夫说:要是早有人扶他起来锻炼,他至少可以恢复到拄着拐杖行走,现在晚了。护士说:他在这儿早就没什么治疗了,通知他家属接他出院,结果他那个养子吓得不敢来了,这可倒好我们这儿成了养老院。右边的老人便对我说:他那养子每星期来一次,晚上来,偷偷看一眼,放下点钱和粮票,乘大夫护士没发现,他赶紧逃。有一天我见到了左边老人的养子,很晚了,病房里已经熄灯,不知他靠了什么妙法钻进来。他把一大堆吃食放在老人的柜橱里,把钱和粮票放进抽屉,在老人身旁默坐。我翻了个身,他见我醒着马上跟我寒暄,谈话很快变成了他的忏悔和诉苦。他说老人把他养大照理说现在正该是他尽孝之时。可是,他说他是汽车司机,白天开车晚上再侍候老人就怕第二天又把谁撞成残疾人。接回家去吧,他说您算算我只有一间房,请个保姆可往哪儿住?再说,他叹道,请个保姆每月80块还未必请得着,端屎端尿的谁爱干?他说,要不我在家专门侍候老人,可没了奖金老婆孩子都喝西北风去?说到这儿我们俩相对良久无言。最后他说"劳您驾,老爷子有什么事您给招呼一声护士",一跺脚走了。从那时起我便想,现在都是独儿独女,未来的老年社会此类事怕会成倍涌现。晚年,在前面坚定不移地等待着每一个人,未雨绸缪,可否现在就筹备起一个"晚年互助院",凡遵纪守法只生一个的好夫妻将来都有资格住进此院，并不麻烦年轻人，因为还要靠他们去抓革命促生产，就让所有退休的人互相帮助走向终点，后倒下的帮助先倒下的，前赴后继。

## （三）

再说一件事。我曾参加编写过一部电影，剧中主人公是一位因病截去左腿的少女。为此导演费尽周折找来一位替身演员，身材与主人公的表演者一般漂亮，但左腿自膝以下没有了。我坐了轮椅去拍摄现场看热闹，见了她，同是残疾人相逢不必曾相识。我问她，你这腿怎么残的？她说，十九岁那年没考上大学，就去一个建筑队当临时工，到工地的第二天她就被派去看守卷扬机，没有人给她一点技术指导或安全教育。头几天侥幸平安无事，后来有一天那机器出了点故障，她用脚去踢，一下子腿就给绞了进去。我问：以后呢？她说：住了几个月医院，腿没了，建筑队给了几百块钱让咱回家。我说：只几百块钱？她说：钱再多又能咋地？可这一下再到哪儿找工作都找不到了。我说：那个建筑队应该负责。她说：负啥责！人家有根有据搬出条条文文给咱看，说是临时工的工伤事故都是这样一次性解决，给你截去了真腿又给你装配了假腿再给你几百块钱这笔账就算清了，合情合理合法。我没有研究过此类条文或法律，但我想一条美丽的腿总不至于就值几百块钱，也许正因为这腿定价太低，所以那建筑队并不把技术培训和安全教育放在心上，于是残疾人队伍总在壮大。我当然不认为一条美丽或不美丽的腿可以用人民币结算，但我想，无论临时工还是合同工若能在工伤事故中享受平等待遇，使那类贪便宜的建筑队有更多的经济损失,虽不算一条高尚的计策,却一定能有减灾之效,一方面残疾人队伍会因此日趋衰落,另一方面也能减轻这支衰落了的队伍的灾情。我想以往的法规条文应当有所修正,否则岂非姑息养灾?

## (四)

最后说说我的事。去年我交了好运,分得一套楼房。房子是好到不能再好,好过了梦想,宽敞明亮,且煤气、暖气、厨房、卫生间俱全,乘轮椅度日其中自由之神在纵情歌唱,相信这样的房子最合适残疾人住,相信残疾人最需要这样的住房。但是!但是"外面的世界很精彩",一旦乘轮椅要出家门,却发现"外面的世界很无奈",家门前四级台阶高筑,自由之神顿时歇了唱段。求朋友想办法,大家都以为这事不难,"故事不多宛如平常一段歌",但把楼门内外、楼前楼后视察几遍,才看出截瘫者住这样的楼房得有"把牢底坐穿"之胆魄。无障碍设计说了好多年了,可如今住宅楼如雨后春笋,林林立立,却不见一处有轮椅坡道,甚至连补建轮椅坡道的地方也不留下。常见建筑工地上有一条标语:百年大计。(我想总不至于是说,百年之内中国的住宅楼只遵守以往的设计。)既是百年大计就更应当想到残疾人了,我想百年之内截瘫者肯定都能搬进楼房了,若总要补建轮椅坡道可要浪费多少人力物力。记得有一回我去一家五星级饭店开会,门前有漂亮的轮椅坡道,我说:"你们这儿真想得周到。"守门的小姐说:"没有无障碍设计就评不上五星级。"我想就是到了共产主义,谁也是进出家门的机会比进出五星级饭店的机会多。我想,住宅小区的建设能否也立一条法规:根据下肢残疾者在全国人口中所占比例,每一片新建住宅小区都要有相应数量的楼门设有轮椅坡道,或留出补建轮椅坡道的地方,否则视为违章。

一九九二年

## "透析"经验谈

我"透析"已经五年。迄今透了十年、二十年的也大有人在。据说人造器官技术也正趋成功,所以我们这些几十年前要被判绝症的人已无悲观的理由,倒是应该做好再活上几十年的准备。我是说,快乐并且有所作为地再活上几十年,而非自暴自弃地去等那最后一刻。

我能介绍的第一条经验是:别太把自己当成病人,适当地工作,实为疗病养生的好方法。反之,终日无所事事,倒难免自我价值失落,结果弄得自己情绪败坏,全家阴云笼罩。在中日友好医院"透析"的五年中,最让我难忘并且敬佩的是一位叫许志杰的病友。他是个普通工人,经济收入可想而知,家中又有两个上学的孩子,他说"帮不了这个家了,不能再给他们增加负担",便独自摆起了修鞋摊,所得虽微,但可维持自己的日常用度。好几年中,他风雨无阻地出摊,快快乐乐地"透析",活得坚定。自己不再是他人的负担,进而又能对他人有所助益——这种感觉,这份快慰,绝非医药可得;也只有这样,生活的信心才不可动摇。

第二条经验:但要知道自己到底还是病人,故不可劳碌无度。我是说,无论谁,有所不为才能有所为,何况我们这些病人。比如,灯红酒绿的夜生活咱就免了吧,种种劳神费力的物质享乐,能减少就减少些吧。充分的休息对我们尤其重要。我双腿瘫痪三十多年,一向遵循的原则就是"好钢用在刀刃上"。当然我可能原本就没有多少好钢,但完全没有的人也不多见,那就把仅有的好钢都集中起来,做些有趣味、有意义的事。不为别的,只为不把自己活成个负数,进而也不是零,不是花着成千上万的医药费却似活得无缘无故,活得像一个若有若无的人。是呀不为别的,还是那句话:至少要给自己活出价值,活出信心,给家人活出欣慰。

第三条经验,可能也是所有已然选择了"透析"的人的经验,而且肯定是会得罪某些中医界人士的经验——但诚实要求我不能不说:肌酐指标高到一定程度,你最好赶快"透析",别再指望中药。"一定程度"是什么程度?这我说不好,我不是医生。我的经验是:在"肌酐"稍高于正常值时,中药是有效的,但当"肌酐"长到比较高时,中药不仅无益,甚至可能不利。据我所知,中医治疗"尿毒症"的思路,无非泄补并举,以期将因肾功失能而不能排泄的毒素经大便排出,这在肾功小有缺失时是可行的,但当肾功近于全面丧失时,仅由大便就不足以排泄体内的毒素,(否则要肾何用?)若仍坚持,只会使毒素积累愈多,对肾伤害愈大。此非我一人之经验,"透析"者多半都经历了中药疗治的无奈过程。有没有例外?世间万事,皆有例外;或因人而异,或确有秘方,但至今不见必然的总结,让病人一味地期待偶然或例外显然不是科学的态度。当然,我特别希望秘方能够无私公布,以利众生。但在此前,病人唯盼望:无论中医西医,都能鄙弃门户,一切从病人利益着想,实事求是,坦言各家疗法之利弊,再别让虚假广告误导病人。

第四条可以算经验,也可以算希望:把枯燥且漫长的"透析"过程搞得活泼些,快乐些。"透析"以来,除了家,"透析室"是我们度过最多时光的地方,我们最常见面的人是"透析室"的大夫、护士、病友,我们至少应该算同事了——不是吗?我们共同合作,这才一天一天地完成着"透析"任务。所以,这么多美好时光,都打成了瞌睡,实在无聊。我很喜欢我们的"透析二部",那儿常有歌声与谈笑,有着轻松、快乐的亲切气氛……我以为这应当提倡。我们曾戏称,要创立一种"快乐透析法"。是呀,千万别把"透析室"弄得森然、压抑,仿佛那是差一步就到地狱的地方,而要让那儿充满欢声笑语,(当然要适度,毕竟这不是歌厅。)是一处可以互相信任和终日友好之地,不仅能清除血中毒素,更能康健人的精神。

我多年患病的座右铭是:把疾病交给医生,把命运交给上帝,把快乐和勇气留给自己。

二〇〇三年二月十一日

## 小说

回,不试你怎么知道会没用?"她说,每
都虔诚地抱着希望。可布时我的腿来说,
多回希望就有多少回失望。终于有一天
现我在写小说。她跟我说:"那就好好写
"我听出来,她对治好我的腿是绝望了
轻的时候也最喜欢文学,"她说。"那时候
当作家,那时候我跟你现在差不多大。"
然后她又说起她小时候的那件事,说走
不相信那么好的文章会是她写的。我们
力把我的两条腿忘掉。她到处去给我借
雨或冒着雪推我去看电影,像过去给我
、打听偏方那样,虔诚地抱了希望。
三十岁的时候,我的第一篇小说发表了
已经不在人世。过了几年,我的另一篇
侥幸获奖,母亲已经离开我整七年。
获奖之后,登门采访的记者就多 。 
好心好意,认为我不容易。但是我只准
套话,说来说去就觉得心里烦乱。我摇

## 午餐半小时

"轧轧轧"的缝纫机声骤然全停,世界轻松了下来。暖洋洋的太阳从稀里歪斜的小窗户里照进来,光柱中飘着无数飞尘。人们纷纷伸懒腰、打呵欠,互相瞧瞧,张张苍老而呆板的面孔都像是融化了,从眼窝和嘴角现出淡淡的笑来。半小时午餐时间到了,喘口气的时间到了,尽情笑骂一阵子的时间也就到了——这是照例的规矩,就像是西方的愚人节。

最幸福的人就在于他们有一种天赋——自行其乐。"什么叫福分?你他妈觉着是福分,那就是福分,喊!"这理论是熨活儿的白老头嚼着馒头夹臭豆腐时发明的。至于是谁热情传播的却搞不清,反正所有的人都信服。也许这理论与阿Q的精神胜利法相近,可总共这八个半人(有一个双腿瘫痪的小伙子只能算半个人)谁也不知道阿Q是什么,倒是有人知道鲁迅。为了他是否也住在中南海,大伙昨天刚刚探讨过,尽管那个瘫痪小伙子表示了不同意见,但最后大伙还是同意了白老头的见解:那么有名的人,还用说?喊!

搪瓷缸子响了一两阵,这间低矮的老屋里弥漫着浓厚的韭菜馅味儿。"搁了几毛钱肉?""肉?哼,舌头肉!"于是世界又是那么安静了。别忙,逗闷子的合适话题眼下还没找到。

后窗户外传来汽车急刹车的声音,人们一齐停止了咀嚼,支棱起耳朵。"活腻啦!"——准是什么也没轧着;又一阵发动机的隆隆声,汽车开远了。序幕也就拉开了。

"昨天下班,"眯缝着两只小圆眼睛的夏大妈向前探了一下脖子,急忙把嘴里的一块烙饼咽下去,"昨天下班,"她又赶紧喝了口水,做了一次深呼吸,"昨天下班,差点没把我吓死,走着走着,脊梁后头就是这么一响。"

"妈呀!怎没把你噎死呢!"坐在对面的"小脚儿"掰了一块菜包子扔进嘴里,"就这点屁事,我还当你捡了金刚钻呢。"她撇一下嘴,转过脸去,右腿搭在左腿上,四五寸长的缠足得意地摆动几下。

瘫痪的小伙子边吃边扒拉着算盘:"夏大妈,您这月半天事假,半天病假,扣你九毛二。"

"我回头一看,"夏大妈接茬说,"胡同这么窄,汽车这么宽,我可往哪躲?我这个跑呀……要是你那两只宝贝脚,非给汽车打眼儿,没治儿。"她瞅空报复了"小脚儿"一句。"赶我跑到胡同口,汽车才开过去。几个小学生说是'红旗';光听人说红旗车,可咱压根儿也不知道什么样的算红旗车,你说……"她在腿上拍了一巴掌,似乎颇为没能把红旗车看个仔细而遗憾。

众人听到"红旗"都肃然得没有了笑声,只有白老头不以为然地"喊!"了一声说道:"你可真算白活。红旗车?个儿大!漂亮!窗户上的玻璃枪子儿打不透,德国造儿,全那样!"他的目光和瘫小伙子的目光相遇了,于是又补充道:"眼下中国也试验成功了,坐那车的全是中央的名人,早年马连良……"听见瘫小伙子偷偷地笑,白老头含糊了。

然而"小脚儿"却独自吃吃地笑了起来,众人越是骂她"疯老婆子",她越是笑得前仰后合了。

"叫车,叫车!这儿疯了一个!"白老头一本正经地朝门口跑去。"今儿早晨一来,我就看她屁股不像屁股,脸不像脸的了……"

"白大爷,一天事假,两半天儿病假,扣您一块八毛五。"瘫小伙儿又算清了一笔账。

"扣吧扣吧,省得钱多贼惦记。"白老头在门旮旯蹲下来,慷慨地说,眼睛却仍旧看着"小脚儿",一脸得意而狡猾的笑。

"小脚儿"终于止住了笑,却打起嗝逆来:"呃!刚才这老东西说我,"她戳了夏大妈一指头,"呃!我非给汽车打眼不可,呃!我要是给红旗车打了眼儿,可他妈算我造化了,呃!消消停停一躺,来俩勤务兵侍候我,吃香的喝辣的,呃!"

"您还抽点什么不?"白老头眯缝起眼睛凑过来,脸上又换一副恭维的神情。

"呃!那是!""小脚儿"斜扫了白老头一眼,板起面孔。"白老头子——哼!到那咱还未准用你呢;白老头子!买两条中华过滤嘴儿去。"

"喳!"白老头应道,随即抓起"小脚儿"的手,认真地号起脉来。"您是醒着呢吗?"他又说。

"小脚儿"搡了他一把:"怎么着?他撞了我!"瞧她的意思,仿佛"造化"绝不是什么难事。

"就冲您这把糟骨头?还消消停停一躺呢?是消消停停一躺——在太平间,要不火葬场。"白老头擦断一根火柴,不紧不慢地剔着一嘴黄牙。

"小脚儿"圆睁着眼睛没了词儿,事情真有点窝囊了。"我死了有我儿子呢!"她忽又来了精神。

"儿子死了还有孙子,子子孙孙是没有穷尽的,这山挖一点就会少一点,有什么挖不完呢?三七二十一,三下五除二……"瘫小伙子念经一样地自言自语,头不抬,眼不斜,清理着账目,咬着半拉火烧。

"你儿子怎么着?"有人感兴趣地问。

"他得给我儿子找房结婚!我儿子三十二了,对象二十九了,着哇!""小脚儿"眼睛都亮多了,虽说菜包子滚到地上,"这回算抄上了!房管所那破房咱还看不上了,得他妈给我一个单元,有厨房有厕所的。我儿子儿媳妇住一间,我自个儿住一间……"

白老头捅捅她:"我提个醒儿——你可早让车撞死了。不要紧!那间房我替你住着,将来还能给你看看孙子什么的,"他又耸耸鼻子,大约流些眼泪也容易,"你就算积了阴德,下辈子准托生只好东西。"

有人刚要笑,可是话又被另一个老太太接了过去。说是老太太,其实也并不怎么老,不过是拔了满口的牙一直没镶上,外加有点哮喘。嗓子里的"小哨儿"一响,她说道:"不知怎的!让汽车撞着也分个命好命歹。我们老头子地震那年让车撞折了腿,是农村的手扶拖拉机撞的,你讹谁去?开车的穷得叮当响,怪可怜的……可我们老家有个傻丫头去年让一辆'上海'撞死了,怎么着?一千块钱!一千哪!才是辆'上海'……"

众人的眉毛都皱成八字,嘴张得唯恐不圆。这儿再没什么开玩笑的意思了,每个人都放慢了咀嚼的频率,似乎盘算着什么。一时老屋里颇有些寂寞,就连白老头脸上也没有了狡猾的笑纹。

"罗姆儿病假三天,扣您两块七毛七。"唯瘫小伙子例外。

"要是我,"被称做罗姆儿的说,"我就不要那一千块钱,多少钱也有花完的时候,我让他们给我找个正式工作,或者给坐'红旗'的他们家当保姆就行。我们有个老街坊,不知哪辈子积了德,在一个大干部家当保姆,人家顺手给你点什么破的旧的,用不着的,吃不了的,就他妈够你一发。当然,给我分个正式工作也行……"

众人眉间的竖纹一齐消失,可以算茅塞顿开。

"要不还得说是现在好?"专管钉扣子的卢奶奶从老花镜上头挑着一只眼(对了,她只有一只眼)看着大伙,也有了感触,"早年我们老头子给个开药铺的掌柜的拉包月车,十冬腊月我抱着我们大闺女去找他,他从厨子那儿给大闺女拿了块年糕,还不挨了顿骂?有钱的吃什么?吃……"她伸开两手的拇指和食指,似乎中间是偌大的一个碗或者盘,"吃、吃"了半天,终于又没"吃"出什么来。花镜后面的一只眼眨了又眨,"你瞧,头两天我们老头子还念叨着……噢,吃绿毛乌龟,还让海军捞了活对虾,空军给运……"

"那是林彪!您弄混了。"瘫小伙子双手捧腮,似笑非笑地说。

"喊!"白老头咧着嘴站起来,就地转了个圈又在凳子上坐下,"你可跟着瞎掺和呀?林彪又成药铺掌柜的了吧,你又吃了林彪的年糕了吧,老了老了弄个历史问题你可怎么跟儿女交代!"

哄笑声中,卢奶奶慢慢合拢伸开的手指,满脸羞愧地笑了一会儿,不言语了。

人们重又回到原来的话题上。

"要是我,说什么也得让他们把我们(孩儿)他爸调回北京来,支援三线时说是三年就回来,这可倒好,我们'小援子'今年都十三了。"墙角处有人叹了口气。

火炉前有人点了支烟:"甭提了,要是我,能求他们帮着把我儿子从云南转回来就行了。"

"还得给分个正式工作!"柱子后头吐出了一口痰,"我们二小子从内蒙回来两年多了,一直分配不出去。要是红旗车开到了厂门口,下道命令,厂长也得屁颠屁颠的!可惜……"

"唉!也甭贪心不足,能给咱老姐们儿长几块工资就行啊……"

低矮的老屋里又一次沉默了,说是水足饭饱后的发呆,显然不准确,因为一双双眼睛都闪着一种奇异的光——向往的光?欣喜的光?还是如愿以偿的光?说不好。总之,是这间东倒西歪的小车间里罕见的光,是这些年过半百的眼睛里少有的光。人们像一尊尊石像,直勾勾地望着一个固定的地方;有的在抠腮边的痣,有的在揪鼻孔里的毛,有的从鼻孔里抠出些东西来在手指间揉着……好像都在谛听着什么福音。

"冰——棍儿!"深秋的风送进来一声悠长的呼唤,竟把人们从那忘我的境界中唤醒过来。

"唉,我可不想让汽车撞死。"不知是谁最先恍然大悟了。小巷深处响起一阵开心的笑,夹杂着庸俗的污言秽语。

"轧轧轧"的缝纫机声响了,世界又紧张起来。

一九七九年

## 没有太阳的角落

她像一道电光,曾经照亮过这个角落,又倏地消逝了。

这是我们的角落,斑驳的墙上没有窗户,低矮的民屋顶上尽是灰尘结成的网。我们喜欢这个角落。铁子说这儿避风,克俭说这儿暖和,我呢?我什么也没说。我只是想离窗户远一点,眼不见心不烦——从那儿可以看见一所大学的楼房,一个歌舞团的大门和好几家正式工厂的烟囱。我们喜欢这个角落,在这儿才可以感到一点做人的乐趣;这儿是整个"五·七"生产组最受人重视的"技术角"。铁子把仕女的图样设计得婀娜窈窕,大妈大婶们才能整天在那些仿古家具上涂涂抹抹,然后只有我和克俭能为仕女们长上脉脉含情的五官。大妈大婶们都很看得起我们,"啧啧"地赞不绝口。

"到底是年轻人哪!"

克俭得意地吹起了口哨。

"咱们生产组可离不了你们。"

铁子舒心地点上一支烟。

"就是正式工厂真的要你们,咱也不能给!"

我说:"那公费医疗呢?工资还是一天八毛?"

"就你矫情。依着我们还不好办?我们都是有儿女的人……"一个大妈竟擦起眼泪来。

我们哼起了《菩提树》,互相谁也不看谁。

门前有棵菩提树,
站在古井边,
我做过无数美梦,
在它的绿荫间。
……

这深沉的旋律能够安慰心灵。我想,铁子和克俭一定也和我一样,想起了那梦一般的童年和那梦一般的插队生活,在陕西,在东北和内蒙……

我们?我们是怎么回事?唔……

清晨、响午或者傍晚,你会在这条幽深的小巷中看见我们。我们三个结队而行,最怕碰见天真稚气的孩子。

"妈妈你看哟!"

我们都低下了头。

"叔叔们受了伤,腿坏了,所以……"

铁子把手摇车摇得飞快,我和克俭也想走快些,但是不行。

"瘸子吗?"

母亲的巴掌像是打在我们心上。

这最难办,孩子无知,母亲好心。如果换了相反的情况,我们三个会立刻停了下来,摆开决死的架势……还有什么舍不得的么?那些像为死人做祈祷一样地安慰我们的知青办干部,那些像挑选良种猪狗一样冲我们翻白眼的招工干部,那些在背后窃笑我们的女的,那些用双关语讥嘲我们的男的,还有父母脸上的忧愁,兄弟姐妹心上的负担……够了!既然灵魂失去了做人的尊严,何必还在人的躯壳里滞留?!我不想否认这世间存在着可贵的同情。有一回,一个大妈擦着眼泪劝我说:"别胡想,别想那么多,将来小妹会照顾你的,她不会把哥哥丢了……"我不知当时我的脸色是什么样子,那个大妈哆哆嗦嗦搂住我,一个劲叫我的名字。天哪,原来这就是我活在世上的价值!废物、累赘、负担……没有人相信我们可以独立,可以享受平等,就像没有人相信我们可以得到正式工作一样。可我们的仕女图画得并不比那些正式工人画得差、画得少。我们忍着伤痛,付出比常人更大的气力,为的是独立,为的是回到正常人的行列里来,为的是用双手改变我们的形象——残废。

"算了吧,"铁子对我说,"等到二老归西,难道咱们还那么不知趣地活着?"

"弄个炸药包,和他们同归于尽!"克俭说。

"和谁?"

"谁冲咱们翻白眼就和谁!"克俭把拐杖使劲往地上一杵,险些摔倒了。

幸亏人可以死。我们好像什么都不怕了,哼着歌走在小巷深处。

> 今天像往日一样,
> 我流浪到深夜,
> 我在黑暗中行走,
> 闭上了我的两眼;
> ……

春风乍起,吹绿了柳条的时节,她来的。

"我叫王雪,我坐在这儿行吗?"她走进了我们的角落。

"当然。"

"只要你乐意。"

"有什么行不行的?"

我们每人一句,都是冷冰冰的拒人于千里之外的腔调。克俭在我耳边嘀咕了一句什么,不外乎"德性"、"臭酸相儿"一类的评语。铁子冷酷的目光在眼镜后面闪了几下"哼"了一声,低下头去。这是一种防御,一种以攻为守式的防御,防御什么呢?

她是一个相当漂亮的姑娘。

"你也是病退回来的?"我问。

她摇摇头。"我是困退回来的。"

"你干嘛不去正式工厂?"我的语气就像是在说"您何必屈尊到这个角落里来呢?"

"待分配,和你们一样呀。"她总想朝我们笑一笑,但都被我们依次"抵抗"了回去。

"和我们一样?"铁子冷笑了一声,没抬头。

她朝大妈大婶群里望了一眼,说:"你们不也是待分配的知识青年吗?"

我们谁也没吭声。待分配?天知道我们待了几年了。像处理西瓜似的被扒拉过来扒拉过去,拍拍听听,又放在了一边。最后我们就"来自五湖四海","走到一起来了"——有了我们的角落。

"我先坐在这儿看看你们是怎么画的。"她终于有机会朝我笑了一下,大概是因为我在我们之中还算好惹一点的。

角落里静悄悄的。那大学里在做广播体操。

她把头和铁子挨得那么近;她的肩和克俭的肩碰在一起了。这两个蠢家伙,竟像是两个大气不敢出的小学生!刚才的威风哪去了?我想笑。他俩都没闯进过姑娘的心,都还没来得及和姑娘挨得那么近就……只有我,但那也都是往事了。

克俭一连画坏了好几笔;铁子把仕女的头发画得像拆下来的旧毛线。我脑子里一下子闪过了好多往事,都是什么呢?好像又是那封信……

但她突然"咯咯咯"地笑起来了。

我们尴尬地抬起头。

她还是"咯咯咯"地笑。

铁子脸上最先出现了恼怒。

"我能看见我的鼻子!"她说:"我正看你们画画,就看见了我的鼻子,原来人可以看见自己的鼻子!"她那大而黑的眸子对在一起,轻轻地晃着头寻找鼻子,依旧"咯咯咯"地笑个不停。

我们都笑了起来。角落里吹来一阵轻松的风,好像还有一点温暖。

春雨蒙蒙,天空里闪过一道电光,搅动了三颗枯萎的心。

我们的角落里从早到晚萦回着歌声:《菩提树》、《土拨鼠》、《命运》、《茫茫大草原》……先是轻轻地哼,后是低声地唱。我看见铁子认真地控制着自己的口型,克俭竭力压低自己的下巴颏,为了使歌声更低沉浑厚一些,似乎那样更能显出男子汉的气魄。我偷眼去看王雪。我发现铁子和克俭也在偷偷地看她。王雪随着我们歌声的节奏轻轻地晃着头,两个小辫一个弯了一个直,一个直了一个又弯。我们的歌声更响亮了。

> 老人河,啊,老人河!
> 你知道一切,但总是沉默,
> ……

"你的嗓子真好,男低音!"王雪忽然说。

我们三个一齐望着她。

"你。"

"我?"

"就是你!"王雪被逗笑了。

铁子和克俭向我投来羡慕的目光,我不敢说其中没有一点嫉妒。

"你们干嘛光唱这些让人伤心的歌?"

"你爱听什么?"克俭说。他的脸红了一下。

"《晒稻草》,我最爱听胡松华唱的《晒稻草》。"王雪清了一下喉咙唱起来。

> 我们从早到晚在一起把稻草晒干,
> 你在那边我在这边,两人相距很远。
> ……

我又想起了那封信,那是一个好心人写给我心上的姑娘的……算了,不要想那些过去的事吧。

> 她爬到赶车台上去,让妈妈上草堆,
> 她在那边我在这边,两人快乐向前。

王雪还在轻轻地唱,随着欢快的节拍摆着两条小辫。

我们三个干脆停下了手里的活、愣愣地看着她,目不转睛。心中的防御工事已经拆除了,没有进攻,没有退守,没有伪善也没有卑屈……心就像和平的蓝天,就像无猜的童年;眼前出现了一泓春水,闪着无数宝石一样的光斑,轻轻拍打着寂寥的堤岸。她长得多美!但并不像那些做作的演员,用浓眉大眼招待观众,用装腔作势取媚邀宠。她怎么说呢?长得真实。她的心写在脸上,她看得起我们。

忽然铁子唱起了那支歌。

> 我愿做一只小羊,
> 跟在她身旁。
> 我愿她那细细的皮鞭,
> 不断轻轻打在我身上。

王雪像听了侯宝林的相声似的大笑起来,笑得喘不过气,笑得弯了腰。"什么破歌呀?!还有愿意挨鞭子的哪?准是你瞎胡编的……"她那样随便地拽住铁子的胳膊,摆着、晃着。

她可真不像有二十三岁了,她还像个小姑娘呢。

正像歌中唱的那样,我们从早到晚在一起。我们边唱边画,边画边唱,唱《晒稻草》,唱《友谊地久天长》,唱《哎哟,妈妈》,唱那些欢乐的歌。我们的产额天天在增长,令大妈大婶们惊讶。王雪贪婪地学着,我们争着把看家的本事都端出来教她。不知从什么时候起,我们三个都用了长辈似的口吻和她说话,不是教训,是——譬如:

"王雪,你考大学吧,你别像我们似的。"

"王雪,你应该学外语,当翻译。"

"王雪,你不如学小提琴,只要下功夫准行。"

"王雪,你得注意锻炼身体。"

"王雪,你要记住'防人之心不可无'。"

"王雪,晚上回家走大街,别走那些小黑胡同。"

……

王雪每天提前半个多小时就来上班,打扫车间,打扫我们的角落。灰尘结成的网没有了,斑驳的墙上挂上了漂亮的年历。遇上一天她来晚了或是请了假,我们就总会念叨她,角落里就没有了歌声,我们就又想起了招工干部挑剔的目光和母亲脸上的忧愁。那些日子,我们生活中的全部乐趣更是都在这个角落里了,但要有王雪,只要有王雪,只能是王雪。为什么呢?我还没来得及细想。

我们三个也都早早地就来上班了,而且一天比一天早,一个比一个早,而过去我们都是踩着铃声走进角落的。开始我还没有意识到这是为什么。当我发现我们三个之间出现了一种隔阂的情绪时,我才明白了,那是由不自觉的嫉妒造成的,我们都想和王雪多耽一会,一天八小时太短了!而嫉妒说明了什么呢?有一次铁子和克俭竟吵起架来,无非是要在王雪面前证明自己的见解是对的。年轻人呵,残废了,却还有一颗年轻的心在跳!

我感到了这个,不那么早早地去上班了。不,我绝不是小说中那种高尚的情敌,正是因为我深深爱上了王雪,心上的防御工事就又自然地筑起来了——那是一道深壕沟,那是一道深深的伤疤,那上面写着三个醒目的大字"不可能"。何况还有那封信呢,那封信……哦,心在追求人间仅有的一点欢乐的同时,却在饱受着无穷痛苦的侵噬,这痛苦无处去诉说,只有默默地扼死在心中,然后变成麻木的微笑,再去掩饰心灵的追求。

铁子和克俭也都不那么早地来上班了,因为一个大婶无意中说了一句话:"自打王雪来了以后,你们也都不睡懒觉了。"唉,他们和我一样,我敢打赌!

王雪可真还是个小姑娘呢,她一点也看不出这些细微变化的缘故。

夏天的晚上,她央求我们和她一块儿去附近的小公园看露天电影晚会。

她举着已经买好了的四张票,说:"《玛丽亚》可好看了,去吧!"

"我不爱看电影,"铁子说,"那样的电影,看完了三天都堵心。"

"那咱们看《甜蜜的事业》,同时演好几部呢。"

"我也不去,"克俭说,"甜蜜啥呀?甜蜜个屁!"

"那你去吧,啊?"她又对我说,"散了电影,路可黑了……"

"你害怕吗?"我们同时问。

她皱着眉,难为情地点了一下头:"嗯。"

我们都同意陪她去了。因为能保护她,我有一种自豪感;铁子和克俭大概也是。

小公园里晚风习习,凉爽,飘着阵阵清淡的花香。多少年了?五年了!自从架上这两只拐杖我就再没来过这儿。来这儿干什么呢?只能勾起往事:这儿是我童年时代的乐园,欢歌笑语恍如昨日;这儿遗留着我少年时代的希望,不过已经认不出哪棵白杨是我栽下的了;那片草地上曾有过一群即将去插队的青年,用心里涌出的朴素无华的诗句讴歌美丽的理想……可是后来呢?

天还没黑,银幕前只坐了几个孩子,仰着小脸望着空白的银幕。他们怎么会那么有耐心?噢,他们会幻想出五彩缤纷的画面,去填补空白的银幕。他们还太小呢。

铁子和克俭也都沉默着。

王雪"哧哧"地笑起来。

小树林里对对情人在漫步,在依偎,在亲吻。

"你别笑,将来你也那样。"我不知怎么竟会说出这样的话。

王雪满脸绯红。"去你的,我才不呢……"她嗫嚅地说。

唉,还是别想这些的好。

可是铁子又冒出一句不该说的话:"王雪,你跟我们在一起走不嫌寒碜吗?"

"寒碜?为啥?"王雪一跳,揪下了两片树叶,淘气地塞进了克俭的脖子。

"你不怕吗?"我问。

"怕?怕啥?"

我没法回答她了。那封信!那封信是这样写的:"你不要和他来往过密,你应该慢慢地疏远他。因为他可能会爱上你,而你只能使他痛苦,会害了他。"那时我就懂了,我没有爱和被爱的权利,我们这样人的爱就像是瘟疫,是沾不得的,可怕的。我就离开了我心上的姑娘。她现在在哪儿呢?

"怕啥嘛?问你!"王雪在我肩上捶了一拳,手里托着一只花牛牛。呵,但愿你永远像个小姑娘。

"噢,我是说天黑了,你不怕吗?"

"去去去!"她不好意思了。"我们看《甜蜜的事业》还是看《三笑》?"她为了打岔说。

又是克俭说："三笑？笑个屁！"

铁子说："看《猎字九十九》吧，图个热闹算了。"

"不！我想看《甜蜜的事业》。"王雪站住不走了。

"那你一个人去看吧，散了电影一个人回去。"铁子故意逗她。

她不言语，捧着花牛牛委屈地跟在我们身后走。

我真有点可怜她，但铁子和克俭忍着笑冲我挤眼。我忽然觉得世界是那么美好、甜蜜，我们像三个顽皮的小哥哥，逗弄着一个可爱的小妹妹。

她可真像是个小妹妹。一演到打斗和紧张的地方就闭起眼睛，紧抓住我的拐杖，或者嘟嘟囔囔地埋怨铁子和克俭。我有个强烈的愿望：时间停下来，让她永远是个小妹妹，让我们永远做她顽皮的小哥哥，永远这样相处在一起，忘记过去、现在和将来，忘记一切……有一次我真的忘记了我自己：为了去拣王雪掉在地上的毛线团，我的手竟离开了双拐，像健康人那样去追赶、弯腰伸手，"啪！"我的胳膊摔破在石头上……我愿意再摔十次，因为王雪当时心疼得快要哭了，是我满不在乎的样子才又使她破涕为笑。

人们说，爱情是压制不住的。真的，只需要找一个借口，理智就会服从感情，什么"决心"之类就都忘到九霄云外去了。那个夏天，在那个小公园里，我们一起度过了好多个甜蜜的夜晚。借口就是：在漆黑的小路上我们得保护王雪，得把她送上回家的汽车。都看了些什么电影，记不得了；只记得落日、晚风、明月、繁星和那个不把我们另眼相看的"小妹妹"。

秋风起了，吹黄了小路两旁的草丛，吹谢了草地上的野花,吹光了小树林的茂叶,吹去了小公园里甜蜜的夜晚……如今想来,那只是一场梦。

一天,王雪忽然发起愁来,独自默默地发呆,叹气,好像一夜之间变成名符其实的大姑娘了。

"你怎么了?"铁子问。

她看看我们,想说又没说。

"你病了?"克俭问。

她想说又没说,脸上起了一片红晕。

"有什么难事告诉我们,谁欺侮你了?"

"谁活得腻歪了?谁?!告诉我!"克俭把手指弄得"嘎巴巴"直响。

"没有谁欺侮我,"她吞吞吐吐起来,"是妈妈,妈妈非让我见那个人不可……"

角落里静极了。

"是二姨给我介绍的,一个大学生……"

听得见风把电线刮得"呜呜"地响。

虽然这是早已想到了的事,虽然我早就筑起了护御工事,但我的心仍像掉进了一眼枯井,往下掉,忽忽悠悠地往下掉……我说不清那一瞬间都想了些什么。好像只想着明天,明天可怎么过呢?我还能拄双拐兴致勃勃地朝这儿走么?希望,尽管那是可望而不可及的希望,但是没有它是多么可怕!我迫切地想要一支烟,……铁子和克俭已经点起了烟,把打火机递给我……"扑通!"我的心摔在了漆黑的井底。我真想就永远呆在这井底,忘记世界,也让世界忘记我……

然而王雪那求助的目光望着我们,像一个信赖我们的小妹妹那样。"我应该见他吗?"她说。

王雪是个好姑娘,她应该享有比别人更多的幸福,她最应该！她单纯,不会想到要避开我们,难道因为这个我们反而要影响她的幸福吗？难道好人只有用牺牲去证明她的好么？难道幸福只是为那些把我们另眼相看的人预备的？我们的心灵不是在顽固地追求么？唔,己所不欲勿施于人！

"我不想见,有啥意思……"

她在盼望我们的帮助,她需要我们的帮助,因为她还像个"小姑娘"呢。原谅我刚才那一瞬间的罪过吧,我是多么自私。

"你应该去见。"铁子最先缓过劲儿来。

"爱情是有意思的。"我说。

"就是！"克俭也说。

"处理得好,爱情会使你幸福,对工作和学习都是一种促进力量,世界就会变得美好起来……"我是在背书么？但书的作者未必有我体会得深。

我们三个都一本正经起来,谁也不说谁"酸文假醋"、"装蒜"或"瞎掰"——像三个称职的哥哥似的。我奇怪我们都能说出那么像样的爱情伦理,唔,只不过是因为我们过去都像是那只吃不到甜葡萄的狐狸罢了。王雪那么出神地、松心地、信赖地听着我们的"爱情伦理学"。她佩服我们了,她更看得起我们了,她眼睛里的闪光告诉我们这个。我们被一种自豪感驱使着,为了无私地爱护着一个"小妹妹"。

但是,那天晚上我们又结队走在幽深而寒冷的小巷里的时候,我们又唱起了那支一夏天都忘记了唱的歌。

> 今天像往日一样,
> 我流浪到深夜,
> 我在黑暗中行走,

> 闭上了我的两眼,
> 好像听见那树叶对我轻声呼唤,
> 朋友,回到我这里来找寻平安。

我们又都早早地来上班了。不,跟过去不同,我们三个之间谁也不嫉妒谁,只是想和王雪再多呆一会。因为她的男朋友有办法给她安排一个正式工作。王雪要走了,要离开这个角落了。她说以后还会来看我们。我们的心还要什么呢?在这世界上?

冬天,王雪当上了正式工人。她去报到的那天,我们三个冒着小雪又去了一次那个小公园。

雪花飘呀飘,像我们那紊乱的心绪,雪花无声地落呀落,世界是那么孤寂。

我们互相搀扶着走,小路上留下了奇特的脚印和车辙。这小公园里,好像到处都有她的歌声。

> 我们从早到晚在一起把稻草晒干,
> 你在那边我在这边,两人相距很远,
> ……

我用手去接那晶莹的雪花,雪融化在掌心里,像一滴泪。

她像一道电光,曾经照亮过这个角落,又倏地消逝。我们祝愿她幸福,她是好人。

一九八〇年二月

## "傻人"的希望

缺心眼儿的人怕别人说他缺心眼儿,就像心眼儿多的人怕别人说他心眼儿多一样。这似乎是个规律。根据这规律,席二龙并不缺心眼儿似的。有一回,别人使劲拍他的后脑勺,说那无疑疙疙瘩瘩的像核桃,娶媳妇怕是困难了。二龙急了,说:"你要把我惹急了,我趁你不留神,一刀宰了你!"别人说:"那你也得挨枪毙。"二龙愤愤不平地喊:"我缺心眼儿!谁不知道?缺心眼儿的才不枪毙呢。"凭这一点判断,席二龙不仅有自知之明,而且对客观世界也颇有所知,即便算不得机灵,可也算不得傻。

可是二龙有时也真冒点傻气。从六十年代过来的人都记得,中国有过一回更名改姓的竞赛热潮:姓卫的倘若嫌原名不好听,女的就可以改做"卫红",男的就可以改做"卫革"或"卫东彪";姓向的也可如法改革;复姓东方者尤其得天独厚,除去"红"这个好字眼不得擅用外,什么"赤"呀、"亮"呀、"春"呀、"盛"和"胜"呀,随手拈来,无一不好。席二龙耳闻目睹,羡慕之余也动了改革之心。无奈姓席,"席红"?"席革"?总都像是一张什么席,毫无气派。要不就学某些姓"钱"姓"刁"的干脆连姓也改了?可他那位盼子成龙的父亲还在世,又不让。这天他抱了一摞报纸坐在桌前,那上面好听的字眼多啦,凭什么姓席的就不能叫得气派点呢？老天长眼,报纸上的头一行字里就有席,他乐得跳起来:"就叫'席万岁'吧!"然而他又坐下了,举起巴掌在脖子上狠狠一击,仿佛那儿落了只蚊子。前面说过,二龙对客观世界颇有所知,很快就明白了叫"万岁"绝不高明,他又往下看。功夫不负苦心人,第二行又有席字。席二龙改名为"席身体"了,他也想叫"席健康",但那太俗。这都是往事了。揭人家的短总该适可而止。

林彪死后,席身体又叫席二龙了。只是在批孔老二的时候,别人又拿他开心,叫他做"席老二"。他拍拍厚实的胸脯喊:"他妈他是孔老二,他妈我是席二爷!"别人于是问:"席二奶奶身体可好?"他满脸涨红地笑了,两手端起棉裤的裤腰往上提,裸露的粗腰在更粗的棉裤里直转。唯男大当婚一事是二龙一块难言的心病。

细论起来,席二龙到底是有点缺心少肺的,但除了后脑勺长得欠佳,其余各部分都称得上粗壮、匀称、绝非一辈子难于为姑娘所爱的那一种。至于穿戴邋遢,那是因为母亲长年卧病,不能帮他料理之过。再者,他还要供养母亲(哥哥不孝,结了婚就一分钱也不给妈了),也顾不上讲究穿戴,而且总得为日后结婚攒几个钱吧? 二龙就没立轰轰烈烈的志向,图清洁队工资高点,当了掏粪工人。后来他觉得这实在是一大失算:猪肉不少,卖肉的有了可开的后门儿;一演外国电影,卖电影票的也有了资本;逢死人多的时候,火葬场都长了行市!唯独掏大粪绝无私利可图,谁缺那玩意儿?"虽说那玩意全是从后门儿来的!"二龙急了,管谁爱听谁不爱听呢,就这么说! 二龙不傻,这笔账算得过来——挣钱多点顶屁用?没后门儿可开才不吃香呢!不吃香就难找对象,不吃香也没脸找对象,何况后脑勺还像核桃呢?二龙想起来就窝囊。怎么办呢?

二龙决计换个工作了。反正一时半会儿也找不着对象,他便把几年勒裤腰带勒下的二百块钱全部取了出来,活动活动路子,换个有后门可开的工作去。"别以为席二爷不懂这一套!"他咕哝着,一边沾着唾沫嘎巴嘎巴地点钞票。

及至二百块钱只剩下一小把硬币的时候,傻小子有点傻造化,二龙当上了建筑工人,专管盖楼房的。他索性把剩下的硬币全买了猪头肉和二锅头,凑到母亲的病床边。人生难得几回乐,喝他一回!母亲也高兴,二龙更高兴。

喝着喝着二龙想起了哥哥,说:"妈,哥和嫂的房子也够小的了,等赶明儿我给他们弄一套单元。"

母亲就愿意看着俩儿子能亲亲热热的,说:"妈活一天算一天,将来还不是你们哥俩亲?"她直劲给二龙夹猪头肉。

吃着吃着,二龙又想起了叔叔,说:"妈,二叔家的房子也够不方便的了,等赶明儿我给他们弄一套单元。"

"你爸死后,二叔待咱不错。"母亲给二龙斟酒。

吃着喝着,二龙又想起对门刘三婶来,说:"妈,三婶待咱也不错,等赶明儿我给她们弄……"

"唉,先顾顾你自个儿吧,你都三十二啦!"

"妈,这回好办了。我弄一套单元,您一人住一间,我们俩住一间。"

"你和谁?"母亲眉开眼笑地看二龙,以为儿子真找着对象了呢。

二龙转了转脖子,在乌黑发亮的领子上蹭蹭痒,说:"不行,我得要三间一套的单元。"

"干吗?"

"将来孩子要是长大了呢?"

母亲在他后脑勺上拍了一巴掌,叹了口气。他嘿嘿地笑了,满脸涨红,两手端起裤腰,裸露的粗腰又在里面转了。

二龙独自合计了好几天,决定务必得让妈抱上孩子再死(嫂子生了两个全是丫头,而母亲的寿命看来不会很长),刻不容缓,他着手托人介绍对象了。他自知缺心眼儿,而且后脑勺出奇地难看,所以不打算找城里的姑娘。"我还看不上她们呢!一个个机灵鬼儿似的,往后欺侮我,我妈该难受了。"这是他的理由,似乎他自己难受与否倒还在其次。他对世界也了解,深信能弄到房子的人,弄到别的也不难;弄到什么都不难的人,托人给介绍个对象也就不必太难为情。他逢人便托、无论男女老少,见面没三句话,就端端裤腰说:"咱条件也不高,找个农村的,模样别太丑就行。我能弄到一套单元。"就这么一句,多了也想不出来。

过了一年多,他感到别人没把他的大事放在心上,都说"行呵行呵,我给你留神",可都是光说不练。常言道"智者千虑必有一失",二龙则是"缺心少肺忽生一智"——何不显显能呢?他开始了外事活动,只要是说得上话的,处处吹嘘:"等赶明儿我给你弄一套房子,我在建筑公司专管盖楼房,我有路子。"然后再说那句"模样别太丑就行了"。一般熟知他的人都不信他的,可也不忍泼他的冷水,打碎他的希望。却偏偏有一天他碰上了一个不了解他而又认真的人。

"等赶明儿我给你弄一套房子。"二龙说。

"你能弄到房子?"那人来了兴致。

"我在建筑公司专管盖楼房,我有路子。"

"噢!党委书记是你的亲戚?"

"那倒不是。"

"噢!革委会主任是你父亲的老战友?"

"没听我爸说过有老战友。"

"噢?"

"我跟领导说说就行,都是一个单位的,低头不见抬头见,谁和谁呢?"

那人像见了鬼似的蹦起来,立正了有一刻钟,然后哈哈大笑了。

"……模样别太丑就行。"二龙还在说。

"就凭你和领导说说?那我也会!"

"我们是内部,你算老几?"二龙觉得那人真可笑。

"算了吧老兄,你是真傻还是跟我装傻?"

二龙急了,因为总算有人认认真真地跟他商量终身大事了,机不可失!他站起来,抓住那人的胳膊:"你不信?"

那人吓得一哆嗦:"嗯,不太信……"

二龙把那人揪到窗前,指着远处,远处有一架起重机的长臂悬在落日的红光中。他说:"不信咱俩去看看,那座楼我们正盖着呢。领导说了,那座楼是给本单位职工盖的,重点照顾岁数大了要结婚的。我席二龙缺心眼谁不知道?不会说瞎话!"

那人听了也觉着有些道理,便又问:"可只照顾你,又不照顾我呀?"

"凭什么不照顾?"二龙脖子一梗。

"不是说照顾本单位职工吗?我又不是你们单位的?"

二龙提提裤子,心眼儿来得真快:"就说你是我弟弟!"

"霍!我姓啥?你姓啥?"

二龙扑通一声坐在床上。是呀,这倒没料到。他傻了一会眼,又傻了一会眼,心里盘算:"这可又难了。"爱情的力量据说可以很大,二龙再傻了一会眼后,一拍大腿:"豁了!你要给我说成了媳妇儿,我把房让给你!"

"真的?"

"真的。"

"一言为定!"

"我席二龙不会说瞎话。"

从那人家出来,二龙不知不觉来到那幢尚未竣工的楼前。多好的一座楼呀!前面有阳台,后面也有阳台。二龙给它砌过砖,抹过灰,每一块砖他都是那么拿鸡蛋似的生怕碰坏一个角。那是自己的楼呀!二龙攀上脚手架,走到楼房里去。他记得砌这几个窗口的时候他当过一回临时小组长。他喊过一声:"这回谁不卖力气,让他妈谁绝后!"哥几个真给他争气——超额完成任务,受到了党支部的表扬。二龙又走到他早已看中的那套单元里去,他每天都要来这儿看看的。记得在这儿他差点和一个工人打起来,因为人家砌歪了一块砖,他骂人家是"丫头养的。"可现在呢?这房子八成得让给别人了……月光从没有玻璃的窗框里洒进来,洒了一墙、一地。二龙摸摸地板,地板是钢筋水泥的;又摸摸墙壁,墙壁砌得真结实。"我席二龙不能说瞎话。"他冲着墙说,泪珠子摔碎在地板上。

真不含糊,没过三天那人家就给二龙介绍了一个模样不太丑的农村姑娘。消息很快传遍每一个知道席二龙的人的耳朵。"谁?就是那个席身体,啧啧啧,傻小子有点傻福气!"人们背后说。"二龙,听说对象挺漂亮?"人们当面问。他嘿嘿一笑:"比咱强多了。"

二龙忘记房子的事带来的悲酸,高兴了,穿戴也干净利落了,干活比以往更卖力气;可是谁要让他加班或者开会,就火冒三丈:"他妈席二爷没挣那份儿开会的钱!就晚上有会儿工夫,我有约会!"管你是书记是主任呢,全这么说,而且说完就走。谁笑话?记住他!等结婚那天要给他喜糖吃才怪呢!

晚风中二龙和姑娘遛马路,转商场,逛公园。

湖波荡漾,柳丝依依。长椅的这头坐着姑娘,那头坐着二龙,中间放着二龙给姑娘买的红皮包。二龙想:"咱可不能那么搂搂抱抱的,让人看了,有多流氓?"

"二龙,城里可真好。"姑娘说。

"可不!"二龙说。

"二龙,我还是头一回逛这个公园呢。"

"可不!"

"二龙,那座楼房可真高。"

"可不!"

"二龙,听说楼房里做饭不用煤,取暖不用火?"

"可不!"

"二龙,咱以后也住楼房吗?"

"可……不……!"

"真的?"姑娘高兴了。

"……"二龙可难受了。

"你说话呀!"姑娘焦急的大眼睛望着他呢。

二龙心想:"豁了!"一拍大腿:"可不!"

二龙历来以"我席二龙不说瞎话"而自傲,这回可难坏了他。你说那房让给那人不让呢?不让?那人会说他席二龙说瞎话;让?姑娘又会说他说瞎话,而且天哪!姑娘将来就是"孩子他妈",会骂他一辈子的!这事实在是失算,可现在还有什么辙呢?

他独自默默地遛达,想呵想的,居然给他想出辙来了:"我又没说把一套房全让给他,让给他一间,妈住一间、我们俩住一间不就行了么?孩子?以后再说吧。"他朝那座楼跑去。自从脚手架拆掉以后,他就去盖别的楼了,一个月没来,喝!玻璃都安好了!二龙跑上楼梯,往左走有三个单元、往右走有三个单元,每个单元有三间房、一个厨房和一个厕所。"真他妈盖了!"二龙拍着阳台上的栏杆自言自语着。

二龙又天天来看这楼房了。母亲教他的:勤看着点,只要一能住人咱就先搬进去,占两间、留一间给那个人,咱也不能坑害人家。

这天二龙跑进楼,发现有点古怪:左边楼道口安了一扇新门,右边楼道口也是;他又跑上二楼、三楼,全是。"管他的,多安个门还不好?"

这天二龙又跑到楼前,又有点稀奇:楼前砌起了高墙,楼后也砌起了高墙,楼左楼右全是。"管他的,多一道围墙更安全!"

这天二龙再跑到楼前,简直邪门儿:墙上拉起了电网。"管他的,现在贼多,不能不防。"

忽然有一天,建筑公司里到处传说:"那座楼房不归咱们啦!"二龙问了又问还是不信,没下班就跑到楼前,门口添了巡逻的士兵。左面楼道口的门上写着"1",右面门上写着"2"。很清楚:三套单元合为一套单元,每套单元里面有九间房,三个厨房和三个厕所。很清楚:两个厨房已改成贮藏室,两个厕所正在改成洗澡间。不太清楚的是:谁来住?

在那座楼房的每一个窗口都挂上了轻柔漂亮的纱帘的时候,建筑公司里到处传说:"席二龙这阵子可真是傻了,结婚的双人床都买好了,姑娘又不愿意了。"真是,二龙现在可是真傻了,人也瘦了。不信你就去那座楼前等着,每晚他都来,站在高墙外,痴呆呆地望着他早已选中的那个窗口。阳台上有时出现几个漂亮姑娘,二龙并不是看她们,二龙觉得她们并不比那个农村姑娘好看。他只是后悔自己不该说瞎话。他在高墙下站上二三十分钟,想起家里病重的母亲,觉得不该站得太久,于是叹一口气,自言自语地说:"谁让我席二龙说瞎话来?说让给人家一套,又只想让给人家一间,天报应,活该!"

他端起裤腰往上提,裸露的腰在里面转。

一九八〇年三月

## 夏天的玫瑰

傍晚,老头儿跟每天一样,从城里回来。他终于买来了那只青铜的公牛。本来今天应该很高兴,可是他刚才又碰上了那个年轻的父亲。老头儿后悔没再跟那个年轻的父亲说说。

濛濛的细雨,零零碎碎地从早晨一直下到了傍晚。这会儿,起了一点风,有些凉了。快要到秋天了。

"算了,还是少管别人的闲事吧,饶着管了,别人还不高兴……"一路上,老头儿不断地劝着自己。他竭力想忘掉那个倒楣的孩子。

他扛着那根烫满了小窟窿眼儿的竹竿,躬着腰,蹒跚地走着。路上几乎没有什么人。开阔的田野、错落的农舍和工厂的楼房、路边的水车,还有远处黑色的林带,都蒙在无边的细雨中。他回家去。竹竿上只剩了一只小风车儿,静静地转着,像一团红色的雾。他就靠卖这小风车儿为生。

雨中的黄昏,很静。郊外的土路又细又长。

远处的村落里,大喇叭唱着。"夏天最后一朵玫瑰,在孤独地开放……"是一支洋歌儿。

老头儿在竹竿的顶端罩了一把雨伞。每逢雨天他就这样。那只纸叠的小风车儿在灰暗的雨伞下面默默地转着,就像那支歌。

他抱着那只刚买来的铜牛,拄着一支木拐,慢慢地走着。那铜牛不轻。他不时停下脚步,用衣袖擦去溅在牛身上的雨点。他每天都要到城里去卖小风车儿,每天都这个时候回来。牛身上布满了粗糙的气孔、绿锈和凹凸不平的铸痕,老头儿总觉得那是些伤疤。他早就想买这只牛,牛的高高隆起的肩峰一直吸引着他。吸引他的还有牛的四条结实的腿和牛的向前冲去的姿势。今天总算把它买回来了,老头儿很高兴。可他一觉得高兴,就又想起了那个孩子。

那孩子可真倒楣,刚生下来就这么倒楣!"百分之九十五的可能是残废",好几个大夫都这么说,那个老大夫也这么说。"唉,可怎么好……"老头儿想着,看了看天。

可孩子还什么都不懂呢,不知道这下子可遭了瘟哪,将来才倒了血楣呢。老头儿想着,又后悔自己没再跟那对年轻的父母多说说了。

不远处,是一条铁路。穿着雨衣的检路工在高高的路基上走着,不时传来铁锤敲打路轨的"叮当"声。老头儿站住。他知道,在那铁轨的遥远的尽头,是他的故乡……

"她准是也老了,她老了准也还是挺漂亮的。"他望着高高的路基,在心里对自己说。近几年来,他常常想,他也许该回到故乡去了。

老头儿又走了一会儿,然后在路边的土埂上坐下来,把铜牛放在并拢的双腿上。他走得有点累了,拄拐杖的那条胳膊又开始发酸、发疼。他拍拍牛的结实的脊背,对自己说:"别像个老傻瓜似的胡思乱想了。""也别净替八竿子打不着的人瞎操心了。"他又劝自己忘掉那个不幸的孩子。他出神地看着那只青铜的公牛,真佩服它有那么一身漂亮的肌肉。老头儿从蓝布提兜里掏出水壶,喝了一口;不是水,是酒。

小风车儿像一团红色的雾,在他白发苍苍的头顶上。空旷的田野上空,光是飘着雨。

"……所有她可爱的伴侣,都已凋谢死亡,再也没有一朵鲜花,陪伴在她的身旁……"隐隐约约还可以听到村子里的喇叭声。放广播的准是个年轻人。

这歌倒是像唱着老头儿的身世。

他就靠卖这种纸叠的小玩意儿为生,干不了别的了,老了,而且两条腿的下半截都是假的,用钢箍箍在大腿上的。刚箍上的时候很疼,现在早就习惯了。晚上,他在灯下把一张张红红绿绿的电光纸裁开,叠成一个个四角的小风车儿,再用大头针把它们钉到白天捡回来的冰棍棍儿上去。他喜欢喝酒,喜欢一边做着小风车儿一边喝酒。风车儿做好了,够第二天卖的了,他把它们都插到竹竿上,还要再喝一点酒。他一边咂摸着酒,一边欣赏着那些小风车儿,吹吹这个,吹吹那个,看看它们是不是都转得很好。喝完酒,他爬上床,卸下假腿,睡一会。天不亮,他就起来,做一点吃的,动身到城里去卖小风车儿了。二十多年,天天如此。二十多年前,在他还有一条好腿的时候,他还在建筑队当过小工,后来不行了。好些现在已经当了父母的人都玩过他做的小风车儿。

人们都知道这个卖风车儿的老头儿,知道他的腿是假的,木头做的。人们都知道他的歌谣。"跑呀跑,转呀转,小风车儿,变呀变。"是他胡诌出来的。他很会招引孩子——得把小风车儿卖出去。

"老爷爷,变成了什么呀?""噢嗬,老爷爷可是什么也变不成啦。"他摸摸每一个孩子的头。"小风车儿变成了什么呀?""你们看那里头有什么呀?"一团团红红绿绿的雾。"是一只小兔子吗?""不,是个新郎官儿?!"老头儿捏捏小姑娘的脸蛋儿。"是云彩!""云彩里有你的新娘子!"老头笑了,拍拍男孩子的肩膀……这是他最高兴的时候,仿佛自己也回到童年。可这时候,他又要想起故乡,想起心中的那片乐土,想起一些令人心碎的往事。他希望这些孩子可别有哪一个将来要得"脉管炎",这些欢笑着的小脸儿可别有一天要变得悲伤。孩子们散去了,举着小风车儿飞跑,一团团云,一团团雾……他默默地为孩子们祈祷。他独自回家去。他没有孩子。他的腿,一条是在二十岁的时候锯掉的,另一条是在三十多岁,都是因为"脉管炎"。

雨悄声地飘洒着,"沙沙沙"地落在田野上、土路上和老头儿的雨伞上。他的背驼得很厉害,蓝布褂子的背部让太阳晒得发了白。他的头发也全是白的。竹竿上那只红色的小风车儿显得很鲜艳。老头儿一直看着那只青铜的公牛。吸引他的还有那对犄角,像一张弓,尖利的两端向前弯去,向前直冲。"真横!"老头儿握住牛的犄角,"老虎又怎么着?老虎也未必经得住它这一下子。"老头儿还记得他那两条小腿,稍一用劲,那两条粗壮的小腿就全是见棱见角的疙瘩肉。他记得,在老家时他扛起过二百斤重的麻袋,后来他又记得好像是三百斤,或者是差一点不到四百斤。他又摸摸牛的四条健壮的腿。"真壮!"他赞叹地摇摇头。"妈的,这家伙!"

老头儿总爱自己跟自己叨咕点什么。夜里睡不着觉的时候,他常常叨咕着一句话:"她也老了,她准是也跟我一样,老了。"他就干脆不睡了,爬起来,再喝几口酒。谁也不知道他说的是什么人。人们说,人老了有时候就变得古怪,尤其是一辈子没结过婚的人。他喝着酒,又去吹吹那些小风车儿,想着一些往事。许多年前,他到这远离故乡的地方来治病,锯掉了一条腿,他就再也没有回故乡去……

"……当那爱人的金色指环,失去闪烁的光芒,当那珍贵的友情枯萎……"

老头儿在土埂上坐了很久,撅起来的后衣襟被雨水打湿了。天可真是要冷了,他打了个寒噤。黄昏时分的光亮度变得很快,一会比一会暗。小风车儿在灰蒙的暮色中闪着一点红光。老头又想起了那个孩子。唉,干嘛非让一个注定要倒楣的人到这世上来不可呢?世上可不缺倒楣的人!他想。"那对儿小夫妻不听我的,依我说就别再抢救那孩子了。当然啦,谁舍得自个儿的孩子呢?可舍不得他,是为了让他来受罪吗?让人看不起?"他叨叨咕咕地跟自己说着。他站起来,回家去。不过,他真正的家在很远很远的地方,在那条铁路的尽头。

老傻瓜,谁又会听你的呢?人们要么不把这当成什么大事,要么倒说你是悲观主义。王八蛋主义!你要是说"为了别给社会增加负担",有些人倒会同意,可是,"社会负担"这句话对残废人来说是多大的负担呀!最好是别给社会增加负担,也别让一个人总是觉得自己是个负担。人来一世可不是为了当别人的负担的。有些事是避免不了的。半路残废的事就没办法。可有些能避免的事干嘛也不去避免呢?老说什么人道不人道的,让一个孩子来倒几十年楣就是人道?人们也不知都怎么了,就顾不上为那个孩子的一辈子多想想。我可不觉着那是乐观主义。王八蛋主义。我说那是造孽……可话又说回来了,老傻瓜,谁听你的呢?老头儿一路走一路想,又觉着还不如忘了这件事的好。

他让自己不去想这些事,又欣赏起他的铜牛来。还有这牛尾巴,甩得多有劲!他用手指尖捏捏牛尾巴,仿佛能觉出它的弹性。他想买这只牛已经很久了。有一天,他在城里卖小风车儿的时候,忽然发现了这只青铜的公牛。它站在橱窗里,梗着脖子,四只蹄子紧紧地抠在地上,身体的重心全移到了高高隆起的厚实的肩峰上,低着头,两只犄角像是两把挥舞着的尖刀。老头儿愣住了,被牛的骄蛮的姿态吸引住了。牛身上每一块绷紧的肌肉都流露出勃勃的生气和力量,每一条涨鼓的血管都充满了固执和自信,每一根鲜明的骨头都显示着野性的凶猛,使人想到一只被它顶死的老虎,想到它被老虎咬伤的地方淌着黏稠的鲜血,想到它冲向对手时发出的暴怒的咆哮,想到它踏在老虎尸体上时那傲视一切的眼神,它晃着那对刀一样的犄角,喷着粗气,在荒野上飞奔狂跳……商店的台阶很高,老头儿开始往上爬。他望着那只牛,沉静了多年的血液又在身体里动荡、奔突。老头儿忽然明白了,他常常在梦中看见而醒来又变得模糊的那个形象,正是这样一只牛……

有三十多年了,老头儿经常重复地做着一个梦:他的腿没有了,独自在一片陌生的荒野上爬,想要爬回家去。可是他不知道家在哪儿,应该往哪边爬,他从未见过这片无边际的荒野。他爬着,忽然看见前面有一堆眼睛在盯着他。那是狼!一群狞笑着的狼!他慌忙往后退,转过一个墙角,屏住呼吸往另一个方向爬。可前面又有两只伴睡的老虎,正眯缝着眼睛瞄着他!他又赶紧往左爬,擦着地皮,一点一点往前挪,爬过一间豪华的大厅,爬进一条幽暗的楼道。又有一堆纠缠在一起的毒蛇向他抬起头,吐着信子!幸好右边是河滩,他躲在一块礁石后面。那不是礁石,是一群大鳄鱼!没处逃了,无路可走了。他猛地来了一股劲,叫喊着在荒野上东奔西突,用头去撞那些狰狞的猛兽。他看见了自己强壮、庞大的身影在荒野上蹦跳、咆哮……醒了,他正用头撞着床边的桌子,拳头在墙上打得掉了一块皮,流着血……

就是这样一只牛！尖利的犄角、高耸的肩峰、粗壮的腿，一身漂亮的肌肉，向前冲的骄蛮的姿态。"多少钱？"老头儿问。售货员告诉他，他吓了一跳。老头儿买不起，但老头儿决心要买；多卖点小风车儿就行了，少喝点酒就行了。这以后，他天天夜里梦见那只青铜的公牛，梦见它在荒野上横冲直撞，冲散了狼群，撞倒了老虎，踏烂了毒蛇和鳄鱼，牛的青铜的盔甲闪着威严的光，洪亮的叫声像是吹响的铜号……老头儿像个初恋的情人似的，天天到那家商店去，爬上高高的台阶，去看那只牛。人多的时候，他就站在人群后面，从缝隙里看；人少的时候，他就让售货员把牛端下来。每看一回，他感动一回，每一回都有新发现。他觉得牛身上那些凹凸不平的伤疤也是漂亮的。"可它还是这么使劲儿地顶。"他说。售货员纳闷儿地看看他。"多少钱？"他又问。售货员又告诉他一遍。老头儿逐日计算着自己攒下的钱，想象着把牛摆在自己的床头，夜晚就不会孤独。

天黑了，雨仍然没停。看不见那只小风车儿，也看不见老头儿的白发。夜和雨不知把人们都藏到哪儿去了，这世界上似乎只有老头儿蹒跚、沉重的脚步声。他的胳膊又在隐隐地疼，最近他的胳膊时常这样疼。"可别又是那种病，妈的！"老头儿骂着。雨似乎更大了，他把牛盖在自己的衣襟下，贴在胸口上。他终于把它买回来了，觉得心里踏实、安稳，觉得心里有劲儿、高兴。要不要给它报个户口呢？老头儿想，笑了。老头儿往家走。

远远地看见了一片灯光。他走到了三岔路口。一条路是通向他的小屋的，另一条通向那所产院。老头儿又想起了那个倒楣的孩子。"他们还在抢救他呢，"老头儿说。他又在路边的土埂上坐下，犹豫着该不该再去跟那对年轻的父母说说。

"不是把什么样的人救活都是人道,你们得为孩子的一辈子想想……"

"……我愿意看你继续痛苦、孤独地留在枝头上……我把你那芬芳的花瓣,轻轻散布在花坛上……"

老头儿也快会唱这支歌了。

那个一生下来就有百分之九十五的可能要成为残废的孩子呀!干嘛一定要把他救活呢?当然,还有另外百分之五。可这是赌博,是对比太悬殊的赌博!是拿一个人的一辈子在赌博!为什么呀?为了满足父母的感情,就不怕把一个注定要受尽折磨的人带到世上来?!

老头儿站起来,朝那所产院走去。他想去求求那对年轻的父母:让那个倒楣的孩子安静地去吧,那才是人道。他想,王八蛋主义!

可我干嘛还活着呢?在去医院的路上他想。

我不一样,我能顶得住,那个孩子可不见得行,老头儿想。

再说,我也有时候快顶不住了,他又想。

何必让一个人平白无故地来顶住那么多倒楣的事儿呢?说说轻巧。

过去,我是怕给我的亲人们弄得难受,我才活着,老头儿想。

我是半路残废的,要是一个活生生的人一残废就去死,活着的人可怎么想?小时候,我们村儿里有个人就那么寻了死,活着的人都叹气……

主要是,大伙儿对我都不错,我不能做对不起他们的事,让他们说我没良心,他想。

有些事不那么简单,不好说……

可这孩子的事挺明白。他还什么都不懂呢,让他去吧,那是爱他。给他做件好看的衣裳……

老头儿走了很久才到了产院。他看见那个年轻的父亲站在走廊上。

"孩子怎么样了?"老头儿问。

"他不用再受折磨了,"年轻的父亲说。

"他好了?"

"他去了。不抢救了,他安静地去了。"

"……!"

"谢谢您,您说得对。"

那支歌叫:夏天最后一朵玫瑰。老头儿想。

老头儿从心里感谢这个年轻的父亲,可老头儿的心突然又像是被撕碎了;他看见年轻父亲的眼里闪着泪光。老头儿眼里也一样,他也喜欢孩子,是孩子都喜欢。他觉得没有人比他更懂得这个年轻父亲的心。他坐在年轻父亲的身边。

他们都不说话,望着落雨的天空。雨丝在路灯下闪光,密密地编织着爱的轻纱,或是爱的罗网。

老头儿忽然想起了那只青铜的公牛。他把牛放在年轻父亲的腿上。

"你看,这家伙多精神。"

年轻的父亲点点头。

"是挺壮的。"

"横劲儿! 嗯? 给你吧。"

"不,我不要。"

"拿着。"

"我不要。"

"拿着。"

"够贵的吧? 哪儿买的?"

"不贵,没多少线。"

"你看它,多大劲!老虎也不是个儿。你看这犄角,这脊背,这腿……他母亲怎么样啦?"

"她老是唱那支歌。"

"夏天最后一朵玫瑰,还在孤独地开放,所有她可爱的伴侣,都已凋谢死亡……"

"别让她老唱这么难受的歌。"老头儿说。

"您去跟她说说,行吗?"

"她还有你。你呢?你也还有她。"

"您去跟她说说吧。"

老头儿走进病房。他对那个年轻的母亲说:"早年我们村儿里有两口子,第二回生了个挺好看的孩子……"他说了好些过去他家乡的事。"快把身子养好,赶明儿你们再生一个,我给他做个四角儿都不一样色儿的风车儿,用好纸。"他不知道还应该说点什么。

后来,老头儿独自回家去了。他在铁路高高的路基下面走。铁路伸向他遥远的故乡。他想,他也许应该回去了;假如她需要他,他就留下来,假如她已经把他忘记,他就再回来卖他的小风车儿。反正卖小风车儿也是件挺高兴的事,总能跟孩子们在一起,而且,靠卖风车儿自己养活自己,就不是社会的负担……

一列客车隆隆地开过,车窗里的灯光照亮了那只小风车儿。小风车儿在夜风里转着,像一团红色的雾,像一朵玫瑰。

一九八三年

## 在一个冬天的晚上

从下午四点钟,他们俩就下了汽车,一直在这附近转来转去,找那条胡同。

"你没记错吗?"男的问。

"没记错,"女的说,"月亮胡同,五十七号。"

这一带净是些七拐八弯的小胡同,人家给他们画的那张路线图又让女的给弄丢了。这会儿,太阳已经快没了。昨天夜里刚下过一场大雪,白天路上的雪化了一些,现在又都开始冻上了。路很难走。

看样子,两个人都有四十岁了;男的好像还要大一点。女的个子很矮,看得出来,是那种侏儒病。男的架着一支拐,脸被烧伤过,留下了很多可怕的伤疤。

小胡同里很清静。风很大,不时有些行人匆匆走过,谁也顾不上看谁一眼。这倒好。

女的搂着个大饼干筒走在前面。她好几次都想换个姿势歇一歇——想用一支胳膊夹住那个大铁筒,但都没夹住。衣服穿得太多,而且那个饼干筒对她来说也的确是太大了。

女的摆弄饼干筒的工夫,男的走到了她前面,转回身来气哼哼地看着她。

"活该!就差把你自个儿也丢了啦!"他说。

她仰起脸来冲他笑笑,还是用双手搂起那个大铁筒,紧走两步,追上来。

刚才买儿童车的时候,女的把书包弄丢了。她挑来挑去,总想挑一辆更好看的,后来就发现书包丢了。丢点钱倒没什么,可那张路线图在书包里。幸亏她还记得那条胡同的名字和门牌号码。

"今天真冷。"她说,偷偷地看了她丈夫一眼。

男的不言语。

"真是的,赶了这么个天儿。"她又说,抱歉似的看着男的,好像是她把天儿弄坏的。

男的一只手拄着拐,另一只手提着那辆崭新的三轮儿童车,吃力地走着,躲着冻结在路面上的又硬又滑的残雪。

"你的肝又疼了吗?"女的问。

男的不理她,也不看她。

"跟老石说好了,"她又小声说,"不去不合适。"

"你就絮叨吧,又快转回来了!要是不想去,咱们趁早儿往回走!"男的脾气很坏。

女的慌忙加快脚步,深一脚浅一脚地往前走。饼干筒太大,挡得她看不清脚底下。

"你别老是不高兴,回头肝又该疼了。再说……"她好像还想说什么,可又咽了回去。

走了一会,她还是说了:"老石已经把他接来了,你就先看看,要是你还不想要,咱们再不要,也不晚。"

"我没说不想要!"男的说。

"真的,"女的笑笑说,"那孩子我看是不错,比上回那个还好看。"她说得很快,好像是终于找到了说这句话的机会。

"你看着不错就行了呗!"

"你干嘛这么说?又不是我一个人的……"

他们沉默着往前走,注意着每条胡同口上的路牌。这地方的小胡同可真多。

"要是你也喜欢,咱们才要呢。"女的又尽量使气氛缓和下来。"再说,我也得再看看,那天光是在汽车上看了那么一会儿。"

风刮得一些院门"啪哒哒"地响。有时候,从背阳的屋顶上飘落下一片雾似的碎雪,往人脖子里灌。

"我说你还是围上我的围巾得了,"女的对男的说,"我又不冷,再说……"她光顾了看他,差点被一块冻在路面上的砖头绊倒。

"早就说让你把饼干筒给我!"男的冲她嚷。

"我不。要不你拿饼干筒,让我推车。"

"不用!我都拿得了……"他的声音忽然小了。

前面的胡同里拐出了一群姑娘,"唧唧嘎嘎"地又嚷又闹,朝他们走来。

姑娘们走近他俩身边时,都没有声音了。

男的扭过脸去,像是注意着路边的门牌。

姑娘们走了过去。他们俩一声不响地往前走,想走快点,可女的又怕男的跟不上。半天,他们才又听见"唧唧嘎嘎"的说笑声,走远了。

"给我!"

"那把车给我。"

"不用!"

"我知道你怕什么……"女的小声嘟囔了一句,抱着饼干筒只顾往前走。

"我怕?我怕什么?!"

女的不说话。

"你要愿意推,你就推,真是的!"男的虽然还是喊,可语气却软了很多。

女的也不接那辆车了。她一生气或是觉得委屈,就一个劲儿眨巴眼睛,不说话。她知道他是为了她,怕她太……本来就矮,再推个儿童车……可她心里还是难受,生他的气。"你干嘛不去找个高个儿的呢?"她心里想。

"假如你的腿是好的呢?脸也没烧伤呢?"

"我不知道。从我懂事时起,腿就是这样,脸也就是这样。"

"我是说假如,假如你的腿没……"

"假如?!"他又烦了,停下来,望着远处的几点灯光。那是工地看守人的小木房。

"你要不愿意说就算了,"她说,"可你别生气。"

他猛地扭过脸来:"假如压根儿就没我呢?!假如压根儿连地球也没有呢?!"

"你说那些有什么用?我是跟你说真的。"

"知道没用就别说。我就是这样儿,你也就是那样儿,这就是真的。"

他们坐在路边的砖堆后面。混浊的护城河水在月光下流着。远处是那片建筑工地,静悄悄的。

"等这些楼盖成后,这儿也该乱了。"她说。

他不说话,望着月亮。月亮那么小,那么远。那夜的月亮好像特别小,特别远似的。

"是真的就行了,假如干嘛?"后来他望着月亮,像是自言自语地说,"那天我一看见你,我就觉得,咱们俩得在一块。这就是真的。"

"你一看见我?哪天?"

"我看见你在汽车站上,总也挤不上车去。我忘了是哪天了,当时我正在旁边的酒店里……"

"是真的,是。这么多年了,是真的!"她想。她寻找着他的目光。

"我拿得了,"她说,"真的,这么个筒子我还拿不了?"她故意装出什么事也没发生的样子。

她又说:"那回去抱'安安',那么大个筐我不是也抱回来了?""安安"是他们养的一只猫。

男的气喘吁吁地走着,木拐发出"吱吱"的响声。她心里一阵阵发疼,又想起自己把书包弄丢了的事。

"书包丢得也真够怪的,买饼干的时候你不是还见我背着吗?"她想打个岔,说点儿别的。

男的还是不说话,但总算是看了她一下。

"你干嘛老不高兴呀?"她最怕他生气,他一生气就要肝疼。

见他还是不说话,她又说起了那张图。"老石那人真仔细,画了足有半拉钟头……"

"可还是让你给弄丢了。"男的说。他这次的语气也挺平和。

女的笑了:"我要是把书包让你背着就好了。"

"瞧着!"男的喊。

女的吓了一跳,绕开了脚下的一个小土坑。她总仰起脸来看她的丈夫,希望他是高兴的,希望他也笑一笑。

"你干嘛老看我?"

"你不看我就知道我看你啦?"

"怎么样?比山魈还好看点吧?"

"山什么?你说比谁?"

"你没去过动物园是怎么的?"

"我小时候去过。"

"你看我像什么?"

"像个不会笑的木头疙瘩。"

"木头疙瘩一笑该地震了。"

"怕什么,又没别人?"

"你不怕?"

"你要是老不高兴,我可真害怕……"

后来他笑了,真是不好看,但她希望她的家也能和别人的家一样……那天夜里,她第一次对他说,她真想要一个小孩儿,当然,是向医院要,或者向别人要……

完全看不见太阳了。他们俩还在这附近转来转去,东一头、西一头地瞎找。

下班的人多起来。天冷,人们匆匆地往家奔。女的好几次想问问别人,男的都不让。

"那怕什么的?"

"谁说怕什么了?!"

"我去问,又不用你问。"

"甭!!"

他们继续往前走。

下班的人很多,附近一定有个什么工厂。

"累吗?"女的小声问,像是怕惊动了什么人。

"肝不疼？"她又问。

男的不说话。他不想说。

"唉，都怨我……要不你先在这儿歇歇，等着我？"

男的不耐烦地斜睨了她一眼，还是往前走。

他们俩在下班的人流中默默地走着，不时拉开些距离。

远处的大烟囱冒着黑烟，烟被风刮得零零乱乱的，直向东南飘去。几只麻雀慌慌张张地飞上屋顶，又飞上光秃秃的枣树枝，又慌慌张张地飞走了。一个围着白围裙的老太太站在路边的墙角里，喊着："刚炸得的热丸子！刚炸得！"

一会，他们发现又走到了大街上。不远处有个电影院，刚才他们就是在那儿下的汽车。

他们只好又往回走。下班的人已经少多了。

路边的低洼处结了一条一条的冰，几个小孩儿在上面打出溜儿。女的不住地回过头去看。

"你倒是走不走……"男的本来又要发火，但他发现她是在看那几个小孩儿。

"我还以为是他呢。"女的慌忙说。

"谁？"男的也停下来，朝那几个小孩儿望着。

"不是。长得有点儿像。你看那个最小的……"

他们指指点点地看了一会儿。几个孩子在冰上玩得正来劲儿，红红绿绿的，像几个毛线团。

"走吧。"他用儿童车的轮子碰了碰她。

"走吧！"他又说。

"那孩子比这孩子长得还好看。这孩子也不错。"她还是不住地回过头去看。

他们又走过了两个胡同口，都不是。

女的一直没完没了地说着那个孩子："你说是怎么回事？

人家都说,私生子都漂亮,也都忒聪明……他妈要结婚,要不谁舍得把自个儿的孩子给人呢?那男的可也真是……"

"瞧着脚底下!"

"可就是……四岁半,我还是觉着太大了点儿。"

"反正不会像自个儿的一样!"

"不是,我倒不是担心这个。我是担心……"

男的猛地扭过脸来看着她。女的也忽然停住了脚步,被自己的想法吓坏了似的。

"你说,他不会害怕咱们吧?他懂吗?他才四岁半……"女的终于说了出来。

风更大了。什么地方的破铁盆被风刮到了地上,"叮啷哐啷"地响。他们茫然地走着。也忘记了注意胡同口上的路牌。

其实,这件事他们都不是第一次想到,可不知怎么,他们都没说出来过。也许是,只要不说出来,这事就还仅仅是可能;或者是,有几次要说,又都被别的事给岔开了……


"你说,是要男孩儿呢?还是要女孩儿?"她坐在床上,重新绕着她那些宝贝毛线。

她一有富余钱,就爱去卖毛线的地方转悠,买些花花绿绿的毛线回来,也用不上,就都堆在箱子里。那天晚上,她把那些毛线都翻腾了出来,一团一团地重新绕。

"男孩儿女孩儿倒没关系……"他说。他本来是想说这件事的,可被她打断了。

她说:"就是,反正现在男孩儿女孩儿都这么花花绿绿地穿。"她是说那些毛线。

他没再说。他想,也许不会……

有一天夜里,她又被他的喊声吓醒了。他总做噩梦。外面正下着大雨。

他点了一支烟。"要就要个大点儿的。"他忽然说。香烟的红光时明时暗。

"再睡会儿吧,还早呢。"她说。路灯还没灭,树影在墙上晃动。

"其他都听你的,我就这么一个要求。"

"太大了,我怕……"那时她就想说这件事。

他猛地趴在她胸上:"你知道,肝硬变是活不长的。我想要个大点儿的……那时他已经能帮你干点儿事了……"闪电照亮他的脸,满是泪痕。

她抱着他的头,怔怔地躺着,看着墙上那片晃动的树影。后来她哭了,忘了说这件事……

还有那天晚上,他们坐在立交桥下的黑影里乘凉,看见桥头有一对年轻的父母正和孩子玩捉迷藏。妈妈捂住小姑娘的眼睛,爸爸猫着腰藏在了塔松后面……

她看得发呆,一会儿靠在他肩上"哧哧"地笑,怕笑出声;一会儿又伸长了脖子,还是笑出了声。

年轻的父亲用胡子扎着孩子的脸,孩子在爸爸怀里打着挺儿,"嘎嘎嘎"地笑……

那时他又想到过这件事,正要说,可思路又被她打断了。她跟他说起了那个小姑娘穿的小喇叭裤。

"你看那小喇叭裤多好。前天我们厂内销了一批,他们好些人都买了……"

后来他就想到别的地方去了,好像是想起了一辆遥控的玩具汽车……

还有,看那个电视连续剧的时候,她也想到过这件事。安娜哄谢辽沙睡觉,对谢辽沙说,"我是大妖魔"……那天,他没在家。

看《巴黎圣母院》的那天,电影院里有个小孩大声问:"那个坏蛋干嘛老敲钟呀?"

孩子一看见长得丑的人就以为是坏蛋……

那天他们俩什么都没说,一晚上没说话……

今天她却突然说了出来,他没有准备,连她自己也没有准备。也许正是因为没有准备,她才说了出来。可偏偏是今天!也许正因为是今天。说出来了,说出来就和没说不一样了,不再去想是不行了。不过,倒是从心上搬开了一块石头。可是,又有一块更大的石头压在了心上……

他们默默地走着。风还是很大。电线上挂着几条碎纸,那曾经是个风筝。

后来,他们在一个避风的地方站住了。男的靠在墙上,点了一支烟。女的把饼干筒放在地上,不知所措地看着男的。

一群乌鸦"啊——啊——"地叫着,在灰色的天底下飞着,被风刮得歪歪斜斜地向东南飘去。

"只要咱们待他好,"男的说,"我觉着,只要咱们是真心待他好……"他看着那辆儿童车,车上的商标是一只大眼睛的蜻蜓。

女的一直望着那群鸟。它们兜了个圈子又飞了回来。它们想落在那片老树上,可风太大。

男的又说:"我觉得,只要咱们待他特别好……你说呢?"他捏着香烟的手不住地颤抖。

那群乌鸦终于都落在了老树上。女的说:"要是要个小点儿的呢?要个一两个月的,不就没这事儿了吗?"

"还不是要长大。"

"那可不一样,那他从小就会习惯了。"她说。

后来,有好半天两个人都没再说什么,一直在那个避风的墙角里站着。

路灯亮了。路灯亮了就有六点多了。

"还累吗?"女的问。

男的又点着了一支烟。

一辆农村拉粪的马车从他们面前走过,马车的轮子轧在一个污水井的井盖儿上,"格登登"直响。马车过去后,女的看见那井盖儿错开了一条缝。

"你看那井盖儿。"女的捅捅男的,说。

男的瞥了一眼那井盖儿。

"你看呀,那井盖儿没盖严!"她又捅捅男的。

"你有完没完?!"男的使劲扒拉了她一下。

"那井盖儿没盖严。"女的小声辩解,像是做错了什么事。

男的用拐杖杵着墙缝里的黄土,不理她。

她担心地望着那个井盖儿。过了一会儿,她朝那井盖儿走去。

"回来!"男的喊。

"那井盖儿没盖严。"她说,但不敢往前走了。

"让你回来!!"男的又喊。

女的只好又回来。"谁要是踩上,该掉下去了。"她说。

"活该!就你心眼儿好?!"

她站在他身旁,不时看看那井盖儿,又看看他,想说什么,又不敢。她怕惹他生气,他有肝硬变。

路灯在风中摇晃,电线杆的影子也摇晃着。胡同里已经没什么人了。

"不早了,走吧。"女的说。

"上哪儿?"

"老石该等急了。既然来了,就去吧。"

"我本来就不想来,我本来就不想要。"

"就先看看吧,你说呢?"

"甭看也知道!不是自个儿的孩子,怎么也和自个儿的不一样!"

女的半天没言语,后来猛地抱起饼干筒,胡乱地朝前走去。男的才发现,她哭了。他慌忙抓起儿童车,追上去……

"我们还是要自个儿的吧。"

"不。不!我不要!你又不是不知道……"她趴在床上哭着。

"大夫不是说了吗?只有一方有你这种病,有可能不遗传……"

"还有呢?!你怎么不说啦?还有呢?!还有可能遗传!遗传!!轮到我准得遗传!我知道!我从来都不走运!"她疯了似的哭着,喊着……

他从来都没见她那样过。他吓坏了,什么都不敢再说……

"我不是那个意思,我是说……真的,我不是想要自个儿的。"男的一个劲儿解释道,"我真不是那个意思,我是说……我同意。你愿意要什么样儿的,咱们就要什么样儿的,你要是实在想要个小点儿的,我也不会不同意……"

他哄着她,像哄小孩儿那样。

他们又走了很长一段路,走过了好几个胡同口,都忘了看上面的路牌。

"都跟老石说好了,"女的抽抽噎噎地说,"还是得去看看。"

"去,当然是去。咱那个书包也不能白丢哇?"他很想说句笑话,可说出来的却像是挖苦。

"再说,"他赶紧又说,"那筒饼干你能吃,这辆小三轮儿我可蹬不了。"

她笑了,感激地看着她的丈夫。

他把手绢递给她。"擦擦,别这样去。"他说。

不知为什么,她止不住地流眼泪。

"咱们再歇会儿吧。"男的说。

路边有一个临时售菜棚,卖菜的人早已经下班了,菜架上空空的,菜案上堆着几个没人要的萝卜。他们走进了菜棚,站在路灯照不到的地方。

女的不停地用手绢擦着眼睛。

"你别多想,真的,你别老想那么多。"

"没有,我没有。我没想哭。"

"我有时脾气不好。"

"不,你不。是我……跟我,你算倒了楣。"

"你干嘛这么说!"

"假如……"

"又是'假如'!咱们在一起十年了,你总说'假如',可咱们这十年是真的!"

月亮真小,真远,又像是那夜的月亮。她靠在他身上,紧紧地靠着,生怕那不是真的,生怕他也会像那月亮,离她那么远,那么远……

"咱们走吧。"

"嗯。"

正在这时,对面的一个院门开了,走出来一个抱着小孩儿的青年妇女。一对中年夫妇随后送出门来,一直送那母子俩朝胡同口走去。

青年妇女很不高兴的声音:"您看您这事办的,让我说您个什么……"

中年妇女的声音:"唉,怪我办事不周全,你可别往心里去。"

青年妇女的声音:"说实在的,有个教授想要,我都没舍得。要不是……说实在的,我就一人儿带着明明过……"

声音慢慢远去了,听不清了。

女的一动不动地站着。

"走吧?你怎么了?"男的问。

女的重新又走进路灯照不到的地方,靠在菜架上,一声不吭,看着对面那个院门。

男的走到那个院门前,看了看。那正是月亮胡同五十七号。他又走回菜棚里来,什么都没说,站在女的身旁。

那对中年夫妇回来了。

"你不该告诉她。"中年男人说,"换了我,我也不愿意把孩子给两个残废人。"

"我不会说瞎话。唉,下回我可不管这样的事了。"中年妇女说。

"一会儿他们来了,可怎么跟他们说……"

院门"嘭!"的一声关上了。

四周真静,静得像是一片沙漠。只有风声。风使人想起黑色的海洋和一叶浪谷里颠簸着的孤舟。沙漠也有尽头,海洋也有边。如果没有绿洲,骆驼走向哪里?如果没有港湾,小船往哪儿划?有时候,他们真不知道为什么还要活着……他们常常在夜里醒来的时候——或者是他又做了噩梦,或者是她梦见了来生——说起死。"你说有下辈子吗?""我觉得有。""你还有点迷信?""谁知道呢?""你想过死吗?""当然。""那你怎么没去死呢?""我要是去死,活着的亲人一辈子也好受不了。你呢?""我?我也是。"……这就是他们的绿洲,他们凭着这个在沙漠中走。还有,他们互相是对方的港湾……

已经很晚了。不知从什么地方传来了电台报时的笛声。八点了,也许九点?估计是八点。

他们还呆在那菜棚里,弄不清自己在想些什么,也不说话。风仍然不见小,这风大概是要刮一宿了。棚顶上的席子被刮开了一块,"嗯哒嗯哒"地拍打着棚架,把棚顶上的残雪洒了他们一身。他们不觉得。

又过了半天,女的忽然说:"今天还没有喂'安安'呢。"女的说话时的样子,像是在梦里。

他把她拉到怀里,用棉大衣的前襟把她裹住。寒冷都在外面,让风在外面刮吧,她觉得,什么也打不透他们的棉大衣。

"还没喂'安安'呢。"她在大衣里说。

他摸了摸她的脸,摸摸她的眼窝。

"我没事儿。"她说。

"我也没事儿。"他说。

"咱们回去吧?"

"回去吧。"

"走吧。"

他们往回走,挨得很近。他们把饼干筒和儿童车忘在了菜棚里。他们总那么爱丢东西。

"对了,那个井盖儿!"她忽然说。

他们又走到他们头一次歇着的那个地方去,找到了那个污水井。可是,井盖儿盖得很好。

"是这个吗?"男的问。

"我记得是。再说,这附近只有这一个呀?"

男的用木拐在井盖儿上杵了几下,井盖儿一动不动,盖得很牢。

女的又走到他们呆过的那个墙角里。"噢,从这儿看,井盖就好像是错开了,因为上面有雪,井盖儿的黑边儿好像是一道缝。"

一九八三年

# 足　球

　　那支法国足球队来这儿比赛的时候,正是八月里最热的一天。离七点半还有两个多小时,山子和小刚就动身了,一人一辆手摇车,在太阳底下拼命地摇。太阳还挺晒人呢,这季节,太阳要到七点钟才落山。体育场离他们住的地方太远,不这么早动身不行。

　　单从上半身看,两个小伙子长得都很健壮,胳膊都很粗。山子的车上挂了两支拐杖。小刚连拐杖也挂不了。两辆车一前一后,跑得相当快,有时甚至能超过一两辆自行车。有些骑车的人惊讶地望望他们,望望他们那萎缩得变了形的腿。两个人顾不上别的,拼命摇车,生怕晚了。球赛七点半开始。

　　来的是法国的一支很不错的足球队。

　　以前没来过这么好的球队。

　　直到走了差不多一半路,小刚看了看表,才说:"行!时间有富余,不用这么忙!"

　　山子也看看表。于是两辆车开始并排走,车速慢了下来。两个人的汗衫都湿透了,都呼哧呼哧地喘粗气。

　　天空晴朗得耀眼。路两旁是高高的白杨树。

　　小刚开心地笑起来:"二华这会儿正侍候老婆呢!"

　　"小子真废物。"山子也笑笑。

"不过,二华这家伙,人不错。"

"这小子,还可以。"

"中午他给我送票来,我还以为他蒙我呢。我心想,这么好的球赛,他舍得让给我?"

"他怎么说?"

"他当然不能说是老婆不让他去呀!"

两个人笑起来。

"应该说,是他老婆人不错!"小刚说。

"他老婆是个模范老婆,把二华教育得不错。"小刚又说。

"模范老婆一举掸子把儿,所有的家务事都做好了!"还是小刚说。

两个人大声笑起来。

白杨树茂密的枝叶间,知了声不断。

小刚用两个手指撑开上衣兜,看看那张票。

山子的目光立刻跟过去,说:"统共就一张票,你别再忘了带。"山子说这话时的神态和语气都透出一点恭维。

小刚没回答,脸上的笑容慢慢变得僵硬,心想:什么叫"统共"?反正一张票不能你我都进去。不过又想:出来的时候说好了,山子不至于说话不算话。

"带着没有?"山子又问,很着急的样子。

小刚还是不回答,把票掏出来,托在手里看,心里有点后悔:这事真不该到处去瞎显摆,二华送来了票,自己就应该悄悄地走……

山子把脸凑过来,小声念着票面上的时间。

"哟!"小刚忽然一惊,转脸问山子,"今儿肯定是五号吧?"

"别这么自个儿吓唬自个儿行不行? 五号! 我早算计着

今天呢。"

　　没错儿,是五号。小刚把票放回兜里。不过山子这家伙可别说话不算话,"算计"?"算计"什么?

　　"要不然,"山子继续说,"今天我本来是打算去我老姨家的。这么好的球,不看彩电不行。"

　　小刚觉得这是个机会,得说句话了:"你真不如趁早上你姨家去呢,别把转播也耽误了。"

　　山子不言语了。山子的心情立刻有些沮丧。他本来就有点动摇:万一是自己记错了呢?体育场门前没有台阶,小刚坐在车上可以进去吗?自己白跑一趟倒没关系,问题是把电视转播也误了。问题是法国队!他这几天总想起十二届世界杯赛的场面;想起普拉蒂尼罚直接任意球时的样子;想起佐夫鱼跃扑球时的样子;还有鲁梅尼格,那小子真是浑身都长得漂亮,人要是长得漂亮也真是福气;马拉多纳不漂亮,可那小子跑起来真好看,摔倒了又蹦起来,永远也摔不坏似的,真长得结实,人要是长得结实也行,也漂亮……

　　见山子不言语,小刚又紧叮一句:"是你自己非要跑一趟不可的。咱们可有话在先,我要是进得去,你可就得乖乖滚回来。"他尽量使语气显得像是开玩笑。

　　"噢噢,那当然,"山子的灵魂这才从巴塞罗纳的绿草坪上飞回来,"我是说,要是你的车进不去,这么难弄到的票别糟蹋了。"

　　"那没问题!"小刚松了一口气,"我要是进不去,这张票肯定是你的。没的说!"

　　两辆车拐上了一条宽阔的大路。沿着这条路走到头,一拐弯就到体育场了。但是这条路相当长。

　　"不过,二华说我能进去。"小刚说。

"他怎么说?"

"他说我肯定能进去。"

"他说没有台阶?"

"反正他说我进得去。要是有台阶,他干嘛还说我进得去?"

山子又使劲回忆起来。他明明记得体育场门前有很高的台阶。至少有十几层。二华那小子整天迷迷糊糊的,没记清楚过什么事。不过,也许是自己记错了?他还是八年前腿没坏的时候去过。那时候他才二十岁,跟小刚现在一般大。他还记得自己跑上那些台阶时的情景:台阶不仅高,而且陡,他一步三级往上跑,那台阶大概并不止十几层,什么地方还种着一些冬青树……每次回忆都是到这儿就断了。也许那不是在体育场?也许是电影院?剧场?美术馆?每次回忆都是以清晰开始,以模糊告终。

"普拉蒂尼。"山子叨唠了一句,无可奈何地望望两边的楼房。这几天他总想起这四个字,也许是这四个字说着顺嘴。

小刚看着山子笑:"魔障了。"

"我是说,可惜普拉蒂尼没来。"

"真懂假懂?这又不是法国国家队。"

"废话,我知道!"山子的话音里有点火气了。关于足球的事,他自信比谁都知道得多。"普拉蒂尼现在在意大利呢!知道吗?就是法国国家队来了,普拉蒂尼也来不了,知道吗?别拿起话来就说。"

小刚一愣,看了看山子,没吭声。往常他不会甘拜下风,尤其是那句"知道吗"。今天不一样。往常他和山子都没票,倒也都心安理得。再说今天来的又是法国的一支很有名的球队。要是有两张票就好了,小刚想。他摸出两支烟,递给山子一支。

"抽棵烟吧,来得及。"

两个把车停在路边的树荫下,点着了烟,抽着,不说话,望着马路上来往的车辆。树荫很长,树荫以外的路面依然亮得刺眼,对面楼房上晾着白被单也白得刺眼。

"一停下倒觉着更热了。"山子找话说。

小刚叹了口气:"要是再有一张票就好了。"

"没事儿,就当遛个弯儿,我好些年没到这边儿来了。"山子的语气更像是在安慰自己。

"我好像还从来没到这边儿来过呢。"小刚说。

山子心里忽悠一下子,忽然觉得自己心眼真够呛——小刚还从来没到体育场里看过足球呢!小刚的腿从小就坏了。

"说不定,到时候能等上一张退票呢!"小刚说。

"别净想好事儿了。这么难买的票,谁买了会不看?"

"那可说不定,二华不就买了不看?"

"有几个二华?让老婆管得儿子似的!"

两个人笑起来。小刚的笑声很高,希望这气氛能延续下去。

"将来真有了儿子,二华非当孙子不可!"小刚说。

"这家伙是有点废物,主要是因为娶了个模范老婆。"小刚说。

"不过,只要他排队买票的时候不废物就行!"还是小刚说。

两个人大笑起来。小刚希望山子的情绪能一直这么好,否则到了体育场自己是进去不进去呢?不好办。

"我看你将来也危险,"小刚又对山子说,"说不定你比二华还厉害。"

山子愣了一下。

"我说,你将来没准比二华还废物。"

山子把烟蒂在车轮子上按灭,脸上的笑容慢慢收敛。

小刚心想:糟糕!问:"怎么啦你?"

"嗯?"山子有心事,直发愣。

洋槐树的叶子被晒得发蔫,已经结满了一串串的豆荚。路上的车辆和行人都多起来,到了下班的时候。各式各样的草帽、凉帽。姑娘们的裙子飘飘的。

"那件事儿,"小刚轻声问,"不是差不多了吗?"

山子拍拍落在腿上的烟灰,看看表,说:"走吧,不算早了。"他不想说那些事。

"又怎么啦?不是说差不多了吗?"

"她们家又不同意了。"

"那女的自个儿呢?"

"六点多了,快走吧。"山子摇动了车。

两个人并排摇,摇得很慢。小刚还想再问问是为什么,看看山子的脸色,把话咽了回去。其实用不着问,不会因为别的。小刚又想到了自己的腿还不如山子,山子挂着拐杖还能走呢。山子二十八了,小刚真怕自己也到二十八岁。

"什么时候能在中国举办一届世界杯赛,啊?那还差不多!"山子忽然转过脸来说,带些笑容,在这之前他一直木然地望着很远的地方。

"净想好事儿!"小刚说。虽然这么说,却也觉得心里舒服了一点。

"那咱们拼了命也得买上票。"

"拼了命你也未必买得上。"

"提前一个星期我就上售票处窗户底下坐着去!支个

帐篷。"

小刚脸上也现出笑容:"亲眼看一回世界杯赛,这辈子也值了。"

"真厉害!"山子摇头赞叹着,灵魂又飞到巴塞罗纳的绿草坪上去了。

两辆车不约而同地加快了速度。两个人不说话,都想着世界杯赛的场面:彩色的纸屑满天飞,像是花雨;喇叭声、呼喊声响成一片;各色旗帜在飘、在挥舞;运动员高兴得抱成一团,滚成一堆;有些人在看台跳舞……

"那阵子真来劲!"

"唉——!"

两个人都明白指的什么。十二届世界杯赛的那些日子真是来劲,每天晚上电视台都转播四十分钟精彩片段。那些日子,早晨一睁眼就想着晚上,一天当中要想好几回,一整天都有盼头。晚上,山子揣一包好烟到小刚家里去,先评论一阵子昨天各场比赛情况,然后坐在电视机前等着比赛开始。山子总是说要到他老姨家去看彩电,却总是又跑到小刚家里来。独自一个人看球固然乏味,跟一群外行一块看也没劲——看球不能嚷,你一嚷他们就笑你疯;要么是好球看不出来,越位球倒跟着瞎着急。山子承认的内行只有小刚。小刚还承认二华。

"二华那小子!"山子摇着车,笑笑,只说半句话。他还想着世界杯。

"二华什么?"

"那小子没准主意。你也弄不清他最佩服谁,一会儿是济科,一会儿又是马拉多纳。"

"济科和马拉多纳确实都不错。"

"还没过三分钟呢,他又说苏格拉底最好了。"

"苏格拉底也确实是踢得好。"小刚总是为二华说话。

"我是说,小子看不出谁最好来。"

小刚心想:难怪二华这票不给你呢!

"最后他又最佩服罗西了。意大利赢了,他又最欣赏意大利了。这小子势利眼。"

"你别老这么说他。他还是挺懂球的。"

"他就懂报上说谁好,他就说谁好。"

小刚想:二华以后有票还给不了你。

"他还懂谁赢了,他就最欣赏谁。"山子笑起来。

"那么说,赢的不好,输的倒好?"小刚也有点气了。

"那可难说!巴西输了,可巴西踢得最好。一开始我就说巴西踢得好,巴西输了,我还是说巴西踢得好。"

小刚没言语,他知道山子说的对。巴西队被淘汰的那天,他们俩都觉得是自己输了。

"论水平,巴西队才是冠军。巴西队就是太狂了。"

跟你一样,你也是太狂了,虽然你说的都对,小刚心里说。

"我还是最佩服普拉蒂尼。说普拉蒂尼最棒的人不多。真正懂球的人就不多。"

"我就不说普拉蒂尼最棒,"小刚不看着山子,冷冷地说,"我说马拉多纳棒。也许是我不懂。"

山子这才发现小刚有点不高兴了,这才想到统共那一张票还是二华给小刚的。

前面是一座立交桥。

两辆车开始爬坡。四五十米的上坡路,挺陡,对手摇车来说不是件容易事。齿轮咬着链条咔啦咔啦响。两个人又呼哧呼哧地喘粗气,汗珠往眼睛里流。太阳倒是很低了,但是一点风都没有。

"行吗你?"山子问小刚,想缓和一下气氛。

"留神你自个儿吧。"

"等摇上坡儿去再歇着。"

"踩咕谁呢!"小刚愈发使劲摇起车来。

行,山子想,小刚这小子还真够哥儿们,背着哥儿们也不说哥儿们的坏话,也不愿意听别人说哥儿们的坏话。不过气氛得缓和缓和,否则到了体育场小刚进不去,自己也不好意思就进去。可是,体育场门口到底有没有台阶呢?……很高很陡的台阶,二十几层也不止,自己焦急地往上跑,一步三级,跑得好累呀!到底是在哪儿呢?还有很多挺拔的冬青树……

两辆车摇上了立交桥。

"要不就歇会儿吧。"小刚说,也不愿意把气氛弄僵。以前两个人为了足球的事翻过脸,具体地说,就是为了普拉蒂尼和马拉多纳。

两个人抽着烟,都想找些让人高兴的话说。

往体育场去的公共汽车从桥下开过,车上挤满了人,吵吵嚷嚷的像是在打架。

"都是去看球儿的。"

"也不知道有几个真懂。"小刚冲山子笑笑。

"懂不懂的,倒都有票。"

"懂不懂的,倒都不怕老婆!"

小刚说罢大声笑起来。他满心以为山子也会这样笑的,可是山子笑得很勉强。小刚想:糟了,又让他想起那件事来了。

往体育场去的汽车增加了车次,一辆接一辆,都挤得满满的。往那个方向去的自行车也多。开始听见有人在议论足球了。

"嘿！咱们到那边买瓶汽水喝吧。"小刚装作什么也没有察觉，指着远处的冷饮店。

"算啦！"

"出来得太忙了，忘了带个水壶。"

"要喝你就去喝。"

"要不算了，一会儿再说。"

两个人沉默着。这时候桥下有几个骑车的人在大声议论着足球。那纯粹的是外行的议论。其中一个人在抱怨："有时候看了半天，一个球都不进！"小刚捅了捅山子，两个人对视着笑笑。山子笑得很苦。小刚知道山子还在想那件事。

"到底怎么回事？"

山子不言语，不断把飘在眼前的烟吹开。

"她们家怎么说？"

"还能怎么说？"

"肯定不行了？"

"她说今儿晚上来找我。"

小刚紧张地盯着山子。

"我想，算了。做买卖似的，没意思。"

"你太拧。谁都说你太倔，太硬。"

山子心说，对了！腿坏了也不比谁低一等！

"她来要说什么？"

"还能说什么？"

"说不定也许又行了呢？"

"我他妈的又不是西瓜！说行了就拿走，说不行了就退回来！"

两个人默默地坐着。

山子只想着今天晚上怎么过。不能回家。也不能去老姨家,最初就是在老姨家和她见的面,她就坐在彩电对面的沙发上……她其实是个好人,山子想,只是她当初把这件事想得太简单了。唉,今儿晚上要是能看一场足球就好了!不然今天晚上怎么过呢?只要能看一场足球!奔跑,冲撞,像炮弹一样的远射,凌空横扫,抱成一团,滚成一堆……唉,那样今天晚上就能好过一点,好像是自己在足球场上跑,摔倒了又蹿起来,鱼跃冲顶,在草坪边跪下滑出很远,冲观众台上挥舞着拳头笑……

"走吧!"山子说。但愿体育场门口有台阶。

小刚正想着什么。

"嘿,走吧!"

小刚仿佛被惊醒了。

"想什么哪?"

"没想什么,"小刚完全醒过来了似的,"想那么多没用,今儿晚上先看一场好球儿是真的!"他又把那张票掏出来看看。

山子又使劲回忆那些台阶:很高很陡,恐怕四五十层也不止……是哪儿呢?

"哎?怎么没有座号?"

山子心里又忽悠一下子:小刚还没到体育场里去过呢。

"不是对号入座。"山子说。

"那不乱了?"

"乱不了。"可是山子心里又乱了。

"我老是梦见体育场。"小刚说。

"梦?"

"嗯。我老是梦见到了体育场,也看见了里面有人在踢球,可就是找不到门,进不去……"

山子心里"轰"的一下子,想起来了:那些台阶是在梦里见过,很高很陡,数不清有多少层,像一座山。自己往上跑,跑,一步三级,跑得好累呀,突然眼前豁然开朗,看见了一片绿色的草坪。不,不对,是一片辽阔的草原,他自己正在那儿踢足球。踢得可真不错,盘带,过人,连着过了几个后卫,又过了守门员,直接把球带进了大门。他笑着在草原上奔跑。他看见自己腿上结实的肌肉,心想这下子行了,不用再去摇那辆手摇车了。远处是冬青树,不对,是大森林,他向森林跑去,挥着拳头,林涛声像是欢呼……

"山子。"

"嗯?"

"你甭心里别扭,不行也没什么大不了的。"

"我知道,我是说,已经走到这儿了,就去等会儿退票试试。"

"不是,我不是说足球。"

山子没再回答。两个人都没再说话。他们心里都清楚极了。

太阳落山了,稍稍凉快了些。

车速不快也不慢,并排着走。

"下一届该是第十三届了吧?"

"第十三届。"

"在哪儿来着?"

"墨西哥。"

"对了,墨西哥。"

"不知道到时候电视台转播不转播。"

"要是能上墨西哥去亲眼看一回,啊?那还差不多!"

"下辈子吧。你不是说,你下辈子是普拉蒂尼吗?"

"肯定。我下辈子肯定踢足球。"

"中国队就等着你了！"

两个笑起来。

"普拉蒂尼算什么，至少得超过贝利。"

"个子要比贝利高，至少得一米八五。"

"还有速度，没速度不行。"

"那当然！速度，耐力，力量……我的田径十项全能至少得在奥运会上拿个铜牌。"

"何必不说金牌？反正吹牛不上税。"

两个人又笑起来。

"你不是说你总失眠吗？我教你一招儿：你躺在床上别净想那些心烦的事，你就想你在踢球，你带着球跑，过人，过了一个又一个……"

"算了吧你！我越是这么想越是睡不着，我就是因为总想这些才失眠的。"

"是吗？人跟人可真是不一样。"

车流、人流越来越稠密了，都朝那个方向涌去。望得见体育场了……

一九八四年

## 命若琴弦

　　莽莽苍苍的群山之中走着两个瞎子，一老一少，一前一后，两顶发了黑的草帽起伏蹿动，匆匆忙忙，像是随着一条不安静的河水在漂流。无所谓从哪儿来，也无所谓到哪儿去，每人带一把三弦琴，说书为生。

　　方圆几百上千里的这片大山中，峰峦叠嶂，沟壑纵横，人烟稀疏，走一天才能见一片开阔地，有几个村落。荒草丛中随时会飞起一对山鸡，跳出一只野兔、狐狸，或者其他小野兽。山谷中常有鹞鹰盘旋。

　　寂静的群山没有一点阴影，太阳正热得凶。

　　"把三弦子抓在手里。"老瞎子喊，在山间震起回声。

　　"抓在手里呢。"小瞎子回答。

　　"操心身上的汗把三弦子弄湿了。弄湿了晚上弹你的肋条？"

　　"抓在手里呢。"

　　老少二人都赤着上身，各自拎了一条木棍探路，缠在腰间的粗布小裤已经被汗水洇湿了一大片。蹚起来的黄土干得呛人。这正是说书的旺季。天长，村子里的人吃罢晚饭都不呆在家里；有的人晚饭也不在家里吃，捧上碗到路边去，或者到场院里。老瞎子想赶着多说书，整个热季领着小瞎子一个村

子一个村子紧走,一个晚上一晚上紧说。老瞎子一天比一天紧张、激动,心里算定:弹断一千根琴弦的日子就在这个夏天了,说不定就在前面的野羊坳。

暴躁了一整天的太阳这会儿正平静下来,光线开始变得深沉。远远近近的蝉鸣也舒缓了许多。

"小子!你不能走快点吗?"老瞎子在前面喊,不回头也不放慢脚步。

小瞎子紧跑几步,吊在屁股上的一只大挎包叮喱哐啷地响,离老瞎子仍有几丈远。

"野鸽子都往窝里飞啦。"

"什么?"小瞎子又紧走几步。

"我说野鸽子都回窝了,你还不快走!"

"噢。"

"你又鼓捣我那电匣子呢。"

"嘻——!鬼动来。"

"那耳机子快让你鼓捣坏了。"

"鬼动来!"

老瞎子暗笑:你小子才活了几天。"蚂蚁打架我也听得着。"老瞎子说。

小瞎子不争辩了,悄悄把耳机子塞到挎包里去,跟在师父身后闷闷地走路。无尽无休的无聊的路。

走了一阵子,小瞎子听见有只獾在地里啃庄稼,就使劲学狗叫,那只獾连滚带爬地逃走了,他觉得有点开心,轻声哼了几句小调儿,哥哥呀妹妹的。师父不让他养狗,怕受村子里的狗欺负,也怕欺负了别人家的狗,误了生意。又走了一会儿,小瞎子又听见不远处有条蛇在游动,弯腰摸了块石头砍过去,"哗啦啦"一阵高粱叶子响。老瞎子有点可怜他了。停下来等他。

"除了獾就是蛇。"小瞎子赶忙说,担心师父骂他。

"有了庄稼地了,不远了。"老瞎子把一个水壶递给徒弟。

"干咱们这营生的,一辈子就是走,"老瞎子又说,"累不?"

小瞎子不回答,知道师父最讨厌他说累。

"我师父才冤呢。就是你师爷,才冤呢,东奔西走一辈子,到了没弹够一千根琴弦。"

小瞎子听出师父这会儿心绪好,就问:"什么是绿色的长乙(椅)?"

"什么?噢,八成是一把椅子吧。"

"曲折的油狼(游廊)呢?"

"油狼?什么油浪?"

"曲折的油狼。"

"不知道。"

"匣子里说的。"

"你就爱瞎听那些玩艺儿。听那些玩艺儿有什么用?天底下好东西多啦,跟咱们有什么关系?"

"我就没听您说过,什么跟咱们有关系。"小瞎子把"有"字说得重。

"琴!三弦子!你爹让你跟了我来,是为让你弹好三弦子,学会说书。"

小瞎子故意把水喝得咕噜噜响。

再上路时小瞎子走在前头。

大山的阴影在沟谷里铺开来。地势也渐渐地平缓,开阔。

接近村子的时候,老瞎子喊住小瞎子,在背阴的山脚下找到一个小泉眼。细细的泉水从石缝里往外冒,淌下来,积成脸盆大的小洼,周围的野草长得茂盛,水流出去几十米便被干渴的土地吸干。

"过来洗洗吧,洗洗你那身臭汗味。"

小瞎子拨开野草在水洼边蹲下,心里还在猜想着"曲折的油狼"。

"把浑身都洗洗。你那样儿准像个小叫花子。"

"那您不就是个老叫花子了?"小瞎子把手按在水里,嘻嘻地笑。

老瞎子也笑,双手掬起水往脸上泼。"可咱们不是叫花子,咱们有手艺。"

"这地方咱们好像来过。"小瞎子侧耳听着四周的动静。

"可你的心思总不在学艺上。你这小子心太野。老人的话你从来不着耳朵听。"

"咱们准是来过这儿。"

"别打岔!你那三弦子弹得还差着远呢。咱这命就在这几根琴弦上,我师父当年就这么跟我说。"

泉水清凉凉的。小瞎子又哥哥呀妹妹地哼起来。

老瞎子挺来气:"我说什么你听见了吗?"

"咱这命就在这几根琴弦上,您师父我师爷说的。我都听过八百遍了。您师父还给您留下一张药方,您得弹断一千根琴弦才能去抓那付药,吃了药您就能看见东西了。我听您说过一千遍了。"

"你不信?"

小瞎子不正面回答,说:"干嘛非得弹断一千根琴弦才能去抓那付药呢?"

"那是药引子。机灵鬼儿,吃药得有药引子!"

"一千根断了的琴弦还不好弄?"小瞎子忍不住吓吓

地笑。

"笑什么笑！你以为你懂得多少事？得真正是一根一根弹断了的才成。"

小瞎子不敢吱声了，听出师父又要动气。每回都是这样，师父容不得对这件事有怀疑。

老瞎子也没再做声，显得有些激动，双手搭在膝盖上，两颗骨头一样的眼珠对着苍天，像是一根一根地回忆着那些弹断的琴弦。盼了多少年了呀，老瞎子想，盼了五十年了！五十年中翻了多少架山，走了多少里路哇。挨了多少回晒，挨了多少回冻，心里受了多少委屈呀。一晚上一晚上地弹，心里总记着，得真正是一根一根尽心尽力地弹断的才成。现在快盼到了，绝出不了这个夏天了。老瞎子知道自己又没什么能要命的病，活过这个夏天一点不成问题。"我比我师父可运气多了，"他说，"我师父到底没能睁开眼睛看一回。"

"咳！我知道这地方是哪儿了！"小瞎子忽然喊起来。

老瞎子这才动了动，抓起自己的琴来摇了摇，叠好的纸片碰在蛇皮上发出细微的响声，那张药方就在琴槽里。

"师父，这儿不是野羊岭吗？"小瞎子问。

老瞎子没搭理他，听出这小子又不安稳了。

"前头就是野羊坳，是不是，师父？"

"小子，过来给我擦擦背。"老瞎子说，把弓一样的脊背弯给他。

"是不是野羊坳，师父？"

"是！干什么？你别又闹猫似的。"

小瞎子的心扑通扑通跳，老老实实地给师父擦背，老瞎子觉出他擦得很有劲。

"野羊坳怎么了？你别又叫驴似的会闻味儿。"

小瞎子心虚,不吭声,不让自己显出兴奋。

"又想什么呢?别当我不知道你那点心思。"

"又怎么了,我?"

"怎么了你?上回你在这儿疯得不够?那妮子是什么好货!"老瞎子心想,也许不该再带他到野羊坳来。可是野羊坳是个大村子,年年在这儿生意都好,能说上半个多月。老瞎子恨不能立刻弹断最后几根琴弦。

小瞎子嘴上嘟嘟囔囔的,心却飘飘的,想着野羊坳里那个尖声细气的小妮子。

"听我一句话,不害你,"老瞎子说,"那号事靠不住。"

"什么事?"

"少跟我贫嘴。你明白我说的什么事。"

"我就没听您说过,什么事靠得住。"小瞎子又偷偷地笑。

老瞎子没理他,骨头一样的眼珠又对着苍天。那儿,太阳正变成一汪血。

两面脊背和山是一样的黄褐色。一座已经老了,嶙峋瘦骨像是山根下裸露的基石。另一座正年轻。老瞎子七十岁,小瞎子才十七。

小瞎子十四岁上父亲把他送到老瞎子这儿来,为的是让他学说书,这辈子好有个本事,将来可以独自在世上活下去。

老瞎子说书已经说了五十多年。这一片偏僻荒凉的大山里的人们都知道他:头发一天天变白,背一天天变驼,年年月月背一把三弦琴满世界走,逢上有愿意出钱的地方就拨动琴弦唱一晚上,给寂寞的山村带来欢乐。开头常是这么几句:"自从盘古分天地,三皇五帝到如今,有道君王安天下,无道君王害黎民。轻轻弹响三弦琴,慢慢稍停把歌论,歌有三千七百本,不知哪本动人心。"于是听书的众人喊起来,老的要听董永卖身葬父,小的要听武二郎夜走蜈蚣岭,女人们想听秦香莲。这是老瞎子最知足的一刻,身上的疲劳和心里的孤寂全忘却,不慌不忙地喝几口水,待众人的吵嚷声鼎沸,便把琴弦一阵紧拨,唱道:"今日不把别人唱,单表公子小罗成。"或者:"茶也喝来烟也吸,唱一回哭倒长城的孟姜女。"满场立刻鸦雀无声,老瞎子也全心沉到自己所说的书中去。

他会的老书数不尽。他还有一个电匣子,据说是花了大价钱从一个山外人手里买来,为的是学些新词儿,编些新曲儿。其实山里人倒不太在乎他说什么唱什么。人人都称赞他那三弦子弹得讲究,轻轻漫漫的,飘飘洒洒的,疯疯狂放的,那里头有天上的日月,有地上的生灵。老瞎子的嗓子能学出世上所有的声音,男人、女人,刮风下雨,兽啼禽鸣。不知道他脑子里能呈现出什么景象,他一落生就瞎了眼睛,从没见过这个世界。

小瞎子可以算见过世界,但只有三年,那时还不懂事。他对说书和弹琴并无多少兴趣,父亲把他送来的时候费尽了唇舌,好说歹说连哄带骗,最后不如说是那个电匣子把他留住。他抱着电匣子听得入神,甚至没发觉父亲什么时候离去。

这只神奇的匣子永远令他着迷。遥远的地方和稀奇古怪的事物使他幻想不绝,凭着三年朦胧的记忆,补充着万物的色彩和形象。譬如海,匣子里说蓝天就像大海,他记得蓝天,于是想象出海;匣子里说海是无边无际的水,他记得锅里的水,于是想象出满天排开的水锅。再譬如漂亮的姑娘,匣子里说就像盛开的花朵,他实在不相信会是那样,母亲的灵柩被抬到远山上去的时候,路上正开遍着野花,他永远记得却永远不愿意去想。但他愿意想姑娘,越来越愿意想;尤其是野羊坳的那个尖声细气的小妮子,总让他心里荡起波澜。直到有一回匣

命若琴弦

子里唱道,"姑娘的眼睛就像太阳",这下他才找到了一个贴切的形象,想起母亲在红透的夕阳中向他走来的样子。其实人人都是根据自己的所知猜测着无穷的未知,以自己的感情勾画出世界。每个人的世界就都不同。

也总有一些东西小瞎子无从想象,譬如"曲折的油狼"。

这天晚上,小瞎子跟着师父在野羊坳说书,又听见那小妮子站在离他不远处尖声细气地说笑。书正说到紧要处——"罗成回马再交战,大胆苏烈又兴兵。苏烈大刀如流水,罗成长枪似腾云,如似海中龙吊宝,犹如深山虎争林。又战七日并七夜,罗成清茶无点唇……"老瞎子把琴弹得如雨骤风疾,字字句句唱得铿锵。小瞎子却心猿意马,手底下早乱了套数……

野羊岭上有一座小庙,离野羊坳村二里地,师徒二人就在这里住下。石头砌的院墙已经残断不全,几间小殿堂也歪斜欲倾百孔千疮,唯正中一间尚可遮蔽风雨,大约是因为这一间中毕竟还供奉着神灵。三尊泥像早脱尽了尘世的彩饰,还一身黄土本色返朴归真了,认不出是佛是道。院里院外、房顶墙头都长满荒藤野草,翁翁郁郁倒有生气。老瞎子每回到野羊坳说书都住这儿,不出房钱又不惹是非。小瞎子是第二次住在这儿。

散了书已经不早,老瞎子在正殿里安顿行李,小瞎子在侧殿的檐下生火烧水。去年砌下的灶稍加修整就可以用。小瞎子撅着屁股吹火,柴草不干,呛得他满院里转着圈咳嗽。

老瞎子在正殿里数叨他:"我看你能干好什么。"

"柴湿嘛。"

"我没说这事。我说的是你的琴,今儿晚上的琴你弹成了什么。"

小瞎子不敢接这话茬,吸足了几口气又跪到灶火前去,鼓着腮帮子一通猛吹。"你要是不想干这行,就趁早给你爹捎信把你领回去。老这么闹猫闹狗的可不行,要闹回家闹去。"

小瞎子咳嗽着从灶火边跳开,几步蹿到院子另一头,呼哧呼哧大喘气,嘴里一边骂。

"说什么呢?"

"我骂这火。"

"有你那么吹火的?"

"那怎么吹?"

"怎么吹?哼,"老瞎子顿了顿,又说,"你就当这灶火是那妮子的脸!"

小瞎子又不敢搭腔了,跪到灶火前去再吹,心想:真的,不知道兰秀儿的脸什么样。那个尖声细气的小妮子叫兰秀儿。

"那要是妮子的脸,我看你不用教也会吹。"老瞎子说。

小瞎子笑起来,越笑越咳嗽。

"笑什么笑!"

"您吹过妮子脸?"

老瞎子一时语塞。小瞎子笑得坐在地上。"日他妈。"老瞎子骂道,笑笑,然后变了脸色,再不言语。

灶膛里腾的一声,火旺起来。小瞎子再去添柴,一心想着兰秀儿。才散了书的那会儿,兰秀儿挤到他跟前来小声说:"哎,上回你答应我什么来?"师父就在旁边,他没敢吭声。人群挤来挤去,一会儿又把兰秀儿挤到他身边。"噫,上回吃了人家的煮鸡蛋倒白吃了?"兰秀儿说,声音比上回大。这时候师父正忙着跟几个老汉拉话,他赶紧说:"嘘——,我记着呢。"兰秀儿又把声音压低:"你答应给我听电匣子你还没给我听。""嘘——,我记着呢。"幸亏那会儿人声嘈杂。

正殿里好半天没有动静。之后,琴声响了,老瞎子又上好了一根新弦。他本来应该高兴的,来野羊坳头一晚上就又弹断了一根琴弦。可是那琴声却低沉、零乱。

小瞎子渐渐听出琴声不对,在院里喊:"水开了,师父。"

没有回答。琴声一阵紧似一阵了。

小瞎子端了一盆热水进来,放在师父跟前,故意嘻嘻笑着说:"您今儿晚还想弹断一根是怎么着?"

老瞎子没听见,这会儿他自己的往事都在心中。琴声烦躁不安,像是年年旷野里的风雨,像是日夜山谷中的流溪,像是奔奔忙忙不知所归的脚步声。小瞎子有点害怕了:师父很久不这样了,师父一这样就要犯病,头疼、心口疼、浑身疼,会几个月爬不起炕来。

"师父,您先洗脚吧。"

琴声不停。

"师父,您该洗脚了。"小瞎子的声音发抖。

琴声不停。

"师父!"

琴声戛然而止,老瞎子叹了口气,小瞎子松了口气。

老瞎子洗脚,小瞎子乖乖地坐在他身边。

"睡去吧,"老瞎子说,"今儿个够累的了。"

"您呢?"

"你先睡,我得好好泡泡脚。人上了岁数毛病多。"老瞎子故意说得轻松。

"我等你一块儿睡。"

山深夜静。有了一点风,墙头的草叶子响。夜猫子在远处哀哀地叫。听得见野羊坳里偶尔有几声狗吠,又引得孩子哭。月亮升起来,白光透过残损的窗棂进入了殿堂,照见两个瞎子和三尊神像。

"等我干嘛,时候不早了。"

"你甭担心我,我怎么也不怎么,"老瞎子又说。

"听见没有,小子?"

小瞎子到底年轻,已经睡着。老瞎子推推他让他躺好,他嘴里咕囔了几句倒头睡去。老瞎子给他盖被时,从那身日渐发育的筋肉上觉出,这孩子到了要想那些事的年龄,非得有一段苦日子过不可了。唉,这事谁也替不了谁。

老瞎子再把琴抱在怀里,摩挲着根根绷紧的琴弦,心里使劲念叨,又断了一根了,又断了一根了。再摇摇琴槽,有轻微的纸和蛇皮的磨擦声。唯独这事能为他排忧解烦。一辈子的愿望。

小瞎子做了一个好梦,醒来吓了一跳,鸡已经叫了。他一骨碌爬起来听听,师父正睡得香,心说还好。他摸到那个大挎包,悄悄地掏出电匣子,蹑手蹑脚出了门。

往野羊坳方向走了一会儿,他才觉出不对头,鸡叫声渐渐停歇,野羊坳里还是静静的没有人声。他愣了一会儿,鸡才叫头遍吗?灵机一动扭开电匣子,电匣子里也是静悄悄。现在是半夜。他半夜里听过匣子,什么都没有。这匣子对他来说还是个表,只要扭开一听,便知道是几点钟,什么时候有什么节目都是一定的。

小瞎子回到庙里,老瞎子正翻身。

"干嘛哪?"

"撒尿去了,"小瞎子说。

一上午,师父逼着他练琴。直到晌午饭后,小瞎子才瞅机会溜出庙来,溜进野羊坳。鸡也在树荫下打盹,猪也在墙根下说着梦话,太阳又热得凶,村子里很安静。

小瞎子踩着磨盘,扒着兰秀儿家的墙头轻声喊:"兰秀儿——兰秀儿——"

屋里传出雷似的鼾声。

他犹豫了片刻,把声音稍稍抬高:"兰秀儿!——兰秀儿!"

狗叫起来。屋里的鼾声停了,一个闷声闷气的声音问:"谁呀?"

小瞎子不敢回答,把脑袋从墙头上缩下来。

屋里吧唧了一阵嘴,又响起鼾声。

他叹口气,从磨盘上下来,怏怏地往回走。忽听见身后嘎吱一声院门响,随即一阵细碎的脚步声向他跑来。

"猜是谁!"尖声细气。小瞎子的眼睛被一双柔软的小手捂上了。——这才多余呢。兰秀儿不到十五岁,认真说还是个孩子。

"兰秀儿!"

"电匣子拿来没?"

小瞎子掀开衣襟,匣子挂在腰上。"嘘——,别在这儿,找个没人的地方听去。"

"咋啦?"

"回头招好些人。"

"咋啦?"

"那么多人听,费电。"

两个人东拐西弯,来到山背前那眼小泉边。小瞎子忽然想起件事,问兰秀儿:"你见过曲折的油狼吗?"

"啥?"

"曲折的油狼。"

"曲折的油狼?"

"知道吗?"

"你知道?"

"当然。还有绿色的长椅。就是一把椅子。"

"椅子谁不知道。"

"那曲折的油狼呢?"

兰秀儿摇摇头,有点崇拜小瞎子了。小瞎子这才郑重其事地扭开电匣子,一支欢快的乐曲在山沟里飘荡。

这地方又凉快又没有人来打扰。

"这是'步步高'。"小瞎子说,跟着哼。

一会儿又换了支曲子,叫"旱天雷",小瞎子还能跟着哼。兰秀儿觉得很惭愧。

"这曲子也叫'和尚思妻'。"

兰秀儿笑起来:"瞎骗人!"

"你不信?"

"不信。"

"爱信不信。这匣子里说的古怪事多啦。"小瞎子玩着凉凉的泉水,想了一会儿。"你知道什么叫接吻吗?"

"你说什么叫?"

这回轮到小瞎子笑,光笑不答。兰秀儿明白准不是好话,红着脸不再问。

音乐播完了,一个女人说:"现在是讲卫生节目。"

"啥?"兰秀儿没听清。

"讲卫生。"

"是什么?"

"嗯——,你头发上有虱子吗?"

"去——,别动!"

小瞎子赶忙缩回手来,赶忙解释:"要有就是不讲卫生。"

"我才没有。"兰秀儿抓抓头,觉得有些刺痒。"噫——,瞧你自个儿吧!"兰秀儿一把扳过小瞎子的头。"看我捉几个大的。"

这时候听见老瞎子在半山上喊:"小子,你不给我回来!该做饭了,吃罢饭还得去说书!"他已经站在那儿听了好一会儿了。

野羊坳里已经昏暗,羊叫、驴叫、狗叫、孩子们叫,处处起了炊烟。野羊岭上还有一线残阳,小庙正在那淡薄的光中,没有声响。

小瞎子又撅着屁股烧火。老瞎子坐在一旁淘米,凭着听觉他能把米中的沙子捡出来。

"今天的柴挺干。"小瞎子说。

"嗯。"

"还是焖饭?"

"嗯。"

小瞎子这会儿精神百倍,很想找些话说,但是知道师父的气还没消,心说还是少找骂。

两个人默默地干着自己的事,又默默地一块儿把饭做熟。岭上也没了阳光。

小瞎子盛了一碗小米饭,先给师父:"您吃吧。"声音怯怯的,无比驯顺。

老瞎子终于开了腔:"小子,你听我一句行不?"

"嗯。"小瞎子往嘴里扒饭,回答得含糊。

"你要是不愿意听,我就不说。"

"谁说不愿意听?我说'嗯'!"

"我是过来人,总比你知道的多。"

小瞎子闷头扒拉饭。

"我经过那号事。"

"什么事"

"又跟我贫嘴!"老瞎子把筷子往灶台上一摔。

"兰秀儿光是想听听电匣子。我们光是一块儿听电匣子来。"

"还有呢?"

"没有了。"

"没有了?"

"我还问她见没见过曲折的油狼。"

"我没问你这个!"

"后来,后来,"小瞎子不那么气壮了,"不知怎么一下就说起了虱子……"

"还有呢?"

"没了。真没了!"

两个人又默默地吃饭。老瞎子带了这徒弟好几年,知道这孩子不会撒谎,这孩子最让人放心的地方就是诚实、厚道。

"听我一句话,保准对你没坏处。以后离那妮子远点儿。"

"兰秀儿人不坏。"

"我知道她不坏,可你离她远点儿好。早年你师爷这么跟我说,我也不信……"

"师爷?说兰秀儿?"

"什么兰秀儿,那会儿还没她呢。那会儿还没有你们呢……"老瞎子阴郁的脸又转向暮色浓重的天际,骨头一样白色的眼珠不住地转动,不知道在那儿他能"看"见什么。

许久，小瞎子说："今儿晚上您多半又能弹断一根琴弦。"想让师父高兴些。

这天晚上师徒俩又在野羊坳说书。"上回唱到罗成死，三魂七魄赴幽冥，听歌君子莫嘈嚷，列位听我道下文。罗成阴魂出地府，一阵旋风就起身，旋风一阵来得快，长安不远面前存……"老瞎子的琴声也乱，小瞎子的琴声也乱。小瞎子回忆着那双柔软的小手捂在自己脸上的感觉，还有自己的头被兰秀儿扳过去时的滋味。老瞎子想起的事情更多……

夜里老瞎子翻来覆去睡不安稳，多少往事在他耳边喧嚣，在他心头动荡，身体里仿佛有什么东西要爆炸。坏了。要犯病，他想。头昏，胸口憋闷，浑身紧巴巴地难受。他坐起来，对自己叨咕："可别犯病，一犯病今年就甭想弹够那些琴弦了。"他又摸到琴。要能叮叮当当随心所欲地疯弹一阵，心头的忧伤或许就能平息，耳边的往事或许就会消散。可是小瞎子正睡得香甜。

他只好再全力去想那张药方和琴弦：还剩下几根，还只剩最后几根了。那时就可以去抓药了，然后就能看见这个世界——他无数次爬过的山，无数次走过的路，无数次感到过她的温暖和炽热的太阳，无数次梦想着的蓝天、月亮和星星……还有呢？突然间心里一阵空，空得深重。就只为了这些？还有什么？他朦胧中所盼望的东西似乎比这要多得多……

夜风在山里游荡。

猫头鹰又在凄哀地叫。

不过现在他老了，无论如何没几年活头了，失去的已经永远失去了，他像是刚刚意识到这一点。七十年中所受的全部辛苦就为了最后能看一眼世界，这值得吗？他问自己。

小瞎子在梦里笑，在梦里说："那是一把椅子，兰秀儿……"

老瞎子静静地坐着。静静地坐着的还有那三尊分不清是佛是道的泥像。

鸡叫头遍的时候老瞎子决定,天一亮就带这孩子离开野羊坳。否则这孩子受不了,他自己也受不了。兰秀儿人不坏,可这事会怎么结局,老瞎子比谁都"看"得清楚。鸡叫二遍,老瞎子开始收拾行李。

可是一早起来小瞎子病了,肚子疼,随即又发烧。老瞎子只好把行期推迟。

一连好几天,老瞎子无论是烧火、淘米、捡柴,还是给小瞎子挖药、煎药,心里总在说:"值得,当然值得。"要是不这么反反复复对自己说,身上的力气似乎就全要垮掉。"我非要最后看一眼不可。""要不怎么着?就这么死了去?""再说就只剩下最后几根了。"后面三句都是理由。老瞎子又冷静下来,天天晚上还到野羊坳去说书。

这一下小瞎子倒来了福气。每天晚上师父到岭下去了,兰秀儿就猫似的轻轻跳进庙里来听匣子。兰秀儿还带来熟的鸡蛋,条件是得让她亲手去扭那匣子的开关。"往哪边扭?""往右。""扭不动。""往右,笨货,不知道哪边是右哇?""咔哒"一下,无论是什么便响起来,无论是什么两人都爱听。

又过了几天,老瞎子又弹断了三根琴弦。

这一晚,老瞎子在野羊坳里自弹自唱:"不表罗成投胎事,又唱秦王李世民。秦王一听双泪流,可怜爱卿丧残身,你死一身不打紧,缺少扶朝上将军……"

野羊岭上的小庙里这时更热闹。电匣子的音量开得挺大,又是孩子哭,又是大人喊,轰隆隆地又响炮,嘀嘀答答地又吹号。月光照进正殿,小瞎子躺着啃鸡蛋,兰秀儿坐在他旁边。两个人都听得兴奋,时而大笑,时而稀里糊涂莫名其妙。

"这匣子你师父哪买来?"

"从一个山外头的人手里。"

"你们到山外头去过?"兰秀儿问。

"没。我早晚要去一回就是,坐坐火车。"

"火车?"

"火车你也不知道?笨货。"

"噢,知道知道,冒烟哩是不是?"

过了一会儿兰秀儿又说:"保不准我就得到山外头去。"语调有些惆怅。

"是吗?"小瞎子一挺坐起来:"那你到底瞧瞧曲折的油狼是什么。"

"你说是不是山外头的人都有电匣子?"

"谁知道。我说你听清楚没有? 曲、折、的、油、狼,这东西就在山外头。"

"那我得跟他们要一个电匣子?"兰秀儿自言自语地想心事。

"要一个?"小瞎子笑了两声,然后屏住气,然后大笑:"你干嘛不要俩? 你可真本事大。你知道这匣子几千块钱一个? 把你卖了吧,怕也换不来。"

兰秀儿心里正委屈,一把揪住小瞎子的耳朵使劲拧,骂道:"好你个死瞎子。"

两个人在殿堂里扭打起来。三尊泥像袖手旁观帮不上忙。两个年轻的正在发育的身体碰撞在一起,纠缠在一起,一个把一个压在身上,一会儿又颠倒过来,骂声变成笑声。匣子在一边唱。

打了好一阵子,两个人都累得住了手,心怦怦跳,面对面躺着喘气,不言声儿,谁却也不愿意再拉开距离。

兰秀儿呼出的气吹在小瞎子脸上,小瞎子感到了诱惑,并且想起那天吹火时师父说的话,就往兰秀儿脸上吹气。兰秀儿并不躲。

"嘿,"小瞎子小声说,"你知道接吻是什么了吗?"

"是什么?"兰秀儿的声音也小。

小瞎子对着兰秀儿的耳朵告诉她。兰秀儿不说话。老瞎子回来之前,他们试着亲了嘴儿,滋味真不坏……

就是这天晚上,老瞎子弹断了最后两根琴弦。两根弦一齐断了。他没料到。他几乎是连跑带爬地上了野羊岭,回到小庙里。

小瞎子吓了一跳:"怎么了,师父?"

老瞎子喘吁吁地坐在那儿,说不出话。

小瞎子有些犯嘀咕:莫非是他和兰秀儿干的事让师父知道了?

老瞎子这才相信:一切都是值得的。一辈子的辛苦都是值得的。能看一回,好好看一回,怎么都是值得的。

"小子,明天我就去抓药。"

"明天?"

"明天。"

"又断了一根了?"

"两根。两根都断了。"

老瞎子把那两根弦卸下来,放在手里揉搓了一会儿,然后把它们并到另外的九百九十八根中去,绑成一捆。

"明天就走?"

"天一亮就动身。"

小瞎子心里一阵发凉。老瞎子开始剥琴槽上的蛇皮。

"可我的病还没好利索。"小瞎子小声叨咕。

"噢,我想过了,你就先留在这儿,我用了十天就回来。"

小瞎子喜出望外。

"你一个人行不?"

"行!"小瞎子紧忙说。

老瞎子早忘了兰秀儿的事。"吃的、喝的、烧的全有。你要是病好利索了,也该学着自个儿去说回书。行吗?"

"行。"小瞎子觉得有点对不住师父。

蛇皮剥开了,老瞎子从琴槽中取出一张叠得方方正正的纸条。他想起这药方放进琴槽时,自己才二十岁,便觉得浑身上下都好像冷。

小瞎子也把那药方放在手里摸了一会儿,也有了几分肃穆。

"你师爷一辈子才冤呢。"

"他弹断了多少根?"

"他本来能弹够一千根,可他记成了八百。要不然他能弹断一千根。"

天不亮老瞎子就上路了。他说最多十天就回来,谁也没想到他竟去了那么久。

老瞎子回到野羊坳时已经是冬天。

漫天大雪,灰暗的天空连接着白色的群山。没有声息,处处也没有生气,空旷而沉寂。所以老瞎子那顶发了黑的草帽尤其蹚动得显著。他踽踽珊珊地爬上野羊岭。庙院中衰草瑟瑟,蹿出一只狐狸,仓惶逃远。

村里人告诉他,小瞎子已经走了些日子。

"我告诉他我回来。"

"不知道他干嘛就走了。"

"他没说去哪儿?留下什么话没?"

"他说让您甭找他。"

"什么时候走的?"

人们想了好久,都说是在兰秀儿嫁到山外去的那天。

老瞎子心里便一切全都明白。

众人劝老瞎子留下来,这么冰天雪地的上哪去?不如在野羊坳说一冬书。老瞎子指指他的琴,人们见琴柄上空荡荡已经没了琴弦。老瞎子面容也憔悴,呼吸也孱弱,嗓音也沙哑了,完全变了个人。他说得去找他的徒弟。

若不是还想着他的徒弟,老瞎子就回不到野羊坳。那张他保存了五十年的药方原来是一张无字的白纸。他不信,请了多少个识字而又诚实的人帮他看,人人都说那果真就是一张无字的白纸。老瞎子在药铺前的台阶上坐了一会儿,他以为是一会儿,其实已经几天几夜,骨头一样的眼珠在询问苍天,脸色也变成骨头一样的苍白。有人以为他是疯了,安慰他,劝他。老瞎子苦笑:七十岁了再疯还有什么意思?他只是再不想动弹,吸引着活下去、走下去、唱下去的东西骤然间消失干净。就像一根不能拉紧的琴弦,再难弹出赏心悦耳的曲子。老瞎子的心弦断了。现在发现那目的原来是空的。老瞎子在一个小客店里住了很久,觉得身体里的一切都在熄灭。他整天躺在炕上,不弹也不唱,一天天迅速地衰老。直到花光了身上所有的钱,直到忽然想起了他的徒弟,他知道自己的死期将至,可那孩子在等他回去。

茫茫雪野,皑皑群山,天地之间蹽动着一个黑点。走近时,老瞎子的身影弯得如一座桥。他去找他的徒弟。他知道那孩子目前的心绪、处境。

他想自己先得振作起来,但是不行,前面明明没有了目标。

他一路走,便怀恋起过去的日子,才知道以往那些奔奔忙忙兴致勃勃的翻山、赶路、弹琴,乃至心焦、忧虑都是多么欢乐!那时有个东西把心弦扯紧,虽然那东西原是虚设。老瞎子想起他师父临终时的情景。他师父把那张自己没用上的药方封进他的琴槽。"您别死,再活几年,您就能睁眼看一回了。"说这话时他还是个孩子。他师父久久不言语,最后说:"记住,人的命就像这根弦,拉紧了才能弹好,弹好了就够了。"……不错,那意思就是说:目的本来没有。老瞎子知道怎么对自己的徒弟说了。可是他又想:能把一切都告诉小瞎子吗?老瞎子又试着振作起来,可还是不行,总摆脱不掉那张无字的白纸……

在深山里,老瞎子找到了小瞎子。

小瞎子正跌倒在雪地里,一动不动,想那么等死。老瞎子懂得那绝不是装出来的悲哀。老瞎子把他拖进一个山洞,他已无力反抗。

老瞎子捡了些柴。打起一堆火。

小瞎子渐渐有了哭声。老瞎子放了心,任他尽情尽意地哭。只要还能哭就还有救,只要还能哭就有哭够的时候。

小瞎子哭了几天几夜,老瞎子就那么一声不吭地守候着。火光和哭声惊动了野兔子、山鸡、野羊、狐狸和鹞鹰……

终于小瞎子说话了:"干嘛咱们是瞎子!"

"就因为咱们是瞎子。"老瞎子回答。

终于小瞎子又说:"我想睁开眼看看,师父,我想睁开眼看看!哪怕就看一回。"

"你真那么想吗?"

"真想,真想——"

老瞎子把篝火拨得再旺些。

雪停了。铅灰色的天空中,太阳像一面闪光的小镜子。鹞鹰在平稳地滑翔。

"那就弹你的琴弦,"老瞎子说,"一根一根尽力地弹吧。"

"师父,您的药抓来了?"小瞎子如梦方醒。

"记住,得真正是弹断的才成。"

"您已经看见了吗? 师父,您现在看得见了。"

小瞎子挣扎着起来,伸手去摸师父的眼窝。老瞎子把他的手抓住。

"记住,得弹断一千二百根。"

"一千二?"

"把你的琴给我,我把这药方给你封在琴槽里。"老瞎子现在才弄懂了他师父当年对他说的话——咱的命就在这琴弦上。

目的虽是虚设的,可非得有不行,不然琴弦怎么拉紧,拉不紧就弹不响。

"怎么是一千二,师父?"

"是一千二。我没弹够,我记成了一千。"老瞎子想:这孩子再怎么弹吧,还能弹断一千二百根? 永远扯紧欢跳的琴弦,不必去看那张无字的白纸……

这地方偏僻荒凉,群山不断。荒草丛中随时会飞起一对山鸡,跳出一只野兔、狐狸,或者其他小野兽。山谷中鹞鹰在盘旋。

现在让我们回到开始:

莽莽苍苍的群山之中走着两个瞎子,一老一少,一前一后,两顶发了黑的草帽起伏躜动,匆匆忙忙,像是随着一条不安静的河水在漂流。无所谓从哪儿来、到哪儿去,也无所谓谁是谁……

一九八五年四月二十日

## 来到人间

　　星期六晚上,男的八点多才回到家,在过道里锁车的时候就感到意外:孩子没喊他,也没听见孩子的笑声。
　　屋里光线很暗,没开大灯,只一盏八瓦的小灯亮在尽里头的写字台上。女的坐在床沿上,见他进来,只把两条腿变了下位置,脸依然冲着电视,披了件旧外套,像是怕冷的样子。床上扔满了玩具。孩子在玩具中间睡着了,没脱衣裳,身上盖了条毛毯。
　　"没想到又这么晚。"男的说,看了看手表。女的没搭腔。
　　男的走到床的另一侧,一边解风衣扣一边俯身看看孩子:"怎么这么睡?"
　　女的还是没回头,说:"饭在厨房里,锅里。"声音齉齉的,掏出手绢擤鼻子。
　　男的又绕到女的身旁,站着看电视,把胳膊抱在胸前,注意着妻子的脸。电视的光忽明忽暗在她脸上晃,让人弄不清她的表情。电视里在播球赛。他知道她从来不爱看球赛。
　　"怎么了你?"男的问。
　　"饭在锅里,凉了热热。"妻子的声音仍旧齉齉的,鼻音很重。
　　男的愣了一会,正转身要去厨房,听见女的长出气,并且像啜泣那样颤抖。

"到底怎么了你？"男的又转回身来问。

"你先吃饭去。"

男的走了几步，伸手去开大灯。

"别开！"女的说。

男的退回到床边，挨着女的坐下，瞪着电视发愣。街上过汽车，荧光屏咔嚓咔嚓地闪。

"到底怎么啦？"

女的不说话，一条腿不住地颠。

"是不是孩子又怎么了？"

"她没说幼儿园好不好？"男的又问。

这下女的忍不住了，"哎——哎——"地哭起来，把头顶在丈夫肩上，浑身不住地抽动。丈夫茫然地坐着，抓紧妻子冰凉的手。

这孩子一来到世上，面前就摆好了一条残酷的路。先天性软骨组织发育不全。一种可怕的病。能让人的身体长不高，四肢长不长，手脚也长不大，光留下与正常人一样的头脑和愿望。一条布满了痛苦和艰辛的路，在等一个无辜的小姑娘去走。也许要走六十年，七十年，或者还要长，重要的是没有人知道这种病到什么时候才有办法治。

孩子不知道这些。和别的孩子一样，她睁开眼睛，看见一个五光十色的世界。小拳头紧攥着，蹬蹬腿，踹踹脚，想来这个世界上试试似的。饿了，她也哭，或者尿了，就哭。吃饱了，高兴了，她也笑。买只红气球挂在床栏杆上，太阳把气球照得透明闪亮，她皱着眉头不眨眼地看。和别的孩子完全一样。

"你说她是吗？"年轻母亲说，不愿意说出那个病名。人们一般管那种病叫"侏儒症"。

年轻的父亲捅捅那只气球。一片红光飘来飘去,孩子的眼睛跟着转,笑了。还在襁褓里,这孩子就会笑。

妻子斜靠在被摞上,两手垫在脑后,眨巴着眼睛看对面的墙,像是那儿有一道题。丈夫趴在椅背上,交叉起两手顶着下巴,好像另一道题写在妻子的脚上。对面阳台上有个人在给盆花浇水,一边唱着京戏,遇着高音就巧妙地变个调子。孩子什么都不管,看着那只红气球,"咿咿唔唔"地说着自己的歌,仿佛知道童年不会太长,得抓紧懂事前的这段好时光。

"要不再到别的医院去看看?"母亲说。

父亲好一会儿没有出声,把目光从妻子的脚上转向窗外的天上。

"我看她不像。"母亲又说。

父亲猛地站起来:"那就走!"

两口子急急忙忙把孩子裹好,抱起来,出了门,就像这回准有什么好结果。

"我们团有个编剧,"一边下楼梯女的一边说,"头一回化验说是肝炎,还很厉害,没过几天又到另一个医院去化验,结果各项指标都正常。咱们上哪儿?"

街上永远有那么多人,那么多车,简直不知道是为什么。男的站在马路边想了想,说:"这回咱们不去太大的医院了。"


女的没有哭太久。"把灯开开吧。"她说。

男的把大灯拉开。

"把电视关了吧。"

男的把电视关掉。

女的开始收拾床上的玩具,一样一样收进一只小木箱。然后给孩子脱衣服。"嗷嗷,把衣服脱了睡。"不管你心里愿不愿意承认,孩子现在四岁了,个子就是比其他同岁的孩子矮,胳膊腿也明显地短。孩子一岁多的时候,这种病的特征开始显露,再不用跑医院检查了,剩下的是怎么接受这个事实。"啾啾,妈妈在这儿,脱了衣服好好睡。"孩子在梦里睁开眼看了看妈妈,又看见了爸爸,困得又闭上了眼睛,呼吸中带着抽噎。

两个人一直看着孩子睡熟了,呼吸平稳了。

"嗯?"男的说,是问话,看着女的。

"下了班我去接她,"女的说,"一进幼儿园就见她一个人靠窗台站着,光是看着别的孩子在院儿里玩。一见我来,她就跑过来,拽着我要回家。两个阿姨在聊天。我问阿姨她怎么样。阿姨说还好,不过才两个礼拜,谁知道时间长了怎么样呢?对了,你先吃饭吧。"

"等会儿。"

"出幼儿园没多远,她就跟我说,她的被子和枕头都丢在幼儿园了,让我回去拿。我说不用,星期一还要来呢。她一下子就哭起来,蹲在地上说什么也不走了,非让我把她的被子和枕头都拿回来不可。我说,'你不是想上幼儿园吗?'她光是哭。我说,'你怎么又不想上了呢?'她光是哭。要不我去把饭给你拿来?"

"不用,不着急。"男的等着她往下说。

"她用胳膊勾住路边的一棵小树,就是不走。小胳膊勾也勾不住,就用两只胳膊这么抱着。我拉她也拉不动,就打了她一下。"女的用手抹眼泪,伤心地摇头。

男的焦急地等着她往下说。

"我还从来没打过她。我不知道我今天是怎么了。我从来没打过她一下。"

"我知道,我知道。这也没什么。"

"我打了她一巴掌,"女的仰起脸,把一缕头发拢到耳后,声音放得平缓些,"她就一个人哭着往幼儿园走,走到幼儿园门口又不敢进去,自己靠墙边儿站着,把脸扭过去不朝我这边看。好半天,还是我先过去跟她说对不起,问她为什么不想再上幼儿园了。她说,'你把被子和枕头拿回来,我再告诉你。'你看她。"

男的想,糟糕的就是她还这么聪明。

"我本来想说,你告诉我,我就去把被子和枕头拿回来。"

"千万别这么说。"

"就是。我知道不能骗她。"女的说,"她又让了一步,说,'你要是拿不动,明天让爸爸来拿。'"

"你答应了?"

"没。我知道咱们不能骗她。"

男的叹了口气。"嗯,后来呢?"

"这会儿天就快黑了。我狠了狠心,猛地抱起她来就走。你猜她怎么?也不哭了,也不喊了,使劲闭着嘴,一直到家,一句话都不说。我跟她说什么她也不理我。你说她这脾气。"

"就是,这孩子又聪明又有个性。"男的说。

女的到厨房去拿来个面包,给男的。

"不用。等会儿再吃。"男的把面包搁在桌上,"她到底跟你说为什么了没有?"

"回到家她还是不理我,自己坐在床上摆弄那只塑料狗。我把饭做好摆在桌子上,她连看也不看。我把所有的玩具都给她拿出来,好,她连那只塑料狗也甩到一边去。我坐在床上,想跟她一块玩,她干脆一个人跑到厕所里去,把厕所的门插上。过了一会儿,我贴着厕所的门听,听见她在厕所里小声哭。我扒着门缝跟她说,'是不是别的小朋友说你什么了?'她立刻'哇——'的一声大哭起来,一边哭一边说,说别的孩子管她叫大头,叫她大脑壳,还管她叫丑八怪,还有。我说,'你告诉阿姨了没有?'她说她才不去告诉阿姨呢,她说她知道阿姨光喜欢别的孩子。"

女的又抽泣起来。男的不说话。

"我怀疑是阿姨那么叫过她,孩子们怎么想得起来那么叫她?"

"你先别这么瞎怀疑,"男的说,"先冷静点。"

"我要去找阿姨谈谈,找她们园长!"

"谈谈不是不可以,必要的时候甚至……不过这都不是最要紧的。"

"我让她把门开开,她说不,除非我答应明天把她的被子枕头都拿回来。我说好吧。"

"你这么说了?"

"我没骗她!我明天就去把她的东西都拿回来!不让她去了。让她自己在家里玩。要不就把原来看她的那个老太太再请来,多少钱都行,五十、六十也行!"

"你再好好想想。"

"我早想了!"

"问题不在钱上,问题是她不能总在家里!"

"我也没说在钱上。得得得!我不听你说!"

"咱们别又吵。你想想,孩子总有一天……"

"你要说什么我都知道!我养她,养她一辈子。你不养算了,我一个人养!"

"你又不冷静。"男的说,站起来朝厨房走去。

女的追到过道里说:"就你那德行冷静!"然后又回到屋

里,坐在沙发上,呆愣着坐了好一会,眼泪又止不住地流。

死应该是一件轻松的事。生才是严峻的。一个人快要死了,无论如何我们可以安慰他:"放心吧!伙计,不管怎么说,你把你的路走完了,走得还不坏。"对一个刚来到世上的孩子呢?你能安慰他什么?你能知道这个娇嫩的肉体和天真的心灵,将来会碰上什么吗?你顶多可以跟他说:"行了伙计,既然来了,就得开始了。"

对所有的人来说,也都是这样。没人知道什么时候会碰上什么。生活中随时可能出现倒运的事。

丈夫很有才气,得了硕士学位,现在是工程师,身高一米八三。妻子是话剧演员,当然漂亮,身高一米六八。有一套一居室的房子,有厨房、厕所、煤气、暖气。女的在香港还有个叔叔,送给他们彩电、冰箱、录音机。然后,这个孩子来了,上帝像是生怕世上有一个平平安安的家庭。

妻子生这孩子的时候就不太顺利。孩子先是窒息、抽风,之后又得了肺炎,一直在医院里抢救。母亲也出了点毛病,住在另一间病房里。母子俩还没见过面。有一天大夫告诉父亲:"发现您这孩子有一种先天性的疾病。""嗯?什么病?""软骨组织发育不全。""我不懂,对病我一点都不懂。""这病,怎么说呢?不好治,而且……""会死吗?"年轻的父亲有些慌。"那倒不会,这病没有生命危险。"接着,大夫把那种病的后果告诉了他。

年轻的父亲跑到医院的小花园里坐着。夏天的中午,小花园里没什么人,晒蔫了的洋槐树下有一条长椅,水泥路面上浮着一层颤抖的热气。他坐了一个多小时,才渐渐明白发生了什么。一个矮人儿,只有一米一二高,头很大,躯干也像成年人的一样,只是四肢短,手指像脚趾一样又粗又短。他记得自己小时候就嘲弄过那样的人,追在人家身后喊"大个儿",没人教过他,也没有人制止他。他已经把这事忘了很多年了。这些年他忙这忙那,忙着考大学,忙着考研究生,不知不觉已经做了父亲。现在他清晰地记起来,那个矮人怎样装作没听见他的话,怎样急匆匆地走,想要摆脱他。现在他才想到,他曾给过一个心灵怎样的折磨。那颗心上已经磨出了老茧,已经不反抗了,只是逃避。他将有一个那样的女儿。

"不对!"他的一个老同学跟他说,"糟糕的不是你有一个那样的女儿,是有一个灵魂要平白无故地来世上受折磨!"

"这我想过。不过,所有的人不都是一样吗?譬如说我现在。"

"不一样。当然,人世间的痛苦你都可能碰上。可她呢?她是生来就注定了,痛苦要跟她一辈子。"

"她也许能因此成为一个很有作为的人呢?"

"战争能造就不少英雄,但是为了造就英雄就发动一场战争,有这回事吗?"

"那当然不。"他说。

"人是不得不成为英雄的。"

"这我同意。"

"大夫怎么说?"

"大夫说,她的肺炎很厉害,救得活救不活还不敢说。"

"这是暗示。"

"我知道是暗示。"

"你也可以给大夫一个暗示。"

"这我得跟我爱人商量。"

"她会同意吗?"

"我想不会。"

"你得说服她。"

"她肯定不听。"

正如父亲所预料的那样,年轻的母亲一听便大哭起来:"不!不!我就要她!什么模样我也要!"

男的把饭菜热好,端进屋里。女的在看当天的晚报。

"你不再吃点?"

"什么叫再吃点?我也一点没吃呢!"

男的听出,她已经冷静下来了。男的又跑去拿了一个碗和一双筷子,盛好饭放在茶几上,自己在另一沙发上坐下。

"你怎么买着鱼了?哪儿买的。"

她没回答,把自己的饭拨一半到男的碗里。

"什么鱼?是鲤鱼吗?"男的拨弄着碗里的鱼,很快地朝女的脸上扫一眼。

过了一会,男的又说:"我看像鲤鱼。"

"不是。"女的勉强回答。

"不是鲤鱼?"男的故意装出惊讶的样子。

"我看她现在还太小,"女的说。

男的在嘴里费劲儿地倒着鱼刺,考虑怎么回答她。

"再过一年,啊?怎么样?明年再让她去。"

"还不是一样吗?反正早晚有这么一天,她得知道她长得丑。"

"我答应了她,你没见她多高兴呢,立刻不哭了,一个人在床上玩,让我跟她一块玩。我到厨房去,她跑到厨房来问我,'你说我丑吗?'"

"你怎么说?"

女的张了张嘴,没说出话来,低头吃饭。

"你准又说她不丑。我跟你说不能骗她!"

"等她再大点,到五岁,再告诉她,可能会好一点。"

"干吗不到六岁? 干吗不到七岁? 大点也长不好! 别说五岁。头一回知道自己是畸型人,和所有的人都不一样,别说五岁,五十岁也受不了。岁数越大也许越糟糕。"

"那怎么办?"

"没别的办法。得让她知道,让她及早在心里接受这个事实。"

男的又想起自己小时候嘲弄过的那个矮人。是接受这个事实,可不能是习惯、麻木和自卑,男的在心里对自己说,得让她保留生来的自尊。

"我怕她受不了。"女的说。

"谁受得了? 谁他妈的也受不了!"男的喊,使劲把饭碗蹾在茶几上。

妻子吓坏了。丈夫在屋里走了两个来回,赶紧把攥紧的拳头松开,提醒自己:要冷静。

"要是世界上只有你、我和她,咱们就永远不让她知道,"男的说。

"不过,"男的又说,"即便那样也不行,她自己早晚也会发现,你就长得比她漂亮。"

"还不如让我是她,让她是我。"母亲说。

"别瞎说了。"

"真的,我真的愿意。"

"我知道,"父亲抓住母亲的手,"我知道。不过不可能。即便可能又怎么样呢? 她也会像你现在这样,你也会像她这样。这事轮上谁,谁也受不了。"

"要是她是我,我是她,我就受得了。"

"咱们别说废话了好不好?"男的说。

"就让她再过一年再去吧。"女的坐到床上,看着熟睡的孩子。

男的不说话。

"我已经答应她了,我不能骗她。"

父亲还是不说话。

母亲看着梦中的孩子。"咱们还不如不生她。还不如那时候不让她活。"

孩子能满床上爬了,满床上爬着追那只气球。气球在她眼前飘,她总是抓不住,捉不着。气球飘到桌子上,飘上玻璃窗,飘上屋顶,又飘下来。孩子嘎嘎地笑,尖声地叫,一心一意地追。她挺聪明,等到气球滚到她眼前,一下子扑上去,抱着气球坐在床上笑,举起来给爸爸妈妈看。忽然"砰"的一声。孩子吓愣了,抬起头来看看桌子上,看看屋顶上,看爸爸,看妈妈,"哇——"地哭开了。

孩子那惶然四顾的样子,给了父母很深刻的印象。还有那一声哭,使人想起一个在人丛中走丢了的孩子,发现左右没有了父母,都是些陌生的人。

夫妻俩越来越多地想到孩子的将来。

"你说她能长到一米四吗?女孩子只要能长到一米四,也就还可以。"女的跟好多人这么说过,有的人不言语,有的人说"也许差不多"。年轻的母亲叹气,心里什么都明白:要真能长到一米四,还算什么有病呢……

孩子又得了一场大病,肾炎。真是个多灾多难的小姑娘。

母亲请了假在家里,抱她去打针,按时给她喂药,大夫说不能让她吃盐。父亲的工作放不下,每天尽量早地跑回家。孩子明显没有精神,不爱笑,总睡。

"今天好点吗?"

"打针的时候恨不能把嗓子哭破了。从注射室出来,她使劲把脑袋往门框上碰。这脾气长大了可怎么办?"

窗外正下着雪。从三层楼的窗口望出去,家家户户的灰房子上,都有一个白色的屋顶。雪花静静地飘落。他们知道自己要比孩子先离开世界,知道这孩子无论碰上什么事都将是一个"难"字,一个"苦"字,不知道她能不能应付得了。

"她真还不如不来。"母亲说。

"当初不如听那个大夫的话。"父亲说。

"其实,那时候她等于还没有生命。"他又说。

"什么?"

"人是在开始懂事了,才算有了生命。"

"我没懂你的意思。"

"那时候如果听了大夫的话,其实她一点都不知道痛苦。跟没生她一样。"

女的想了一会,说:"真的,是这么回事。"

"当时我就跟你说过。"男的说。

"你根本没这么说。"

"我说了。你根本一句都听不进去。"

"我光想,她长得再丑我也一样会爱她。"

"我说你应该替她想想。我还说,这不光是我们受得了受不了的事。你根本听不进去。"

女的想着过去的事和以后的事。

"咱们可以再生一个正常的。"男的忽然说。

"像咱们这种情况,也允许再生一个。"男的又说。

妻子把脸埋在手里,痛苦地摇头。

"我问过大夫了,行。"丈夫说,"这病不是遗传,咱们生这样的孩子,其实非常偶然。"

妻子抬起头,认真地听。

"是否正常,可以在怀孕期间检查出来。"

一直到晚上快睡觉的时候,女的才又说起这件事。

"不,我不想再要了。我怕那样咱们会偏心。我就要她一个。咱们别再要了。"

"咱们不会不偏心?"丈夫说。

"肯定会。不是偏那个就是偏这个。"

孩子睡在两个人中间。雪早停了,一缕月光照在床上。两个人都看着睡在中间的孩子。

"还有几个加号?"

"三个。还是跟原来一样。尿还是发红。"

"其实她现在也还什么都不懂,"男的说。

"这是命。"女的一下子没懂他的意思。

"我是说,她现在也可以一点痛苦都没有,跟没生她一样。"

"什么?你说什么?"妻子恐怖地看着丈夫。

一团云彩又挡住了月亮,屋里完全黑暗。没有声音。两个人都知道对方没有睡。过了很久,丈夫感觉到床在颤动。妻子在哭。

男人在夜里才哭。男人睡着了的时候才把握不住自己。妻子把他推醒。那时月光又落在地上。他立刻很清醒:无论什么事,也不管对不对,做不到就是做不到。因为爱这孩子,所以不想让她受以后这几十年的痛苦,但正是因为爱又做不到。就像算命,不管算得准不准,反正你不会相信。或者不管你信不信,你还得活下去,该干什么还得干什么。

母亲该给孩子喂药了,父亲穿着单薄的衣服下地去拿暖壶。

现在孩子懂事了,生命真正开始了。夫妻俩一直害怕着这一天,没料到竟来得这么早。她有了记忆,知道了歧视,懂得气愤和痛苦了。她还不知道这仅仅是个开始。她想逃避,还不知道这是逃不开的。

"这不过是第一回。"男的说,半坐半躺在床上。他又想起那个被他嘲弄过的人。

女的躺在被窝里,睁着眼睛看天花板。孩子睡在她身边。街上传来洒水车"当当当"的铃声。

"这回还不是最难办的呢,"男的又说,"不过咱们得跟她说实话。"

"怎么说?"

"怎么说倒是小事。"

"那你说,你跟她说。"

"我当然可以说。不过,你答应了她不去幼儿园,她会说是你不让她去的。"

"你跟她说。然后我紧跟着就说,你说得对。"

"也行。不过怎么说呢?"

"你就说,所有的孩子都得上幼儿园。"

"不是,主要不在这儿。上幼儿园好办,硬把她送去她也得去。"

"那你说怎么说?"

"得让她知道,她确实是长得不好看。"

"我看说这个还早。她还太小。"

"就得现在说!大了就更难办。"

"她脾气倔极了,她能干脆不理你。"

"那也得说。"

"还是你自己跟她说吧。她要是闹脾气,我好哄她。"

"就怕这样!就怕我什么都跟她说了,你再来说好听的,说不是那么回事,'你长得不丑,你长得漂亮,你跟别的孩子一样,大伙都会喜欢你。'怕就怕这个!比不说还坏!"

"我不是这么哄。我没说这么哄。"

"那你怎么哄?我问你,你怎么哄?"

女的坐起来,披上衣服,胳膊交叉着抱在胸前,皱着眉头不说话。

楼上传来"嚓啦嚓啦"的拖鞋声,一会又"嚓啦嚓啦"地走回来。

男的赶紧又把攥紧的拳头松开,说:"但是她可以在其他方面不比别人差,你得这么说,她能在很多方面超过别人,做得比别人强。"

第二天是星期日,孩子很早就醒了,赖在被窝里不起来,看着春天的太阳照进屋里,太阳光越来越多,自己躺在床上唱。

母亲做好早点,进屋来说:"快起床吧,小懒丫头,吃完饭带你去公园。"

"真的?"

"真的。"

"爸爸!是真的吗?"爸爸还在厨房里。

她跳出被窝,抱住妈妈的脖子,在床上蹦,在妈妈的脸上亲。这孩子会来事儿。

"妈妈!我穿哪件毛衣呀?"

"妈妈！我穿什么裤子呀？"

"我的新皮鞋呢？爸爸！你给我买的新皮鞋放在哪儿啦？"

年轻的父母在过道里擦肩而过，互相看了一眼，表情都很严肃，甚至是紧张。

临出门的时候，孩子忽然有些担心："妈妈，我不去幼儿园了吧？"

"不去。不去幼儿园。"

丈夫拖了一下妻子的衣襟。孩子一蹦一蹦地跑到楼道里去了。

"我知道，我知道，"妻子赶忙解释，"可是现在没法说。"

"那你也别那么说呀，'不去！''不去！'说得那么肯定。"

两个人都叹气，急忙出来。孩子站在楼梯上喊他们。

公园里有了春天的模样，柳条绿了，湖面上有了游船。孩子一进公园就跑起来，跑跑停停，转回身喊她的父母。

"快来呀你们！草！草！"

草也绿了。孩子蹲在地上看，用手摸摸。

"有的草是绿的，爸爸，有的草是黄的，"孩子说。

"草跟草不一样，"父亲说。孩子已经跑开了。

到了儿童运动场，孩子不进去，只是扒着栅栏朝里面看，一声不响。

"你不想去滑滑梯吗？"母亲问她。

"你看，里面有那么多小朋友在玩，"父亲说。

孩子猛地跑开，有意蹦跳着，在地上捡石子，好像是说她自己也可以玩得很开心。她会掩饰自己的愿望了。

"这样下去她会离群，"父亲对母亲说，"她会慢慢变得孤僻。"那个极力想摆脱他的矮人，又浮现在他眼前，这几年他不断地想起那件事。

"船！船！妈妈,咱们划船吗?"孩子又跑回来,抱住母亲的腿。

"告诉妈妈,你们幼儿园有船吗?"母亲说。

孩子一愣。

妻子看一眼丈夫,丈夫点点头,鼓励她。

"妈妈,我想划船。"

"那你得答应妈妈一件事,明天去幼儿园。"

"嘘——"丈夫做了个不满意的表情。

"嗯?"妻子有些慌张。

"别这么说,别这么许愿似的,"丈夫小声说。

孩子拉着母亲的手默默地走,专心地望着湖面上的船。

"爸爸带你划船去,走!"父亲拉过孩子的手。

孩子有些犹豫,把手缩回来,望望妈妈。湖面上那些划船的人真让人羡慕。

"走,咱们划船去,妈妈也去!"母亲说。

在船上,孩子一直不说话。船桨有时打起水花,孩子忍不住笑起来,尖声叫,但很快又静下来,像个大人似的,心事重重地看着船边荡漾的湖水。

"你看她,"母亲悄声说。

"嘘——"父亲说。"哎,那个愁眉苦脸的,看咱们的船快不快!"

孩子故意不看他们,装听不见。划船原来是这么没意思。这样,明天就得上幼儿园去了。

"行了,你瞧她这脾气吧。"

"嘘——"

整个上午,孩子再没有真正笑过。父母俩想尽办法让她高兴起来。孩子却想回家了。

"咱们吃点饭吧,回家去没有饭吃呀?"父亲对孩子说。

在饭馆里等饭的时候,父亲给孩子讲了个故事:"从前我认识一个小个子的人,很矮,只有筷子这么高……"

孩子笑起来:"真的?那他用什么吃饭呢?"

"别笑,还没人敢笑话他。别看他个子矮。这个人很了不起,从来不把高个子的人放在眼里,很多事别人干不了,可他能干。"

"他能干什么?"

"嗯……很多,譬如说,他研究出了一种药,这种药矮个子的人吃就能长高。"

"那他干嘛不给自己吃一点?"

"嗯……可是他已经老了。别人吃了这种药都长高了,可是他自己却不会再长高了。所以没人敢笑话他矮,大伙都特别尊敬他。"

"这个人从小就上幼儿园。"母亲插嘴说。

丈夫差点没跳起来,狠狠瞪了妻子一眼。

孩子又低下头。过了一会,她又喊着要回家了,一个人先跑到饭馆外边去。

"我跟你说了,上幼儿园是小事!"丈夫冲妻子喊,跑出去追孩子。

女的呆呆地坐在饭馆里,想哭又哭不出来。服务员把饭菜端来了。她问多少钱,服务员说交过钱了。等服务员走开,她也走出饭馆。

她看见丈夫和孩子在草坪那边的长椅上,孩子正扯破了嗓子哭。她赶紧跑过去。

"看,妈妈来了,"父亲说,"妈妈给你道歉来了。"

"妈妈,"孩子哭着说,"我不去幼儿园。"

母亲抱着孩子,"啾啾,不哭,不哭,"不知再说什么好。

"妈妈骗了你,妈妈要给你说对不起。"丈夫给妻子使眼色。

孩子用脚使劲踢爸爸:"你甭说!不用你说!你走!你滚一边去!"

母亲还是说不出话来,光流眼泪。

"他还说,"孩子哭着对妈妈说,"还说我就是大脑袋,就是、长得、难看,他还说。"

"那怕什么?那没关系,"母亲抹掉眼泪,尽量让声音平缓、柔和,"大脑袋怕什么?矮个子也没关系,你能在其他地方比别人强,比别人更有用。"

"不!不!!"孩子喊起来,"我不是!我不是!爸爸、才、是呢!"她从母亲怀里挣脱出来,一个人哭着往前走去。

丈夫拍拍妻子的背:"这会你别再哭,有一个就够了。"

"我知道。我没有。"

两个人跟在孩子后面追上去。


到家以后,孩子又把自己关在厕所里。

女的在厨房里洗菜、切菜。男的淘米。男的隔一会到阳台上去一回,从窗户缝往厕所里看看。

"干什么呢?"母亲问。

"靠墙站着,把鞋给脱了。"

母亲去敲厕所的门:"快开门,妈妈要上厕所。"没有回答。"把鞋穿上,要不该着凉了。"

过了一会,父亲又到阳台上去,回来说:"把袜子也脱了。"

"她这脾气可怎么办?"

"我看倒好。她得有点脾气。得让她有点脾气。"

妻子靠在丈夫怀里,觉得身上一点劲儿都没有了。"得让她把鞋穿上,要不该着凉了。"

"不会。放心,不会。"丈夫说,"得让她保持住这种硬劲儿。没办法,无论将来她遇见什么,她不能太软了,得有股硬劲儿。"

天渐渐黑了。夫妻俩站在厨房通向阳台的门旁,听着孩子的动静。

过了很久,厕所的门轻轻响了一下。

孩子站在厨房门前的过道里,看见爸爸搂着妈妈,外面是万家灯火,还有深蓝色的天空和闪闪的星星……

一九八五年

# 车　神

## 一　残疾人车

去年我终于自己挣够了一笔钱，买了一辆电动的残疾人车。这样就不再为出远门发愁了，把一对电瓶充足电可以跑几十公里，速度跟健康人骑自行车差不多。车开起来，电机一路风儿似的轻唱，平稳又潇洒，引得路人赞叹。腿坏了几十年，这一来心野了，冲出城圈去，常不着家，去圆明园，去香山，再多备一套电瓶甚至可以到更远的郊外去疯跑了。关键在于你什么时候去疯跑什么时候就能去疯跑，轻而易举之事。有回到了健康时候的感觉。只是还上不了山，但揣摸那也不会是永远的绝望。

有了新车，原来用的那辆笨重的手摇车便闲在角落里。每从外面疯够了兴冲冲开了新车回到家，见那旧车不声不响独自度着寂寞，浑身的血一下子全静下来。忧伤像影子一样从四周围悄悄漫起，淹没到心头。于是抽一支烟再抽一支烟，怀疑自己是不是那种容易忘记老朋友的人。一支烟又一支烟挨到夜深，困了，慢慢去睡，又睡不着。旧车下，一只蟋蟀彻夜地叫。这车驮我走过最艰难的日子，十几年。

## 二　二十个母亲

两个老太太,头发都已花白。蜻蜓在她们头顶上盘桓不去,随后蝴蝶又飞来。那样的年纪她们还都穿着裙子,蓝色和紫色的裙子,上面有星星一样的碎斑点。裙子下面的脚步,缓缓的就是秋天。

也许是在路上,也许是在林间或是河岸,有一个人坐在手摇车上抽烟。那不是我。

路很长,或者林子很静,要么就是河面上的薄雾中有一只船。两个老太太走近那抽烟的人,冲他笑笑,弯腰去看那车的链盘,又直起身来把车摸遍,退后几步估摸它的长度,再向抽烟的人问了车的价线。

抽烟的人说:"不管是您们当中的哪一位,都摇不动这车。老年人摇不动它。"

两个老太太心里叹息,说:"是给一个孩子。"

"您的?还是您的?"抽烟的人把烟掐掉。

九月的天空渐渐深远。白云满怀心事,在所到之处投下影子。这时候在一家工厂里,那辆注定将属于我的手摇车正在组装。

抽烟的人想:这世上又多了一个不幸的年轻人,他无论如何料想不到,在剩下的日子里都将碰上什么。

正像这抽烟的人也没料到:这两个老太太又召集起十八个老太太,和她俩一样,她们的儿女都是我少年时代的同学。给我买那手摇车的,是二十个母亲。

## 三　乌鸦和鸽子

乌鸦飞过灰白的天空,吵散了梦里的鸽子。

整整一夜我的腿都是好的,赤脚在柔软的山路上走。黑色的岩石上栖息着鸽群,时而欢唱着飘上天去,时而笑闹着纷纷落下,数不清有多少……

醒了。腿却睡去,不能动了,也没有知觉。晨光熹微中,有个孩子站在我的手摇车前等着我醒来;他已穿戴整齐,斜挎着小小的行囊。

"你这是要到哪儿去?"

"你说的,今天和我去远游。"

不错,我答应过他。于是我平生第一次摇了那辆车走出家。孩子站在车尾的木箱上,身体轻得像是并不存在。

"可我们去哪儿呀?"

"你说过,去远游。"

大雪在夜里盖满了世界。风,又冷又大。孩子一路说着歌谣:"假如你已经死了,你还有什么可怕……"

我才想起问问这孩子是谁。但他不回答。

我们走过空旷的大街,走过安静的小巷,高楼和矮屋的窗口还都拉着窗帘,五颜六色的图案被冰凌冻在玻璃上装饰起一个个温暖的家。雪在车轮下爆裂。孩子说着他的歌谣:

"既然死你都不怕,何不同我去远游……"

我想扭回头看看这孩子究竟是谁。孩子搂着我的脖子笑,热气喷在我脸上和心里。

我们走过城镇和村庄,走了大道走小路,走出树林,走上冰封的河面……辽阔无垠的雪野上栖息着成群的乌鸦,时而聒噪着涌起来,时而落下铺开一地阴郁。

我跟孩子说起梦里的鸽子。孩子说道:
"乌鸦是只黑鸽子,鸽子是只白乌鸦。"

孩子说罢消失不见。无边的白色的世界上有两道不尽的黑色的车辙。在那个冬天的早晨,车神扮成孩子的模样,带我开始去远游。

## 四　小作坊

小巷深处有一家小作坊,三十几个家庭妇女一天到晚在那儿低着头忙。腰都弯了,眼都花了,长年累月皱纹悄悄爬到她们脸上。我摇着车走遍世界想找一个工作,最后走到这儿,她们把我收留。

低矮又歪斜的小房是她们自己盖的,没有玻璃没有太阳。她们在阴暗中笑得露出白牙,说为了盖这间小房她们夜里去偷过砖瓦灰沙,其中一个年老的小脚儿女人险些让人抓住。

她们愿意听我讲这手摇车的来历,说那二十个母亲来生可得荣华富贵子孙满堂。

我在这个小作坊一干好多年。我们每天把黏稠的黑色的生漆调出七色,画成神仙一样的才子佳人,一如画着无声的梦想。

## 五　在海边

有一年我到了遥远的海边,在那儿见到一匹老马和一个老人。春天在海天之间激动不安。老人像一块褐色的沉静的礁石,老马如同他的游魂。

我摇车接近老马,它不慌不忙地吻了吻我的车把和车轮。
老人说:"它还不老,还能风似的跑呢。"
"骑它跑一圈要多少钱?"我问。
"一块钱,再少了不行。"
"生意好吗?"
"现在不行,得到夏天。你是我今年见到的第一个游客。"
"可惜我不能骑上它跑一回了。"
"可你是怎么来的?就靠这辆车?"
"朋友们把我背上火车,把这车也抬上去。"
"我这辈子头一回见这样的车。"
"坐了几天几夜火车才到这儿,朋友们又把我背下来,把这车再抬下来。"
"我在这海边几十年了,没见有人坐你这样的车来过呢。"
"朋友们让我看看海。"
"他们在哪儿?"
我指指海上。那儿,一群年轻人在浪巅上海鸟似的欢叫,叫声在大海轰鸣震响的呼吸之中时隐时现。
"我也不能再到海上去了。"老人说。老人和老马一齐望着海天相接之处,很久。
"想不想让马带上你围这海湾跑一圈?"
"行吗?"
老人纵身上马,一手抓缰,弯下腰来一手推住我的车,在海边飞跑,气喘吁吁地说:"在我年轻的时候……"我们跑过沙滩,跑过长长的陡坡,跑上面海朝天的崖顶,老人气喘吁吁地说:"……那时候这匹马的老祖父也还年轻。"

## 六　天河里的船歌

疯狂的夏天,死神一度要把我和我的车推进深渊;车轮顺着陡坡不可收拾地向下滚动,这时候一个姑娘挡在我的车前。

霎那间天也知道地也知道,我们各自寻找对方,都已经多年。

我重又睁开双眼。从白天到黑夜,太阳和月亮所在的地方有船桨掀动水波的声音:星星索……星星索……

"我们以前互相见过?"

"我们以前见过。"

"什么时候?"

"也许是在童年?"

"是在天地初开的时候。"

呵,我恍惚记得。

两个人各伸出一只手,细看那两道爱情线:又深又长没有枝杈。

"没错。"我说。

她却有些忧郁:"也许是道又深又长的天河。"

"两道!"我喊,"可没有过两道天河!"

星星索……星星索……星星索……太阳和月亮所在的地方,无始无终地唱着一首船歌。

## 七　岸

十几年中,总是她来看我,我却从没到她住的那间小屋里去过。到那儿去要上一百级楼梯,要在许多子弹一样的目光中摇着我的车。这车肯定会在那儿给她闯祸。

其实,人间有双重的天河。

如今她远在异乡,只身漂泊。

在最后一个夏天的最后一个晚上,她费尽心机要满足我多年的愿望:让我看看她住过的小屋,让我记住小屋里的全部陈设。一道长满青苔的土岗旁,有一座红色的小楼。她把我的车推上土岗,指给我看一个白杨遮掩的窗口。

"明天就只剩下它离我最近。"

"不过,别忘了它的主人。"

夜色浓重的时候,她把我的酒杯斟满,跑下土岗。黑暗里我数着她的脚步。

忽然那个窗口灯火辉煌,窗帘像舞台的帷幕般轻轻启开。十二个方格后面,她端着一面镜子走来走去。我从镜子里看见了她的小屋,小屋的每一个角落,与我一千次梦见过的相差不多……时钟敲过十下,我们如约举起酒杯,这时候我从那面镜子里看见,她的屋门被粗暴地推开……幕落了,灯熄了。玫瑰色的酒中映出浩渺的天河。

星星索……星星索……木桨打着水波。明天,她将远离故土;我将摇着车在岸边守候,地老天荒时据说也会干涸。

## 八 雨中的陌生人

黄昏像一群不会叫的飞蛾,纷乱的白光在苍茫里游来游去。夏天只剩下不可挽救的记忆。墙根下的野草,把疯狂结成种子,精心地埋进土里。

空中淅淅沥沥地哼着一支歌:天上的星星为什么像地上的人群一样拥挤,地上的人群为什么像天上的星星一样疏远……反反复复只这两句。

我的车蹲在窗前,似对我说:"出去走走吧,我们俩。"我不知道去哪儿。"走吧,不管是哪儿。"我不知道为什么要去。"别问为什么,只管先去。"

它驮我走进秋雨。"这下好些了吗?""就算好些了吧,兄弟。"湿漉漉的路面上反映着五彩的灯光,灯光中晃着无数五彩的人形。

什么是幻觉?不过是视觉所不能证实的听觉,和触觉所不能证实的视觉吧。照理说,你完全能够走过去和任何一个陌生人拉拉手或干脆扑在他怀里哭泣,以证明一切都不是幻影;但是你不敢。不敢就是不能。

我坐在雨地里,到深夜。

一个汉子晃悠悠走来,播散一路酒气,走近了站住,醉眼蒙眬地看着我。他把我也当成了醉汉。确实,夜静更深在这路边淋雨的只有我们两个。

很久,他说:"别这样,兄弟,回去吧。"

很久,他又说:"跟我回去吧!相信我,咱们都是喝酒的人。"

## 九 车神是谁

我的车神无处不在。我的车神变化万千。现在我终于知道车神是谁了:信心告诉你她是谁,她就是谁。

十几年前当我得到这辆车的时候,我曾一本正经地写下二十个名字,想等我将来挣够了一笔钱时去还上。现在我才知道这不可能,当初的想法太近荒唐。

我也不可能放弃那辆电动的新车。只有一个念头十分明晰：这辆手摇车驮我走过最艰难的岁月，无论如何不能把它卖掉。

车神无所不知。礼拜日的晨钟敲响，车神扮成一对年轻夫妇的模样，来把这辆手摇车修整一新，说："这世上又有一个需要它的人。"便驾着它飘然而去。

神的事我不去问。对于那辆车，对于那个需要它的人，神留给我想象。

一九八七年

原罪·宿命

## 原　罪

　　我要给您讲的这个人以及我要讲的这些事，如果确实存在过的话，也是在好几十年前了。我这么说，是因为那时我还太小，如今他们在我的记忆里已经模糊到了这种程度：假如我的奶奶还活着，跟我说，"哪儿有这么个人呀，没有"，或者"哪儿来的这些事呀，压根儿就没有过"，那样我就会相信我不曾见过这个人，世上也不曾有过这些事。然而我的奶奶已经去世多年。

　　因此您对这个故事的真确性，不必过于追究。不妨权当做是曾经进入了他的意识而后又合着他的意识出来的那些东西，我只能认为这就是真确。假如当一个故事来说，这理由也就很充分了。

　　这个人姓什么叫什么，我看也不重要；重要也没办法，我反正是一点印象也没有了。我只记得奶奶让我管他叫十叔。那时我们住在同一条街上，差不多在街的正中间有一座小庙叫净土寺，我家住在街的南头，他们家挨近街的北口。他的父亲在那儿开着一爿豆腐房，弄不清什么岁数上死了老婆，请来个帮工叫老谢。老谢来的时候，据说我爸跟我妈还谁都不认识谁呢。

　　十叔整天整夜躺在豆腐房后面的小屋里。他脖子以下全不能动,从脖子到胸,到腰,一直到脚全都动不了。头也不能转动。就是说除了睁眼闭眼、张嘴闭嘴、呼气吸气之外,他再不能有其他动作。可他活着。他躺在床上,被子盖到脖子,你看不出他的身体有多长,你甚至会觉得被子下面并没有身体。你给他把被子盖成什么样就老是什么样,把一个硬币立在被子上,别人不去动就总不会倒。他就这么一年一年地活着。现在让我估算一下的话,他那时总也有十六七岁了,不会再小,否则奶奶不至于让我管他叫十叔,而且他能像大人那样讲很多有趣的故事。正是因为这后一点,我极乐意跟奶奶到豆腐房去,去打豆浆要么去买豆腐。奶奶说我是喝十叔他爸的豆浆长大的。几十年前天天都喝得起牛奶的人家还不多。那时我六岁,正是能记事而又记不清楚事的年龄。

　　甚至也记不清楚我是不是六岁,单记得比我大四岁的阿夏早就上了小学,她弟弟阿冬比我小一岁和我一样整天在家里玩。阿夏阿冬和我家在一个院子里住。他们家天天都喝得起牛奶可还爱喝豆浆,奶奶和我去打豆浆时,阿夏阿冬的妈妈就让他俩也跟我们一块去,让阿夏提一个小铁桶。阿夏管十叔叫十哥,她说是她爸爸让这么叫的,可见那时十叔的年龄再大也不会比我估计的大很多。阿冬有时随着她姐姐叫十哥,有时又随着我叫十叔。为什么是十叔我也不知道,我记得他连一个哥哥姐姐弟弟妹妹都没有。

　　街不宽,虽然长却很直,站在我家院门口一眼就能望到十叔家的豆腐房。午后的街上几乎没人,倘净土寺里没有法事,就能听见豆腐房嗡隆嗡隆的石磨声,听久了,竟觉得是满地困倦的阳光响,仿佛午后的太阳原是会这么响的。磨声一停,拉磨的驴便申冤似的喊一顿,然后磨声又起。直到天要黑时,磨才彻底停了,驴再叫喊一回,疲惫、舒缓,悠悠长长贯过整条苍茫了的小街,在沿途老墙上碰落灰土,是月亮将出的先声。

我和阿冬在院门口的台阶上跳上跳下,消磨我们的童年。净土寺的两个尼姑在南墙下的荫凉里走过,悄无声息仿佛脚并不沾地。我和阿冬就站到门两旁的石台上去,每人握一把"手枪"朝她们瞄准,两个尼姑冲我们笑笑仍不出丁点儿声音,像善良的两条鱼一样游进净土寺。可阿冬的枪是铁皮做的是从商店买来的,可以噼噼啪啪响,我的枪是木头削的而且样子不像真枪。我跟阿冬说:"咱俩换着玩一会儿吧?"他说:"老换老换老换!"我只好变一个法儿说。

我说:"可惜你昨天没听见十叔讲的故事。"

"什么故事?"阿冬说。

"可惜昨天是你家阿姨打的豆浆,你和阿夏都不知道十叔讲了什么故事。"

"什么故事?"阿冬说。

我"哼"一声,看着他的枪。阿冬一点都不笨,装出不在乎的样子说:"可惜十叔讲的故事我也听过呀,可惜呀。"

我说:"可惜昨天那个你没听过呀,可惜昨天那个故事才叫棒呢,是新的不是老的。"

阿冬闷了一阵,然后问:"是讲什么的?"

"是神话的。"

"什么神话?"

"嘿哟喂!"我说,"那个神话又好听又长。"

阿冬把他的枪掂来倒去,我知道我很快就能玩到它了,但我故意不看它。我说:"才不是你听过的那些呢,才不是讲耗子跳舞的那个呢。"阿冬就把他的枪递给我,说:"换就换。"这样,我就玩着那把铁皮枪开始给阿冬讲那个故事。

"你知道为什么会刮风吗?"阿冬摇摇头,"你不知道吧?刮风是老天爷出气儿呢。你知道为什么会刮特别大特别大的风吗?"阿冬又摇摇头。"那是老天爷跑累了喘呢,不信你试试。"我把嘴对着阿冬的脸,呼哧呼哧大喘气,吹得他直闭眼。"你看是不是?"阿冬信服地点点头,等着我往下讲。可我已经讲完了,十叔讲了老半天的故事让我这么两句话就讲完了。阿冬问:"完啦?"可我还没玩够那把枪呢,我就说:"没有,还长着呢。"但是十叔讲的那些我都不会讲,老天爷怎么跑哇,跑到了哪儿又跑到了哪儿呀,看见了什么呀,山怎么海怎么云彩怎么树怎么,我都不会讲。"没完你倒是讲啊。"阿冬催我。我就瞎胡编:"你知道为什么会下雨吗?""为什么?"我随口说道:"那是老天爷撒尿呢。"不料阿冬却笑起来对此深觉有趣,于是我也很兴奋而且灵感倍增。我又说:"下雪你知道吗?是老天爷拉屎呢。"阿冬使劲笑使劲笑。"打雷呢?打雷你知道吗是老天爷放大屁呢!""老天爷——放大屁——!"阿冬就喊,笑个没完。"轰隆轰隆,老天爷放屁可真响,是吧阿冬?""轰隆——!轰隆——!"我们俩便坐在台阶上齐声喊,"老、天、爷!放、大、屁!轰隆——!轰隆——!老、天……"这时候阿夏跑出来了,站在门槛上听我们喊了一会儿,让我们别胡说八道了。我们反而喊得更响,更高兴了。她就回过头去喊她妈妈和我奶奶:"快来看呀,你们管不管他们俩了呀?!"我和阿冬赶紧闭了嘴,跑回院里去。这时豆腐房那边的磨声停了,驴叹气般地拖长着声音叫,家家都预备吃晚饭了。

阿夏却不回来,一个人在幽暗的门道里轻轻跳舞,转着圈,嘴里低声哼唱,浅颜色的连衣裙忽而展开忽而垂下,一会儿在这儿,一会儿在那儿……

十叔的小屋只有六平米,或者还小,放一张床一张桌子,余下的地方我和阿冬阿夏一去就占满了。但那屋子特别高,比周围的屋子都高好多,所以我说站到我家院门口一眼就能望到。唯一的小玻璃窗高得连阿夏站到床栏上去都够不着,有一回她说她准保能够着,可她站在床栏上使劲够还是差一大截。十叔急得喊她快下来,可别摔坏了腰。

"十叔让你快下来呢,阿夏!"我说。

"十叔叫你快下来呢!"阿冬也说。

"你又叫十叔,"阿夏说阿冬,"爸让咱们叫十哥你怎么老记不住。"

正对的窗户的墙上挂了一面镜子,窗户下又挂一面镜子对着第一面镜子,第一面镜子下再挂了一面镜子对着第二面镜子,这样,两面墙上一共挂了七面镜子,一面比一面矮下来,互相斜对着,跟潜望镜的道理是一样的,屋顶上还有两面镜子,也都斜对着墙上的镜子。这样十叔虽然不能动却可以看见窗外的东西了,无论怎么躺都能看见。是老谢给他想出这法子来的,老谢不识字也根本不知道什么叫潜望镜。阿夏回家把这事讲给她爸爸听。阿夏阿冬的爸爸是大学教授,整天埋头在书案上不是写就是算,这时抬起头来笑笑说:"哦,是吗?老谢没上过学真是可惜了。"

从那些镜子里可以看到:墙头上的一溜野草(墙的这边想必是一条窄巷,偶尔能听见有人从那儿走过),墙那边的一大片灰压压的屋顶和几棵老树,最远处是一座白色的楼房和一块蓝天。再没有别的了。十叔永远看到的就只是这些东西,但那儿有他永远也讲不完的故事。

"你们看见树梢都绿了吗?"十叔说。

我说:"看见了,怎么啦?"

阿冬也说:"看见了,怎么啦?"

"阿冬就会跟人学,"阿夏说,"笨死了快。"

"看没看见有一棵还没绿?"十叔说。

"我看见了,怎么啦?"阿冬抢先说,然后看看阿夏。阿夏这时偏不注意他。

十叔说:"那是棵枣树,枣树发芽晚。看那上头有什么?"

阿夏说:"一条儿布吧?是一条破布条儿。"

阿冬也说是一条破布条儿。"我没跟你学,我也看见了!我就是也看见了,干嘛就许你一个人看见呀!"阿冬冲阿夏喊,差点要哭。

"娇气包儿,笨死了。"阿夏说。

阿冬把眼泪咽回去。

"你们都没说对,"十叔说,"是纸条儿。是一个风筝,一个风筝挂在树上挂坏了就剩下那么一绺纸条儿。是昨天下午的事。画得挺讲究的一个大沙燕儿,准把他心疼坏了。"

"谁呀十叔,把谁心疼坏了?"我问。

"他应该到南边空场上放去,"十叔说。

"谁呀?谁应该到南边空场上放去呀!"

"那儿多宽敞,是不是?"十叔说,"就是使劲跑那儿也跑得开,闭上眼跑都保证撞不上什么东西。等风筝升高了你就把它拴在树上,一点儿甭管它它也不会掉下来。拴在一块石头上也行,然后你就坐在石头上,你看着那风筝在天上一动也不动,你就可以随便干点儿别的事了。就是枕着那石头睡一觉也不怕,睡醒了你看见那风筝还在天上。唉,要是我,反正我宁可多走几步路到南边空场上放去。"

"十叔,南边哪儿有空场呀?"我问。

十叔便望着镜子老半天不说话。枣树上那纸条儿飘呀飘的,一会儿也不停。

阿冬说:"十叔你讲个故事吧。"

"你又叫十叔。"阿夏打阿冬屁股一下。

"十哥你讲个别的讲个故事吧。"阿冬说。

十叔出了一口长气,说:"你还要听什么故事呢?"阿冬说听神话的。"好吧神话的,"十叔说,又出一口长气,"知道人有下辈子吗?"

"没有,十哥没有,"阿夏说,"那是迷信。"

"什么是迷信呀?"阿冬问,然后嚷开了:"不不!就讲这个十哥你就讲这个,敢情阿夏她听过了。"

"我给你讲个别的,讲个更好的。"

"不!我就要听这个,阿夏都听过了。"

"你要是捣乱咱们就回家吧。"阿夏说。

阿冬这才不嚷了,说讲一个别的也得是神话的。十叔说行,沉一下,讲:"看见阳台上那个姑娘没有?三层,三层的那个阳台上?"十叔说的是远处那座白色的楼房。

"是穿红衣服的那个吗?"我说。

十叔闭一下眼,如同旁人点一下头。"每天这时候她都站在那儿往楼下看。从她还没有阳台栏杆高的那会儿,我就天天这时候见她站在那儿。那会儿她是两手抓住栏杆从栏杆的空隙里往下看。下雨了,她就伸出小手去试试雨的大小,雨大了她就直抹眼泪。她是在等母亲下班回来。"

我问:"你怎么知道是?"

"因为过了一会儿就见她高兴地跳,然后蹲在窗台底下藏起来,紧跟着阳台的门开了,母亲就走出来还没来得及放下手里的书包呢。母亲装着在阳台上找她,她就忍不住跳出来大喊一声,喊声又尖又脆连我都听见了。母亲就抱起她来使劲亲她。"

"她大概还没我高吧?"阿冬说。

"是,那时候还没有。后来她长得比阳台栏杆高了,她就扒着横栏欠起脚往下看,还是都在每天的这会儿。还是像先前那样,一会儿母亲回来了,已经顾得上先把手里的东西放下了,她还是藏在窗台下这时候跳出来,喊声又清又柔,母亲弯下腰来亲她。"

"这有啥意思呀,十哥你讲个神话的吧。"

"少捣乱你,听着!"阿夏说。

"再后来她就长到现在这么高了,比她母亲还高半个头了,她还是天天这时候都在那儿等母亲回来,胳膊肘支在横栏上往下看,两条腿又长又结实。可她还是有点儿孩子气,窗台底下藏不下了就躲在门后头,母亲一回来一走上阳台,她就从后面捂住母亲的眼睛,她不再那么大声喊了,可她的笑声又圆又厚,母亲嗔怪她的声音倒像是个孩子了。"

"这不是神话,根本就不像神话。"阿冬说。

"有一天又是这时候她又在阳台上,一会儿往楼下看看,一会儿来来回回走,拿着一本书可是不看,隔一分钟就对着窗玻璃拢拢头发。她有点儿心神不定,她确实是有点儿心神不定,我应该想到可我一点儿也没想到。然后就见她轻轻跳了一下,我知道她又要跟母亲捉迷藏了,可这一回她好像忘了该躲在哪儿,在阳台上转了好几圈儿还是没找好地方。我算计着母亲上楼的脚步。最后她还是又躲在了门后头。这时门开了,可出来的不是她母亲,是个我从来没见过的高个儿小伙子。"

"他是谁?"阿夏轻声问。

十叔闭上眼睛不讲了。

"这不是神话,"阿冬说。

我跟阿冬说:"这回没准儿是神话了。"然后我又问十叔:"这个小伙子是王子吧?"

"他是勇敢的王子吧?"阿冬也问。

我说:"是'白雪公主'里那个王子吧?"

阿冬也说:"是'灰姑娘'里那个王子吧?"

十叔仍闭着眼,说:"这下我才想起来,一转眼都过去这么多年了。"他是说给自己听。

"这到底是不是神话呀,十哥?"

"就算是吧,"十叔说。

"那后来呢?后来他们怎么啦?"

"后来,白天晚上小伙子都在那儿了。"

"完了?这就完了呀?"阿冬轻叹一声,又对我说:"这不像神话是吧?一点儿都不像。"

"可这是神话。"十叔说。"是。"

我看见十叔用上牙使轻咬自己的下嘴唇,都咬出挺深的牙印来了,都快咬破了。

回家的路上,阿冬还是一股劲念叨:"这根本不是神话,这有什么意思呀。"

"笨死了你,自己听不懂你怨谁。"阿夏说。

阿冬委屈得直要哭。

我问:"阿夏,他们后来到底怎么啦?"

阿夏不吭声,低着头走她的路。

这样看来,十叔当时的年龄就与我估计的有些出入了。细算一下的话,他那时至少该有二十多岁了,甚至可能在三十岁以上。我跟您说过,我的奶奶已去世多年。一个人早年的历史只好由着他模糊的记忆说了算,便连他自己也没有旁的办法,对您来说,只有我给您讲过这么一个故事——这件事本身才是真确的。倘您再把它讲给别人,那时就只有您给别人讲了一个故事——这才是真确的了。历史都不过是一个故事,一个传说,由一些人讲给我们大家,我们信那是真的是因为我们只好信那是真的,我们情愿觉得因此我们有了根,是因为这感觉让人踏实,让人愉快。

那时奶奶领着我们三个往家走,小街又是黄昏。走过净土寺,两个尼姑正关山门,朝我们笑笑依旧无声息,笑脸埋没在苍茫里。

我问奶奶:"十叔的病还能治好吗?"

"能。"奶奶说。

阿夏却说不能:"我爸说的,不能。"

阿夏阿冬的爸爸是科学家,光是书就有好几屋子,他说什么,没有人不信。

"你可千万别跟十叔他爸这么说。"奶奶说阿夏。

阿冬说:"我们叫十哥,是不是阿夏?"

阿夏问奶奶:"为什么别说呀?"

"反正你别说,要说你就说能治好。"

"那不是骗人吗?"

"那你就什么都别说,行不?"

"可是为什么呀?"

奶奶说过,十叔他爸从早到晚磨豆腐挣的钱,全给十叔瞧病用了,除去买黄豆和给那匹驴买草料,剩下的钱都送到药铺去了。奶奶说过,要不他挣的钱再续弦一个也够了,再盖几间大瓦房也够了,再买十匹驴也够了。"奶奶,什么叫续弦呀?"

奶奶不理我。十叔他爸的那匹驴已经老得皮包骨了,只能拉半天磨了,剩下的半天十叔他爸自己推。老谢专管滤豆浆、煮豆浆、点豆腐,永远在蒸腾的热气中忙得顾不上说话。

阿夏阿冬的爸爸说:"十哥的父亲太不懂科学了,科学才不管人的感情呢。"

"你也叫他十哥吗?"阿冬问。

阿夏阿冬的爸爸说:"这么多年了,既然毫无效果,何苦还总把钱往药铺送呢?"

阿夏说:"要不要我去告诉他?"

"告诉什么?"

"十哥的病治不好了呀,干嘛撒谎?"

"我也去!"阿冬说。

阿冬阿夏的爸爸说:"我问过最有名的大夫了,脊髓要是完全断了,简直一点儿办法也没有。"

"我去告诉他们吧?"阿夏说。

"我也去!"阿冬说着跳下床,往屋外跑。

"回来,阿冬!"他妈妈喊住他。

阿冬阿夏的爸爸说,不应该让十叔这么整天躺在床上什么都不干,得给他想个别的办法活下去。可是,就连阿夏阿冬的爸爸自己也想不出还能有什么别的办法。很少有阿夏阿冬的爸爸也不知道的事。他偶尔闲了,也给我们讲故事,讲月亮之所以亮不过是反射了太阳的光;讲一共有九颗行星围着太阳转,地球不过是其中一颗;讲银河系中的恒星少说也有一千亿颗,而银河系在宇宙中不过像一片叶子长在大树上。"十哥讲过,星星都在跳舞。"阿冬说。他爸爸便笑笑,说:"这说法也不坏,它们确实像在跳舞。"

除去冬天最冷的时候,十叔的小窗不分昼夜总是开着的,为了看清外边的事为了听清外边的声音,成了习惯,他倒也不因此受凉生病。对于十叔,无所谓昼夜,他反正是躺着,什么时候睡着了便是夜,醒了就在镜子里看他的世界,世界还通过那小窗送给他各种声音。他常从梦里大叫几声惊醒,叫声凄长且暴烈,若在深夜便听得人发瘆。"什么叫哇,奶奶?""还有谁?又是豆腐房那边儿。"奶奶说,叹一口气。我便知道,此刻十叔又在看那些镜子了。我便也掀起窗帘看天上,我很想看看夜里星星怎么跳舞,可是这夜星星都不动,满天的星星各自悄悄呆在自己的位置上。即便是冬天最冷的时候,太阳一上来,十叔也要叫老谢把他的小窗打开一会儿。您能想象,他不能太久地不看到什么不听到什么。您可以想象,他独自在那儿同世界幽会,不知是它们从那儿来了还是他从那儿去了。您想象一道阳光罩住一张木床,在阳光中飞舞的是他的灵魂,在阳光中死去的是他的肉体。待夕阳把远处那座白楼染得凄艳,十叔就盼着我们去听他的故事了。要是我们不去,要是晚上老谢没事了,十叔憋了一整天的故事便讲给老谢一个人听。当然,十叔屋里有一个非常旧非常旧的无线电,可他没法去扭那两个旋钮,要是他爸和老谢都忙着,他不想听的他也得听,所以十叔不怎么爱听它。十叔更乐意自己讲故事。自己想听什么自己讲来听,这有多好。当然,他更盼着我和阿冬阿夏去听。

"十哥你昨天又做噩梦了吧?我妈说你夜里又做噩梦了。"

"阿冬你胡说什么!"阿夏搡了他一把,"什么都不懂什么都不懂,简直快笨死了你。"

"我是叫的十哥我没跟人学。"阿冬分辩说。

"都快笨死了你知道吗,还不知道呢!"

"阿夏!"十叔喊。然后他闭了一会儿眼睛,仿佛有个噩梦在他脸上很快地跑了一圈,之后他猛地睁开眼睛问我们:"今天想听什么故事呀?"完全换了一副神情。

"神话的!"阿冬说,"听那个耗子跳舞的。"

"光会听一个,你都快笨死了。"

"嘘——"十叔说,"你们听。"

一个男人轻轻地唱着歌从窗外走过去了,从镜子里看不见他,声音跟牛似的。

"他又去演出了。"十叔自言自语地说。

"演什么?你怎么知道他去演出?"阿夏问。

"一到这时候他就走了,半夜里准回来。你听他的嗓子有多好,是不是?"

"他唱的什么呀?"阿冬问。

"我也听不清,"十叔说,"他总唱这支歌,可我总也听不清这歌里唱的是什么。"

阿夏说:"我倒听清了一句,好像是——'你可看见了魔王'。"

"他的嗓子真是好,你说呢阿夏?"

"他是谁呀?"

"他就住在那座楼上,四层,从左边数第三个窗口。每天夜里他从这儿过去不一会儿,那个窗口的灯就亮了。"

十叔指的还是那座白色的楼房。从早到晚,那楼房在阳光里变换着颜色,有时是微蓝的,有时是金黄的,这会儿太阳西垂了它是玫瑰色的。楼下几棵大树,枝繁叶茂,绿浪一样缓缓地摇。

"他长得什么样儿?"阿夏问。

十叔想了想,说:"嗯,个子长得真高。"

阿冬说:"有我爸高吗?"

"当然有。他比谁都高,也比谁都魁梧,腿比谁都长肩比谁都宽,噢对了,他是运动员,也是歌唱家也是运动员。"

"那他跑得快吗?"

"当然,当然快,特别快。他跳得也特别高。你说什么,跳起来摸房顶?当然能,这在他算什么呀。你们会打篮球吗?"

"我会!"阿夏说。

"他一跳你猜怎么着?头都碰着篮筐了。"

"十叔你也会打球?"我问。

"可我听说过,那篮筐高极了是吧阿夏?"

"高极了高极了的,"阿夏比画着说,"连我们体育老师使劲跳都够不着篮板呢!"

"都快有天高了吧?"阿冬说。

"可我轻轻一跳,连头都能碰着篮筐。"

"十叔你怎么说你呀?你怎么说'我'呀?"

"我说我了?没有没有,我哪儿说我了?"

"十哥,我想听个神话的。"阿冬说。

"他又特别聪明,"十叔继续讲,"跟他一般大的人中学还没毕业呢,他都念完大学了。等人家大学毕业了,他早都是科学家了。想跟他结婚的人数也数不过来,光是特别漂亮的就数不过来。可他还不想结婚,他想先得到全世界去玩玩,就一个人离开家。他也坐过飞机也坐过轮船,也会开汽车也会骑马。他还是最喜欢骑马,他有一匹好马,浑身火红像一个妖精,跑得又快又通人性,是一个好妖精。"

"那只会跳舞的耗子也是好妖精,"阿冬说。

"是,也是。"

"你还说有一只猫和一只狗都是好妖精。你还说有一棵树和一个虫子也都是好妖精。"

"这匹马也是。不管到哪儿它都不会迷路。高兴了我就和它一起跑,累了就骑一会儿。"

"十叔你又说'我'了,你说'高兴了我就',你说了。"

"噢是吗,我说错了。"十叔停了一会儿,又说,"我讲到哪儿了?噢对了,他就这么绕世界玩了一个痛快。还记得我给你们讲过风的故事吗?他就像风一样到处跑到处玩儿,想到哪儿去就到哪儿去,一会儿在深山里,一会儿在大道上。江河湖海他也都见了。当然,当然会划船,再说他也会游泳,多深多急的河里他也敢游。废话,淹死了还算什么,他能在海里游三天三夜也不上岸,他能一口气在水里憋好几分钟也不露出头来。当然是真的,不是真的我还给你们讲什么劲儿?他也到大森林里去过,十天半个月都走不出来的大森林,都是十好几丈高的大树,一棵挨一棵一棵挨一棵。不累,他从来不知道累,更不知道什么叫生病。他哪儿都去过,哪儿都去过什么都看见过。告诉你阿夏,他的腿比你的腰还粗一倍呢,你想想。"

阿夏问:"他去过非洲吗?"

"怎么没去过?"十叔说,"那儿有沙漠有狮子,对不对?当然得去。他还有一杆枪,他的枪法没问题,一枪撂倒一头狮子,要不一头狗熊,这对他根本不算一回事。"

"十哥,我也有一杆枪!"阿冬说。

"哈,你那枪!"十叔笑起来,"阿夏,要是我,我没准儿把阿冬也带上。夜里就住山洞,阿冬你敢吗?用火烤熊肉吃你敢吗?狼和猫头鹰成宿地在山洞外头叫,你敢吗阿冬?"

"阿冬这会儿就快吓死了。"阿夏笑着。

"还说什么你那枪!"十叔也笑着。

阿夏又问:"十哥,那他去过南极洲吗?见过企鹅吗?"

"什么你说?什么鹅?"

"怎么你连企鹅都不知道哇?"

十叔脸上的笑容渐渐消失,那个噩梦好像在别处跑了一圈这会儿又回来了。

"企鹅是世界上最不怕冷的动物,"阿夏还在说,"南极洲是世界上最冷的地方,一年四季都是冰天雪地。"

"那有什么,"十叔低声自语,"只要他想去他就能去。"

"那他去过美洲呢?还有欧洲?"

"他想去他就能去。"十叔又闭上眼睛。

"还有澳洲吗?他去过吗?"

"只要他想去,阿夏我说过了,他就能去。别拿你刚学的那点儿玩艺儿来考我。"

"十叔,他去过天上吗?"我问。

"十叔,我爱听星星跳舞的那个故事。"

"阿冬你又叫十叔,你少跟人学行不行!"

这当儿十叔一直闭着眼,紧咬着下嘴唇。

阿夏看看阿冬和我,愣了一会儿,趴到十叔耳边说:"十哥你生气啦?我没想考你。"

十叔松开牙但仍闭着眼,出一口长气有点颤抖:"没有,阿夏,我不是生你的气。我不是生别人的气。我凭什么生别人的气呢?别人想到哪儿去就到哪儿去,跟我有什么关系?我就在这儿。"

十叔虽这么说,可我觉得他还是生了谁的气了。他一使劲咬下嘴唇而且好半天好半天闭着眼睛,就准是生谁的气了,可我不知道他到底是生谁的气。太阳又快回去了,十叔的小屋里渐渐幽暗。在墙上,你几乎分不清哪是窗口哪是镜子了,都像是一个洞口一条通道,自古便寂寞着呆在那儿,从一座无人知晓的洞穴往旷远的世界去。那儿还有一块发亮的天空,那座楼变成淡紫色,朦朦胧胧飘忽不定。阿夏轻声说:"咱们该走了。""不,十哥还没讲神话的呢!"阿冬不肯走。磨房里的驴便亮开嗓门叫起来,磨声停了。然后那驴准是跟了老谢踱到街上,叫声在古老的黄昏里飘来荡去,随着晚风让人松爽,又伴了暮色使人凄惶。净土寺那边再传来做法事的钟鼓声。

十叔好像睡着了。

阿夏拉起阿冬和我,让我们不要出声,轻一点儿轻一点儿,悄悄的,往外走。

"别走阿夏,我答应了阿冬,我得给他讲一个神话的。"十叔睁开眼,像是才睡醒。

我们等着。连阿冬都大气不出。很久。

"有一天夜里,满天的星星又在跳舞。我这么看着他们已经看了好几十年,一天都没误过。就是阴天,我也能知道哪片云彩后面是哪颗星星。这天夜里,星星上的神仙到底被感动了,就从这窗口里进来,问我,要是他把我的病治好,我怎么谢谢他。"

"十哥这是迷信,"阿夏说,"你的病治不好了。你的病要是治不好了呢?"

"你的性子真急阿夏,我还没说完呢。我的病治不好了这我不比谁知道?所以我说我讲的是个神话。"

"让我告诉你爸去吗?"阿冬说。

"噢可别,阿冬你千万可别,"十叔说。

"干嘛撒谎?"阿冬学着阿夏的语气。

"这你们还不懂,你们还小。一个人总得信着一个神话,要不他就活不成他就完了。"

暗夜在窗外展开,又涌进屋里,那些镜子中亮出几点灯光,或者竟是星星也说不定。净土寺那边的钟声鼓声诵经声,缥缥缈缈时抑时扬,看看像要倦下去却不知怎样一下又高起来。

十叔苦笑道:"要是神仙把我的病治好,我爸说要给他修一座比净土寺还大的庙呢。"

"十叔你呢?你怎么谢他?"

"我?我就把他杀了。他要是能治这病,他干嘛让我这么过了几十年他才来?他要是治不了他干嘛不让我死?阿冬,他是个坏神仙,要不就是神仙都像他一样坏。"十叔的语气极其平静,像在讲一个无关痛痒的故事。

"你也信一个神话吗,十哥?"

"阿夏,平时你可不笨。"十叔说,"人信以为真的东西,其实都不过是一个神话;人看透了那都是神话,就不会再对什么信以为真了;可你活着你就得信一个什么东西是真的,你又得知道那不过是一个神话。"

"那是什么呀?"

"谁知道。"黑暗中十叔望着那些镜子。

我们去问阿夏阿冬的爸爸,他摇头沉吟半晌,最后说,一定得想个办法,让十叔能做一点有实际价值的事才行。

"什么是实际价值?"

"就是对人有用的。"

"什么是有用的?"

"阿冬!别总这么一点儿脑子也不用。"

可结果我们还是给十叔想不出办法来。他要是像阿夏阿冬的爸爸那么有学问也好办,可他没有,没有就是没有甭管为什么,也甭说什么"要是"。但从那以后阿冬阿夏的爸爸不让他们去十叔那儿听故事了,说那都是违反科学的对孩子没好处。阿冬阿夏的爸爸便尽量抽出些时间来,给我们讲故事,讲太阳是一个大火球,热极了热极了有几千几万度;讲地球原来也是个火球,是从太阳身上甩出来的后来慢慢变凉了;讲早晚有一天太阳也要变凉的,就像一块煤,总有烧乏了的时候。阿夏说:"那可怎么办呀?"她爸爸说:"放心,那还早着呢。"阿夏说:"早晚得烧完,那时候怎么办呢?粮食还怎么长呀?"她爸爸笑笑说:"那时候还有地球吗?地球在这之前就毁灭了。"阿夏说:"那可怎么办?"她爸爸说:"那时候人类的科学早就特别发达了,早就找到另外的星球另外的适合人类生活的地方了。"阿夏松了一口气。我也松了一口气。阿冬问:"要是找不着呢?"阿冬阿夏的爸爸说:"会找着的,我相信会找着的。"

我还是能经常到十叔那儿去。奶奶不在乎什么科学不科学,她说谁到了十叔那份儿上谁又能怎么着呢?死又不能死。

这一来我反倒经常可以玩到阿冬那把枪了,还有他妈妈给他买的各种各样好玩的东西。我只要说,"十叔昨天又讲了一个神话的",阿冬就会把他所有的玩具都端出来让我挑。对我们来说,阿夏阿冬的爸爸讲的和十叔讲的,都一样是故事,我们都爱听。

我问阿冬:"你还记得十叔家窗户外的那座白楼吗?"阿冬一点也不笨,阿冬说:"你想玩儿什么你就玩儿吧,这些玩具是咱俩的。"我说:"你还记得那座楼房旁边有好几棵大树吗?上头老有好些乌鸦的?"阿冬说:"我记得,十哥说它们都是好妖精。"我说:"十叔说它们没有发愁的事跟咱俩一样,一早起来就那么高兴,晚上回来还是那么高兴。"阿冬说:"那些乌鸦,啊——啊——啊——的老叫是不是?"我说:"你还记得楼顶上老落着一群鸽子吗?""那也是一群好妖精,十哥说过。""十叔说它们也没那么多烦心事,它们要是烦心了就吹着哨儿飞一圈,它们能飞好远好远好远也不丢。"十叔的故事都离不开那座楼房,它坐落在天地之间,仿佛一方白色的幻影,风中它清纯而悠闲,雨里它迷蒙又宁静,早晨乒乒乓乓地充满生气,傍晚默默地独享哀愁,夏天阴云密布时它像一座小岛,秋日天空碧透它便如一片流云。它有那么多窗口,有多少个窗口便有多少个故事。一个碎了好几块玻璃的窗口里,只住着一个中年男子,总不见女人也不见孩子,十叔说他当初有女人也有孩子,偏他那时太贪杯太恋着酒了,女人带着孩子离开了他。十叔说:"不过他的女人就快回来了,女人一直在等着他,现在知道他把酒戒了。"我说:"要是她还不知道呢?"十叔说:"那就去找她,要是我,我就把酒戒了去找她。"我问:"她在哪儿呀?"十叔想了一会儿,说:"也许,就在那一大片屋顶中的哪一个屋顶下。"……另一个窗口里,有一对老人。老两口整日对坐窗前,各读各的书或者各写各的文章,很久,都累了,便再续一壶茶来,活动活动筋骨互相慢慢地谈笑。十叔说他们的儿女都是有出息的儿女,都在外面做着大事呢。十叔说:"他们的儿子是个音乐家。"我说:"你怎么知道?"十叔说:"他们的儿媳妇是个画家。"我说:"你是怎么知道的?"十叔说:"他们的女儿是个大夫,女婿是个工程师。"我问:"你到底是怎么知道的呀?"十叔便久久地发愣……还有个窗口里住着个黑漆漆的壮小伙子,一到晚上就在那儿做木工活。十叔说他就快结婚了,未婚妻准是个美人儿。我问:"怎么准是呢?"十叔闭一下眼睛如同旁人点一下头,说:"准是。"表情语气都不容怀疑。……还有一个窗口白天也挂着窗帘,十叔说那家的女人正坐月子呢,生了一对双儿,一个男孩一个女孩。十叔说:"当爹的本想要个闺女,当妈的原想要个儿子,爷爷呢,想要孙子,奶奶想要孙女,这一下全有了。"……还有一个摆满了鲜花的窗口,那儿有个白发苍苍的老太太。十叔说她都快一百岁了,身体还那么硬朗,什么事都不用别人干。那些花都是她自己养的,几十种月季几十种菊花,还有牡丹、海棠、兰花,什么都有,天天都有花开,满满几屋子都是花都是花的香味儿。十叔说:"她侍弄那些花高高兴兴的一辈子,有一天觉得有点儿累了,想坐在花丛里歇一会儿,刚坐下,怎么都不怎么就过去了。"我问:"过哪儿去了?"十叔说:"到另一个世界去了。"我说:"到天上去了吧?"我说我知道了,这是个神话。十叔笑一笑,叹一口气又闭上眼睛……

白色的楼房,朝朝暮暮都在十叔的镜子里,对十叔的故事无知无觉。那些窗口里的人呢,各自度着自己的时光,日复一日年复一年,不曾想到世上还有十叔这么个人。

阿冬阿夏终于耐不住了,有一天我们又一起到十叔的小屋去。我们进去的时候,正好听见那个男人又唱着歌从窗外走过。

阿夏说:"十哥我又听清一句了!他唱的是'你可看见了魔王?他头戴王冠,露出尾巴'。"

"谁呀?阿夏,他是谁呀?"阿冬问。

"阿冬你这么笨可怎么办!就是那个又高又大全世界哪儿都去过的人。这都记不住。"

阿冬说:"十哥,我好些天没来我真想你。"

"阿冬就会甜言蜜语。"阿夏撇一下嘴。

"我就是想了,我没骗人我就是想了。"

"怎么想的你?"

"我,我想听个神话的。"

只有十叔没笑,他说:"我正要给你们讲件怪事呢,我发现了一件特别奇怪的事。"

"十哥我爱听奇怪的事,我爱听神话的。"

"你们看最顶层尽左边那个窗口。"十叔指的还是那座白楼。"那儿总也不亮灯,晚上也从来不亮灯,真是怪了。"

"大概那儿没人住吧?"阿夏说。

"可你们看那窗帘,多漂亮是不是?窗台上还放着两个苹果呢。看见墙上那个大挂钟没有?钟摆还来回动呢。"

太阳这时正照在那面墙上,好大好大的一只挂钟,钟摆左一下右一下,闪着金光。

"也许晚上没人在那儿住吧?"

"我原来也这么想,"十叔说,"可是有天晚上月亮正好照进那个窗口,我看见那儿有人。我明明看见有一个人,一会儿坐在窗前,一会儿在屋里走动,可就是不开灯。这下我才开始注意那儿了,原来每天夜里都有人,我看见他点火儿抽烟了,我看见烟头儿的红光在屋里走来走去,可他在那黑屋子里就是不开灯,从来都不开。"

阿冬说:"十哥,我有点儿害怕。"

"胆小鬼,又笨胆儿又小。"阿夏说。

那座楼房这会儿是枯黄色的。楼顶上的鸽子探头探脑地蹲在檐边,排成行。乌鸦还没回来,老树都安静着。

"我们去那楼里看看吧。"阿夏说。

阿冬说:"我不想去。"

"你不想去因为你是个胆小鬼!十哥,我们到那楼里去看看吧?我们还从来没到那楼里去过呢。"

十叔说:"我早就想到那儿去看看了,可是阿夏,我怎么去呢?"

"要是有一辆车就行了,我们推你去。"

"我早就想去了,可是不行阿夏,我想过多少遍了,那么高我可怎么上去呀?"

"让老谢抱你上去,我们再把车抬上去。"

"阿夏你要是去,我就告诉爸爸。"

"胆小鬼,你敢!"

我记得是老谢给十叔做了一辆小车,不过是钉了个大木箱又装上四个小轱辘,十叔躺在里头,我们推着他到那座白色的楼房去,小车轱辘"叽哩嘎啦叽哩嘎啦"地响,十叔的身体短得就像个孩子,轻得就像个孩子。老谢跟在我们身后走,什么话也不说。

奇怪的是,我们在那些七拐八弯的小胡同里转了很久,也没能接近那座白楼,我们总能看到它却怎么也找不着通到那儿去的路。阿冬不停地说,咱们回去吧咱们回去吧。阿夏便骂他是胆小鬼,仍然推着车往前走。阿冬紧拽着阿夏的衣襟不松手。残阳掉在了一家屋顶上,轻轻的并不碰响什么,凄艳如将熄的炭火,把那座楼房一染呈暗红色了。我们推着十叔再往西走了一阵,又往北走,那楼房像也会走似的,仍然离我们那么远。阿夏问老谢:"到底该怎么走呀?"老谢说他没去过他不知道,说:"问你十哥,他要去他想必知道。"十叔让我们再往东走。乌鸦都飞回来,在老树上吵闹不休。暮霭、炊烟在层层叠叠的屋顶上,在纵横无序的小巷里,摇摇荡荡。看看那座楼像是离我们近了,大家欢喜一回紧走一阵,可是忽然路到了尽头,又拐向南去,再走时便离那楼愈远了。阿冬还是不住地说:"回去吧,阿夏咱们回去吧。"阿夏说:"要回你自己回去!"阿冬只好念念叨叨再跟了走,不断回头去望。离家已是那么遥远了,仿佛家在千里之外。天便更暗下来,四周模糊不清,那座楼由青紫色变成灰黑。"老谢,到底怎么走才对呀?""问你十哥,他要来他就应该知道。"老谢还是这么说。可是无论我们怎么走,总还是那些整齐或歪斜的屋顶、整齐或歪斜的高墙、整齐或歪斜的无数路口,总是能看到那座楼也总还是离它那么远。天黑透下去,乌鸦藏进老树都不出声。阿冬说:"阿夏咱们别走了,一会儿该迷路了。"阿夏没好气地说:"我们已经迷路了,我们回不去家了!"阿冬愣一下,蒙了,转身就跑,看看不对又往回跑,然后站住,"哇"的一声哭出来。十叔忙哄他:"阿冬别怕,阿夏吓唬你玩儿呢。"阿冬才慌慌地住了哭声,紧跑到阿夏身边抱住阿夏,抽噎着再不敢动。阿夏把他搂在怀里。

这时候传来一阵歌声,低沉浑厚得像牛一样:"……啊父亲,你听见没有,那魔王低声对我说什么?你别怕,我的儿子你别怕,那是寒风吹动枯叶在响……"

"十哥,是他!"阿夏说,"是那个人。"

"噢!他在哪儿?"十叔说。

从一个巷口拐出一个人来,他手里拎根竹竿探路,边走边轻声唱。走近了,我们听得更清楚了:"……啊父亲,你看见了吗?魔王的女儿在黑暗里。儿子、儿子,我看得很清楚,那是些黑色的老柳树……"他从我们面前走过,我们也看清他的模样了,他长得又矮又小又瘦,而且他手里拎了根竹竿探路。他大概觉出有几个人在屏住呼吸看他,便朝我们笑笑点一点头,不说什么,一心唱他的歌一心走他的路去。

阿夏对十叔说:"咱们问问他,往那个楼去怎么走吧?"

十叔不吭声。

"十哥,你不是说他就住在那座楼上吗?他能知道到那儿去怎么走。"

"不。"十叔说。

"他不是住在四层左边第三个窗口吗?"

"不,那不是他。"十叔说,"他不是那个人,他不是!那个人不是他,不是……"

在黑得看不见的地方,仍传来那个人的歌声:"……啊父亲,啊父亲,魔王已抓住我,它使我痛苦不能呼吸……"渐行渐远,渐归沉寂。

渐归沉寂,我们还在那儿坐着。

我们还在那儿坐了很久。满天的星星都出来,闪闪烁烁闪闪烁烁,或许就是十叔说的在跳舞吧。净土寺里这夜又有法事,钟声鼓声诵经声满天满地传扬,嗡嗡吰吰伴那星星的舞步。那座楼房仿佛融化在夜空里隐没在夜空里了,唯点点灯光证明它的存在,依然离我们那么远。

"老谢,咱们还去吗?"

"问你十哥,他应该知道了。"

十叔的眼睛里都是星光。

阿冬已经困得睁不开眼了,不住地说,十哥咱们回家吧,咱们回家吧十哥。

十叔说:"回家,阿冬咱们回家,我以前给你们讲的都是别人的神话。"

我们便往回家走。阿夏背着阿冬,告诉阿冬别睡,睡着了可要着凉,"马上就到家了,快醒醒阿冬",声音无比温柔。老谢背着我,又推着十叔。我不记得是怎么回到家的了,很可能我在路上也睡着了。

我说过,我不保证我讲的这些事都是真的。如果我现在可以找到阿冬阿夏,我就能知道这些事是不是真了,可我找不到他们。好几十年过去了,我不知道阿冬阿夏现在在哪儿。我看这不影响我把这个故事讲完。您要是听烦了您随时都可以离开,我不会觉得这是对我的轻蔑——请原谅,这话我该早说的。人有权利不去听自己不喜欢的故事,因为,人最重要的一个长处,就是能为自己讲一个使自己踏实使自己愉快的故事。

那夜归来,十叔病了。第二天我和阿冬阿夏去看他,他那小屋的门关得严严的。耳朵贴在门上听听,屋里静得就像没人。"十哥,十哥!""十叔!"叫也没人应。我们正要推门进去,老谢来了,说十叔病了正睡呢,叫我们明天再来。这样有好多天,每次去老谢都说十叔正睡呢:"他刚吃了药,正睡呢。""他什么时候醒啊?""你们看这门什么时候开了,他就醒了。"

也不知又过了多久,终于有一天那门开了,我和阿冬阿夏跳着跑进去。阿冬喊:"十哥!这么多天没见你我可真想你。"阿夏撇一下嘴。阿冬说:"我没甜言蜜语!我也想听神话的,我也想十哥了。"

小屋里稍稍变了样子,所有的镜子都摘了下来,都扣着摆在墙旮旯。十叔平躺在床上,头垫高起来,胸上放一只小碗,嘴上叼一根竹管,竹管如铅笔一般长短一般粗细。见我们来了他冲我们笑笑,笑得很平淡。然后,他上嘴唇压过下嘴唇把竹管插进碗里,再下嘴唇压过上嘴唇把竹管抬起来,轻轻吹出一个泡泡。泡泡颤几下脱离开竹管,便飘飘摇摇升起来,晃悠悠飞出窗口去,在太阳里闪着七色光芒。

"我能吹一个非常大的。"十叔说。

他果然吹出一个挺大的。

"这不算,"十叔说,"这不算大的。"

他又吹出了一个更大的。

"我也会,"阿冬说,"让我吹一个行吗?"

"少讨厌你,阿冬!"阿夏把阿冬拉在怀里。

十叔说:"我得吹一个比磨盘还大的,那才行呢。"

"你能吹那么大的吗?"

"我要能吹一个比这窗户还大的就好了。"

"怎么就好了呀,十叔?"

"下辈子就好了。"

"十哥,那是迷信。"阿夏说。

十叔不理会阿夏的话,专心地吹了一个泡泡又吹一个泡泡,吹了一个又一个。

"嘿,快看这个!大不大?"十叔兴奋地喊。

满屋里飞着大大小小七彩闪耀的泡泡,忽上忽下忽左忽右轻盈飘逸,不断有破碎的,十叔又吹出新的来。我和阿冬满屋里追逐它们,又喊又笑又蹦又跳。十叔吹得又专心又兴奋。

"都太小了,"十叔说,"我要能一连吹出一百个像刚才那个那么大的,就好了。"

"什么就好了,十哥?"

"像我这样的病就都能治好啦。"

"这也是迷信,十哥,这也是。"阿夏说。

"明天我让老谢给我找一根再粗一点儿的竹管来,"十叔说,"那才能吹出更大的来呢。也许我能一连气儿吹出一万个来呢。"

"吹那么多呀!"阿冬说,高兴得不得了。"吹一万一万万一万个,是吧十哥?"

"那就没人得病了,就没病了。"

"十哥,我觉得这还是迷信。"阿夏说。

"这不是迷信,阿夏你说这怎么是迷信?"

阿夏怔怔的,回答不出来。

泡泡一个又一个,一个又一个,飞得满屋,飞出窗口,飞得满天。十叔说:"阿夏你看哪,飞得多漂亮!"

阿夏回家又去问她爸爸,什么是迷信?她爸爸说:"盲目,盲目地相信一件事。"

阿冬问:"什么是盲目?"

"就是没有科学根据。"

"什么是科学根据?"

"好啦阿冬,你这脑子又动得太多了,这你还不懂。还是我来多给你们讲些故事吧。我以后一有时间就给你们讲些科学的故事,好吗?"

阿夏阿冬的爸爸又给我们讲月亮、讲太阳、讲银河、讲宇宙、讲一光年是多远;讲宇宙一直在膨胀一直都在膨胀,讲所有的天体都离开我们越来越远越来越远;讲总有一天宇宙也要老的,要走完生命的旅程,要毁灭。

"那可怎么办?那我们到哪儿去?"阿夏问。

"那时候人类的科学已经非常非常发达了,人早就又找到一个可以生存的地方了。"

"要是找不着呢?"阿冬问。

"会找着的,我相信会找着的。"

"为什么会找着?"

"我想会的。"

## 宿　命

### 一

现在谈谈我自己的事,谈谈我因为晚了一秒钟或没能再晚一秒钟,也可以说是早了一秒钟却偏又没能再早一秒,以致终身截瘫这件事。就那一秒钟之前的我判断,无论从哪方面说都该有一个远为美好的前途。截至那一秒钟之前,约略十三人十八人次主动给我提过亲,其中十一回附有姑娘的照片,十一回都很漂亮,这在一定程度上或可说明问题。但我当时的心思不在这上头,我志向远大,我说不,我现在的心思不在这上头。提亲的人们不无遗憾,说,莫非(莫非是我的姓名),莫非我们倒要看你找个什么样的天仙。然后那一秒钟来了。然后那一秒钟过去了,我原本很健壮的两条腿彻头彻尾成了两件摆设,并且日渐削瘦为两件非常难看的摆设,这意味着倒楣和残酷看中了一个叫莫非的人,以及他今后的日子。我像孩子那样哭了几年,万般无奈沦为以写小说为生的人。

曾有一位女记者问我是怎样走上创作道路,我想了又想说,走投无路沦落至此。女记者笑得动人:您真谦虚。总之她就是这么说的,她说您真谦虚。

### 二

实际无关谦虚。

说不定,牵涉十叔的那些懵里懵懂似有若无的记忆,原是我童年时的一个预感。据说孩子的眼睛可以洞察许多神秘事物,大了倒失去这本领。自然这不重要。要紧的是我的腿不能动了随之也没了知觉,这不是懵里懵懂似有若无的记忆,这一回是明明白白确凿无疑的事实,而且看样子只要我活下去,这一事实就不会不是个事实。

我以前从不骂人,现在我想世上一切骂人的话之所以被创造出来就说明是必要的。是必要的,而且有时还是必然的结论。

三

不过是一秒钟的变故,现在说它已无多少趣味。是个夏夜,有云,天上月淡星稀,路上行人已然寥落,偶有粪车走过将大粪的浓郁与夜露的清芬凝于一处,其味不俗。我骑车在回家的路上,心里痛快便油然吹响着口哨,吹的是《货郎与小姐》中货郎那最有名的咏叹调。我刚刚看完这出歌剧。我确实感觉自己运气不坏。我即将出国留学,我的心思便是在这上头,在地球的另一面,当然并不限于那一面,地球很大。我的腰包里已凑齐了护照、签证、机票以及与此相关的一系列文件,一年又十一个月艰苦奋斗之所得。腰包牢牢系在裤腰带上,除非被人脱了裤子去这腰包是绝不可能丢的,这腰包的设计者今生来世均当有好报,这是我当时的想法。气温渐渐降下来,且有了一丝爽风。沿途的楼房里有人在高声骂娘又有人轻轻弹奏肖邦的练习曲,外地小贩便于路旁的暗影中撒开行李,豪爽地打响一串哈欠有如更夫的钟鼓。平凡的一个夏夜。我吹着口哨。地球是很大,我想在假期里去看看科罗拉多河的大峡谷,在另一个假期里去看看尼亚加拉大瀑布,平时多挣些钱且生活尽可能地简朴,说不定还可以去埃及看看胡夫大金字塔去威尼斯看看圣马可大教堂,还有法国的卢浮宫英国的伦敦塔日本的富士山坦桑尼亚的塞卢斯野生动物保护区等等,都看看,都去看一看,机会难得。我精力充沛我的身体结实如一头骆驼,去撒哈拉大沙漠走一遭也吃得消,再去乞力马扎罗山下露营,我不打狮子,那些可爱的狮子。我吹着口哨,我吹得不很好,但那曲子写得感人。我不是个禁欲主义者。莫非不是个禁欲主义者,他势必会有个妻子。她很漂亮很善良,很聪明,很健康很浪漫很豁达,很温柔而且很爱我,私下里她不费思索单凭天赋便想出无数奇妙的爱称来呼唤我,我便把世间其他事物都看得轻于鸿毛,相比之下在这方面我或许显得略笨,我光会说亲爱的亲爱的我最亲爱的,惹得她动了气给我一记最最亲爱的小耳光。真正的男人应该有机会享受一下软弱。不过事后他并不觉得英雄因此志短,恰恰相反,他将更出类拔萃,令他的妻子骄傲终生!凉爽的夏夜使人动情,使人赞美万物浮想纷纭,在那一秒钟之前有理由说莫非不是在梦想。我骑在车上,吹响一路货郎的那段唱。我盘算以四年时间拿下博士学位,然后回来为祖国效力。我不会乐不思蜀,莫非不是那种人,天地良心,知道我出去学什么吗?学教育,祖国的教育亟待改革迫切需要人才。莫非不是没能力去学天体物理抑或生物遗传工程,但莫非有志于祖国的教育事业,在那一秒钟之前我一直在一所中学里任教。我骑车拐上一条稍窄的街,那是我回家的必由之路,路面上树影婆娑,以后会证明这树影婆娑可与千刀万剐媲美。我依然吹着口哨。我是一个无罪的人。我想四年之后我回来,那时我就可以要一个儿子(当然在这之前需要结婚),抑或是一个女儿,设若那时政策允许也可以是一个儿子又一个女儿,哪个在先哪个在后完全不在考虑之列,我看男女应该平等,唯愿儿子像我女儿像母亲,唯望这一点万勿颠倒了。这样想不对吗?我看不出这有什么错。我是个无罪的人,在那个夏夜以及那个夏夜之前我都是一个无罪的人。无罪,至少是这样。

我吹着《货郎与小姐》中最著名的唱段,骑车朝那万恶的一秒钟挺进。与此同时有一位我注定将要结识的年轻司机,也正朝这一秒钟匆忙赶来。

## 四

照理说,那不是个能给人留下深刻印象的夏夜,如果不是有人在马路上丢了一只茄子的话。我吹着口哨吹着货郎的唱段,我的前车轮于是轧到那只茄子,事后知道那茄子很大很光又很挺实,茄子把我的车轮猛扭向左,我便顺势摔出二至三米远,摔进那一秒钟内应该发生的事里去了。只听一声尖厉的急煞车响,我的好运气就此告罄,本文迄今所说的那些好事全成废话,全成了废话一堆。成了一个永久的梦例。

否则也就无事,问题出在它不把你撞死而仅仅把你的腰椎骨截然撞断。以往的一切便烟消云散烟消云散,烟消云散之后世界转过身去把它毫无人味的脊梁给你看,我是说给我看,给莫非。

## 五

在以后的日子里我常想起一只电动玩具母鸡,在沙地上煞有介事地跑,碰上个石子颠了个跟头翻了个滚儿,依然煞有介事地往前跑,可方向与当初满拧(有可能是前翻一周半加转体一百八十度)。我见人玩过那样一只电动玩具母鸡,隔一会儿下一个假蛋。

## 六

我躺在马路中央,想翻身爬起来可是没办到。前面提到过的那个年轻司机跑过来问我,你觉得怎么样?我说很奇怪好像我得歇一会儿了。司机便把我送到医院。

我说大夫我什么时候能好?我很快就要出国没有很多时间可耽误。大夫和护士们沉默不语,我想他们可能没弄懂我的意思,他们把我剥光了送上手术台,我说请把我裤腰带上那个腰包照看好,我还把机票的有效日期告诉了他们。一个女护士说哎呀呀都什么时候了。我心想时间是不早了,我说是不早了不过我这是急诊。女护士一动不动看了我有半分钟。这下我明白了,他们一时还不可能了解我,不了解我多年来的志向和脚踏实地的奋斗历程,也不了解那一年又十一个月的奔波和心血,因而不了解那腰包对我意味着什么。我鼓励大夫,您大胆干吧不要发抖,我莫非要是哼一声就不算是我。大夫握了握我的手说,我希望您从今天起尤其要时时保持这种勇气。我当时没听懂他这话中的潜台词。

## 七

事实真相不久便清楚了:我已经被种在了病床上,像一棵"死不了儿"被种在花盆里那样。对那棵"死不了儿"来说世界将永远是一只花盆、一个墙角、一线天空,直至死得了为止。我比它强些。莫非比它强些。"莫非我们倒要看你找一个什么样的天仙"——那样一个莫非,将比"死不了儿"强些。我于是仰天嚎啕大放悲声,闻其声恰似回到了自由自在的童年,观其状惟妙惟肖一个大傻瓜。我有个姐姐,她从遥远的地方赶来,紧紧把我搂住像小时候那样叫着我的小名儿,你别着急你别担心,你别这样别这样,无论如何我会照顾你一辈子的(你别哭你别闹,蚂蚱飞了,不就是蚂蚱飞了吗姐姐明天再给你逮一只来)。但这一次不是童年,蚂蚱也没飞,根本没有什么蚂蚱。飞了的是一条很好很好的脊髓。我把姐姐搡开,把我的手从她冰凉的手里掰出来,走!走开!所有的人都给我出去!!姐姐再度将我抱住,她的劲儿一时大得出奇。我看了一眼太阳,太阳还是原来的太阳,天呢?也还是在地上头。母亲没来,还没敢让母亲知道。父亲像个不会说话的瘦高的影子,无声地出去,又无声地回来,买了好多好吃的东西放在桌上;又无声地出去无声地回来,买了更多更好吃的东西放在我的床边。我吼一声,父亲机灵一下惊得闪开,我把花瓶打进痰桶,把茶杯摔进便盆,手表砸扁扔进纸篓,其余够得着的东西横扫遍地然后开始骂人,双手垫在脑后,看定了天花板,尽情尽意尽我所知的脏话向世界公布数遍,涕泪纵横直到天昏地暗时,然后累了,心如千年朽木糟成一团。偷偷在自己的大腿上掐一把,全无知觉,慌得紧把手缩回深恐是调戏了别人。这他娘的到底是怎么了呢?漫长的寂静中,鸽子在窗外咕咕咕地嘶鸣,空旷、虚幻,天地也似无依无着。

到底是怎么了呢?无人肯告与莫非。

## 八

警察向我说明出事的情况。那个年轻司机没什么错儿,您那么突如其来地蹿向马路中央是任何人所料不及的。司机没有超速行驶,没喝酒,煞车很灵也很及时,如果他再晚一秒钟踩煞车,警察说恕我直言,您就没命了。我说谢谢。警察说那倒不用,我们来向您说明情况是我们的工作。我说请问我有什么错儿没有?姐姐说你有话好好说。警察说,您也没什么错儿,您在慢行道内骑车并且是在马路右边,您是个自觉遵守交通规则的好公民,可谁骑车也不见得总注意到一只茄子,而且那条路上光线较暗。我说,树影婆娑。什么您说?是的树影颇多,从出事现场看您决不是有意去轧那个茄子的。我说,废话!姐姐说,莫非!警察叹口气,可您摔出去得太巧了,要是再早一秒钟的话,汽车就不至于碰到您。大夫也这么说过,太巧了,刚好把脊髓撞断,其他部位均未伤及。照您说这是我的错儿?警察说我没这么说,我只是说路上光线较暗,注意不到一只茄子是可以理解的。那么到底是谁的错儿?姐姐说,莫非——!我说,姐,难道我不能问这到底是谁的错儿吗?警察说,莫非同志您可以要求一点经济赔偿。滚他妈的经济赔偿,我眼下只缺一条完整的脊髓!莫非同志您这是无理要求,并且请您注意您对一个正在执行公务的警察的态度。我说既然如此,您有义务向我说明这到底是谁的错儿。茄子,警察说,如果您认为这样问很有意义的话,那么,茄子,你干嘛不早不晚偏在那一秒钟去惹它?

## 九

日子便这样过去。每天所见无非窗外的旭日到夕阳。腰包里的文件犹在,默默然一部古书似的记载了无数动人的传说。

人类确凿不能将人类被撞断的脊髓接活,日子便这样过去。医学院的实习生们常来围了我,主治大夫便告诉他们为什么我是一个典型的截瘫病例:看看,上身多么魁伟,下身整个在萎缩。

日子便这样过去,消化系统竟惊人地好,毫不含糊地纳入各种很香的东西,待其出来时都变作统一的臭物。日子便这样过去。

向日葵收获了。夜来香的种子落在地上,随风埋进土里。天上悬了几日风筝,悬了几日,又纷纷不见了踪影。雪无声飘落。孩子们便嚷着在雪地上飞跑,啃着热气腾腾的烤白薯。我说哎,烤白薯!我是说世界并没有变,烤白薯仍旧还是烤白薯。父亲瘦高的身影却应声蹒跚于雪地上,向那卖烤白薯的炉前去……

日子便这样过去了又过去。苍天在上,莫非过上这样的日子实在是冤枉的。哭一回想一回,想一回哭一回,看来那警察的最后一句问话是唯一的可能有道理。

## 十

渐渐地我想起来了,在离出事地点大约二百米远的时候,我遇见了一个熟人。我记起来了,我吹着口哨吹着货郎的咏叹调看见了他,他摇着扇子在便道上走,我说嘿——!他回过头来辨认一下,说噢——!我说干嘛去你?他说凉快够了回家睡觉去,到家里坐坐吧?他家就在前面五十米处的一座楼房里。我说不了,明天见吧我不下车了。我们互相挥手致意一下,便各走各的路去。我虽未下车,但在说以上那几句话时我记得我捏了一下闸,没错儿我是捏了一下车闸,捏一下车闸所耽误的时间是多少呢?一至五秒总有了。是的,如果不是在那儿与他耽误了一至五秒,我则会提前一至五秒轧到那只茄子,当然当然,茄子无疑还会把我的车轮扭向左,我也照样还会躺倒在马路中央去,但以后的情况就起了变化,汽车远远地见一个家伙扑向马路中央,无论是谁汽车会不停下么?不会。汽车停下了。离我仅一寸之遥。这足够了。我现在在科罗拉多河大峡谷或在地球的其他地方而不是被种在病床上。不是。绝不是被种在病床上。那样一个莫非。那样一个令人以为要娶一个天仙的莫非。

## 十一

顺便提一句:至今仍只是十三人十八人次主动给莫非其人提过亲,其中十一回附有姑娘的照片。这三个数字以后再没有增长,这从一个侧面反映了今日之莫非与昨日之莫非断不是同一个莫非了。天地翻覆,换了人间。

我说这些没有其他意思,虽则莫非事实上是无辜的。

话说回来,姑娘们也是无辜的。一个姑娘想过一种自由的浪漫的丰富多彩的总而言之是健全的生活,这不是一个姑娘的过错。一对父母希望自己的女婿站在别人的女婿面前,更体现出自己晚年的幸福与骄傲,这不是一对父母的过错。析此理而演绎开去,上述三个数字的不再增长,不是媒人的过错,不是朋友们的过错,不是谁的过错。天高地厚,驴比狗大,没错。

## 十二

莫非之不幸,盖自那一至五秒的耽误。

我们不禁要问,我们也完全有理由这样问:是什么造成了莫非在距出事地点约二百米处遇见了那个熟人的?

这样我又想起来一件事,在我遇见那个熟人前三至五分钟时,我在一家小饭馆里吃了一个包子。我饿了,不是馋了当真是饿了,一个人饿了又路经一家小饭馆,吃便是必然的。上帝如果因此而惩罚我,我就没什么要说的了。我走进那家小饭馆,排在六个人后边成为第七个等候买包子的人。我说,包子什么时候熟?第六个人告诉我,您来得是时候,马上就要出笼了,我从上一锅等起已经等了半小时了。我便等了一会儿,心想这么晚了回家去也不再有饭,而我还是九小时以前吃的午饭呢。包子很快出笼了,卖包子的老妇人把包子一个个数进碟子,前六个人有吃四两的有买五斤拿走的,轮到我,老妇人说没了还有一个。我探头在筐箩里搜看,说,厨房里还有?老妇人说没了,就这一个了,您要不要?我说还蒸吗?她说明天还蒸,今天到点了。我看看墙上的大表:二十二点半。我就吃了那一个包子。现在让我们计算一下:如果我不是吃了一个包子而是吃了五个包子(我原打算是吃五个包子),按吃一个费时二分钟计,我至少要晚八分钟离开那小饭馆。而我遇到那个熟人时,熟人正往家走且距离家只有五十余米,一个正常人走五十余米是绝然用不了八分钟的。我那熟人很正常,这一点由我来担保。这就是说,如果我早些到那小饭馆排在第五或第六位,我必吃五个包子,就不会遇见那个熟人,不会喊他,不跟他说那几句话,不必捏一下车闸,不耽误一至五秒从而不撞断脊髓,今日之莫非就在地球的另一面攻读教育学博士,而不在这儿,更不是坐在轮椅里。

## 十三

到现在问题已经比较明朗了。请特别注意小饭馆里第六个买包子的人所说的那句话,他说他从上一锅等起已经等了半个小时了。这就是说我若不能提前半小时到达那家小饭馆,则我必排名第七,必吃一个包子,必遇见那个熟人,必耽误一至五秒从而必撞断脊髓,今日之莫非就还是坐在轮椅里。

我们必须相信这是命。为什么?因为歌剧《货郎与小姐》结束的时候,是二十二点整。无论剧场离那家小饭馆有多远,也无论我骑车的速度如何,我都不可能在二十二点半之前半小时到达那家小饭馆,这是一个最简单的算术问题。这就是说,在我骑车出发去看歌剧的时候,上帝已经把莫非的前途安排好了。在劫难逃。

## 十四

现在就要看看上帝是用什么方法安排莫非去看那歌剧的了。

我说过我一直在一所中学里任教。出事的那天我本该十八点一刻下班的,历来如此,这儿看不出上帝的作用。下午第四节课是我的物理课,十八点一刻我准时说道:下课!学生们纷纷走出去,我也走出去。我走到院子里找到我的自行车,我准备直接回家,我希望在出国之前能和二老双亲多呆一会儿。这时候我听见身后有个学生问我:老师,我能回家了么?我才想起,这个学生是我在上第四节课时罚出教室的。事情是这样的:课上到一半时,这个学生忽然大笑起来,他坐在最后排靠近窗户,平时是个非常老实的学生,我有时甚至怀疑他智商不高。我说请你站起来。他站起来。我说请你解释一下你为什么笑?他低头不语。我说好吧坐下吧注意听讲。他坐下,但还是笑。我说请你再站起来。他又站起来。你到底笑什么?他不说话。我看得出他非常想克制住自己不笑,他用手捂住自己的嘴像女孩子那样,我一直怀疑他智商偏低。我说你坐下吧不许再笑了。他坐下但仍止不住地笑,课堂秩序便有些乱,淘气的学生们借机跟着大笑。我没办法只好请他出去,我说请你出去镇静镇静,否则大家都不能听课了。他很听话,自己走出去。放学时我几乎把他忘了,我相信他至少是性格里有些问题。可怜的孩子。我说你可以回家了,以后注意课堂纪律。结果他又开始笑,不停地笑。这下我有点生气了,我说到底有什么可笑的?就这样我问了他约二十分钟,毫无结果,他光是笑不肯回答。这时候,我们可敬的老太太校长喊我：莫老师，有张戏票你看不看？我问是什么。歌剧《货郎与小姐》，看不看？怎么想起来给我，您不去吗？她说她非常想去，可是刚刚接到教育局的电话有个紧急会议要她去参加，看不成了，你看不看？我说好吧我看。以后的事情我都说过了。

## 十五

之后我出院了。医院离家不远。我坐在轮椅里，二老双亲轮换着推我在街上走。杨树又已垂花，布谷鸟在晴朗的天上"好苦好苦"地叫得悠远，给人隔世之感。风吹鸟啼，渐悄渐杳，又听得有人喊我，莫非，莫非！是莫非么？我说没错儿是我。大学时的一个女同学站到我面前。怎么，莫非你怎么在这儿？我说依你看我应该在哪儿？你不是出国留学去了吗？你这是怎么了？我说你问我，你让我去问谁？她睁大了眼睛，她好像才注意到我的两条腿：这是怎么弄的？我说这很简单，再容易不过了。她脸红一下，在上大学时我常对她这么说，在她经常解不出一道数学题的当儿。母亲又忍不住落泪，拉了父亲站到远处去。五个包子的问题，我说，或者一个茄子。我便把事情的经过简要地告诉她。她说真是真是，唉——！我说我们必须承认这是命。她说，莫非你别这么想，莫非你要坚强，她眼泪汪汪的，莫非你要活下去。

遥远的姐姐来信也是这么说：你要活下去。谁也没说活下去是指活到什么时候，想必是活到死，可有谁不是活到死的呢？姐姐说，别担心，姐姐有一个窝头就有四分之一是你的（另外三个四分之一分别是姐姐、姐夫和小外甥的）。可我担心的是比窝头更重要的一些事，在活到死这一漫长的距离内有一些更重要的东西，那是贤惠的姐姐无法给我的。所以后来我就写写小说。所以后来女记者采访我的时候，我说是万般无奈沦落至此。如同落草为寇。

## 十六

多年以来我一直暗自琢磨,那个后排靠窗户坐的学生为什么突然笑起来没完?那是我命运的转折点。那孩子智商肯定偏低,但他笑得那么莫测高深,恰似命运的神秘与深奥。孩子的眼睛或许真有超凡的洞察力?不知道他在那一刻看见了什么。我想我要是能把他当时的笑态准确地画下来,我就能向各位展示命运之神的真面目了。

若不是那神秘的笑,我便不可能在那天晚上有一场《货郎与小姐》的歌剧票,我莫非博士今天已是衣锦还乡功成名就老婆孩子一大堆了。

## 十七

在那艰难岁月,我喜欢上了睡觉。我对睡觉寄予厚望,或许一觉醒来局面会有所改观:出一身冷汗,看一眼月色中卧室的沉寂,庆幸原是做了一场噩梦,躺在被窝里心嘣嘣跳,翻个身蹬蹬腿庆幸那不过是个噩梦,然后月亮下去,路灯也灭了闹钟也叫了,起床整理行装,走到街上空气清新,赶往飞机场还去赶我的那次班机……

应该说会做噩梦的人是世上最幸福的人,因为可以醒来,于是就比不会做噩梦的人更多了幸福感。

在那些岁月,我每每醒来却发现,我做了一个想从噩梦中醒来的美梦。做美梦是最为坑人的事,因为必须醒来。

要么从噩梦中醒来,要么在美梦中睡去,都是可取的。可在我,这事恰恰相反。

躺倒两年后,我开始写小说,为了吃,为了喝,为了穿衣和住房,还为了这行当与睡觉有异曲同工之妙,而且比睡觉多着自由——想从噩梦中醒来就从噩梦中醒来,想在美梦中睡去就在美梦中睡去,可以由自己掌握。同是天涯沦落人,浪迹江湖之上,小说与我相互救助度日,无关谦虚之事。

## 十八

终于有一天我又见到了我的那个学生,那个一向被我认为智商不高的学生。他在一本刊物上见了我的小说,便串联起一群当年的同学来看我。孩子们都长大了,胡子拉碴的,有两个正准备结婚。大家在一起回忆往事,说说笑笑很是快活。学生们提议,为莫老师成了作家,干杯!我这才想起问问那个学生,你那天为什么笑个没完呀?他仍羞羞怯怯推说不为什么。我换个问法,我说你看见了什么?他说,一只狗。一只狗?一只狗值得你那么笑吗?他说那只狗,说到这儿他又笑起来笑得不可收拾,但他终于忍住笑镇定了一下情绪,他毕竟是长大了,他说,那只狗望着一进学校大门正中的那条大标语放了个屁。大家都说他瞎胡编。他说我就知道说出来你们都不会信,反正那只狗确实是放了个屁,我听见的我看见的,很响但是发闷。大家还是不全信,说他有可能听错了。他便问我,莫老师您信吗?我没听错真的我没听错,确实是因为那个狗屁莫老师您信吗?

过了很久我说我信。我看那孩子的神情像个先知。

## 十九

如今当我做任何一件事情的时候,我都听见那声闷响仍在轰鸣。它遍布我的时空,经久不衰,并将继续经久不衰震撼莫非的一生。

为什么为什么为什么？为什么要有这一声闷响？

不为什么。

上帝说世上要有这一声闷响，就有了这一声闷响，上帝看这是好的，事情就这样成了，有晚上有早晨，这是第七日以后所有的日子。

一九八七年八月二十七日

# 老屋小记

## 一　年龄的算术

年龄的算术,通常用加法,自落生之日计,逾年加一;这样算我今年是四十五岁。不过这其实也就是减法,活一年扣除一年,无论长寿或短命,总归是标记着接近终点;据我的情况看,扣除的一定是多于保留的了。孩子仰望,是因为生命之囤满得冒着尖;老人弯腰,是看囤中已经见底。也可以用除法,记不清是哪位先哲说过:人为什么会觉得一年比一年过得快呢?是因为,比如说,一岁之年是你生命的全部,而第四十五年只是你生命的四十五分之一。还可以是乘法,你走过的每一年都存在于你此后所有的日子里,在那儿不断地被重新发现、重新理解,不断地改变模样,比如二十三岁,你对它有多少新的发现和理解你就有多少个二十三岁。

二十三岁时我曾到一家街道生产组去做工,做了七年。——这话没有什么毛病:我是我,生产组是生产组,我走进那儿,做工,七年。但这是加法或减法。若用除法乘法呢,就不一样。我更迷恋乘法,于是便划不清哪是我,哪是那个生产组,就像划不清哪是我哪是我的心情。那个小小的生产组已经没有了,那七年也已消逝,留下来的是我逐年改变着的心情,和由此而不断再生的那几间老屋,那些年月以及那些人和事。

## 二　到老屋去

那是两间破旧的老屋,和后来用碎砖垒成的几间新房,挤在密如罗网的小巷深处,与条条小巷的颜色一致,芜杂灰暗,使天空显得更蓝,使得飞起来的鸽子更洁白。那儿曾处老城边缘,荒寂的护城河水在那儿从东拐向南流;如今,城市不断扩大,那儿差不多是市中心了。总之,那个地方,在这辽阔的球面上必定有其准确的经纬度,但这不重要,它只是在我的心情里存在、生长,一个很大的世界对它和对我都不过是一个悠久的传说。

我想去那儿,是因为我想回到那个很大的世界里去。那时我刚在轮椅上坐了一年多,二十三岁,要是活下去的话,料必还是有很长久的岁月等着我。V告诉我有那么个地方,我说我想去。V和我在一条街上住,也是刚从插队的地方转回来,想等一份称心的工作,暂时在那生产组干着。我说我去,就怕人家不要。V说不会,又不是什么正式工厂,再说那儿的老太太们心眼儿都挺好。父亲不大乐意我去,但闷闷地说不出什么,那意思我懂:他宁可养我一辈子。但是"一辈子"这种东西,是要自己养的,就像一条狗,给别人养了就是别人的。所有正式的招工单位见了我的轮椅都害怕,我想万万不可就这么关在家里并且活着。

我摇着轮椅,V领我在小巷里东拐西弯,印象中,街上的人比现在少十倍,鸽哨声在天上时紧时慢让人心神不定。每一条小巷都熟悉,是我上小学时常走的路,后来上了中学,后来又去"串联"又去"插队"又去住医院……不走这些路已经很久。过了一棵半朽的老槐树是一家有汽车房的大宅院,过了大宅院是一个小煤厂,过了小煤厂是一个杂货店,过了杂货店是一座老庙,很长很长的红墙,跟着红墙再往前去,我记得有一所著名的监狱。V停了步,说到了。

我便头一回看见那两间老屋:尘灰满面。屋门前有一块不大的空场,就是日后盖起那几间新房的地方,秋光明媚,满地落叶金黄,一群老太太正在屋前的太阳地里劳作,她们大约很盼望发生点儿什么格外的事,纷纷停了手里的活儿,直起腰,从老花镜的上缘挑起眼睛看我。V"大妈,大婶"地叫了一圈儿,又仰头叫了一声"B大爷"。房顶上还蹲着一个老头,正在给漏雨的屋顶铺沥青。

"怎么着爷们儿?来吧!甭老一个人在家里憋闷着……"B大爷笑着说,露出一嘴残牙。他是说我。

## 三 D的歌

应该有一首平缓、深稳又简单的曲子,来配那两间老屋里的时光,来配它终日沉暗的光线,来配它时而的喧闹与时而的疲倦。或者也可以有一句歌词,一句最为平白的话,不紧不慢地唱,反反复复地唱,便可呈现那老屋里的生活,闻见它清晨的煤烟味,听见它傍晚关灯和锁门的轻响。

我们七八个年轻人占住老屋的一角,常常一边干活儿一边唱歌。七年中都唱过些什么,记不住也数不清。如今回想,会唱的歌中,却找不出哪一句能与我印象中那老屋里缓缓流动的情绪符合。能够符合它的只应当是一句平白的话,平白得甚至不要有起伏,唯颤动的一条直线,短短的,不断地连续。

这样一句话似乎就在我耳边,或者心里,可一旦去找它却又飘散。

到这儿来的年轻人,有些是像V那样等着分配更好的工作的,有些则跟我一样,或轻或重地有着一份残疾。健康的一拨一拨地来了又一拨一拨地走了,残疾的每次招工都报名,但报名与落榜的次数相等。

D的嗓音并不亮,但音域宽,乐感好,唱什么是什么。D只是一条腿有点瘸,但除了跑不快,上树上房都不慢。"文革"已到后期,电影院里开始放映一些外国影片了,那里面的音乐和插曲让D着迷。《桥》哇,《流浪者》呀,《瓦尔特保卫萨拉热窝》,还有后来的《追捕》、《人证》,D一律都看八九遍。《拉兹之歌》、《丽达之歌》、《草帽歌》,D都能用"外语"唱,嘀里嘟噜咿咿呜呜——D说:保证没错儿,不信咱再去看一遍。小T就笑。小T一边梳辫子一边说:"哇老天,您这可是哪国语呀,什么意思知道不?"D一脸不屑:"操心操心,你管它什么意思干吗?"小T说:"不知道什么意思就瞎唱!"D故做惊讶状:"嘿,我说小T,你平时可不笨,长得也挺好,咋不懂音乐呢?音乐!用不着他妈的什么意思。"小T红了脸:"音乐就音乐,你管我长得好不好呢?"小T的话里露出几分满足。

小T长得漂亮,自己知道,也知道别人知道。小T也爱打扮,不过在那年月里也真可谓"英雄无用武之地",无非是把毛衣拆了织、织了拆,变出些大同小异的花样,或者刻意让衬衫的领子从工作服上面鲜艳夺目地翻出来。但那在翻滚着灰色和蓝色的老屋里和小街上,毕竟是一点新意。

D不光能唱,那些外国电影中的台词他差不多都能背诵。碰上哪天心里不痛快,早晨一来他就开戏,谁也不理,从台词到音乐一直到声响效果,全本儿的戏,不定哪一出。"空气在颤抖,仿佛天空在燃烧……"(语出《瓦尔特保卫萨拉热窝》)"看呀,天空多么蓝啊,往前走,对,往前走不要朝两边看……"(语出《追捕》)"那儿就你一个人吗?""不,还有它。""谁?""死神。"(语出《爆炸》)"俄罗斯是农民的国家,没有城市也能活……""啊,你描绘了一幅多么可怕的图画……"(语出《列宁在一九一八》)可惜我记不住那么多了。

组长 L 大妈冲 D 喊:"你整天这么演电影儿可不行,还干活儿不干?"

"你瞧我手底下闲着了吗?革命生产两不误嘛。"

"你影响别人!"

"谁?死神吗?""滚,没人跟你贫嘴!想干就干,不想干回家!"

"啊,您描绘了一幅多么可怕的图画……"D 把画笔往 L 大妈跟前一拍,"中国是人民的国家,不画这些臭画儿也能活!"

"好小子,有种的你走!你怎么不走呀?"

D 跷起二郎腿,闭起眼睛唱歌:"妈妈~,杜哟瑞曼巴~得噢斯绰哈特~哟~给喂突密~?"(Mama, do you remember, the old straw hat you gave to me?)

L 大妈冲大伙喊:"都干活儿,谁也甭理他!"

老屋里静下来,只有 D 的歌声"……我看这世界像沙漠,四处空旷无人烟,我和任何人都没来往,都没来往……"轻轻地有些窃笑。有几个老太太忍不住笑出声,劝 D:"算了吧,别怄气,都挺不容易的,干吗呀这是?快,快干活儿。"D 说一声"别打岔",歌声依旧,一首又一首唱得陶醉,仿佛是他的独唱音乐会。L 大妈脸上红一阵白一阵。天窗上漏下一道阳光,在昏暗的老屋里变换着角度走,灿烂的光柱里飘动着浮尘和

D悠缓的歌声……阳光渐渐移在D的身上,柔和宁静,仿佛舞台灯光,应该再有一阵阵掌声才像话。

近午歌声才停。D走到L大妈跟前,拿过画笔,坐回到自己桌前干活。

L大妈追过来:"这就完啦?你算人不算?"D不抬头:"好男不跟女斗。"

"什么?小兔崽子,你说什么?!"L大妈气昏。

D慌忙起立,赔笑道:"不不不,我是说,法律不承认良心,良心也不承认法律。"(《流浪者》台词)

L大妈把画笔摔得满地,坐在门槛上一把鼻涕一把泪地哭诉,说她这可是图的什么?每月总共多拿两块钱,操心劳神还挨骂,可真是犯不上。如是等等。"是我不愿意你们青年人都分配上个好工作吗?跟我闹脾气顶他娘个屁用!不信你们就问问去,哪回招工的来了我不是挨个儿给你们说好话……"

## 四　外汇

老太太们盼望着这个小生产组能够发达,发展成正式工厂,有公费医疗,一旦干不动了也能算退休,儿孙成群终不如自己有一份退休金可靠。她们大多不识字,五六十岁才出家门,大半辈子都在家里侍候丈夫和儿女。

我们干的活倒很文雅:在仿古的大漆家具上描绘仕女佳人,花鸟树木,山水亭台……然后在漆面上雕刻出它们的轮廓、衣纹、发丝、叶脉……再上金打蜡,金碧辉煌地送去出口,换外汇。

"要人家外国钱干吗呢,能用?"A老太太很有些明知故问的意思,扫视一周,等待呼应。

"给你没用,国家有用。"G大婶搭腔,"想买外国东西,就得用外国钱。"

"外国钱就外国钱吧,怎么叫外汇?"

"干你的活儿呗老太太——！知道那么多再累着。"

"我划算,外汇真要是那么难得,国家兴许能接收咱这厂子……"

老太太们沉默一会儿,料必心神都被吸引到极乐世界般的一幅图景中去了。

"哎,对了,U师傅,您应当见过外汇?"

于是,最安静的一个角落里响起一个轻柔的声音:"外汇是吗？哦,那可有很多种哪,美元、日元、英镑、法郎、马克……我也并不都见过。"这声音一板一眼字正腔圆,在简陋的老屋里优雅地漂浮,怪怪的,很不和谐,就像芜杂的窄巷中忽然闪现一座精致的洋房,连灰尘都要退避。"对呀对呀,纸币,跟人民币差不多……对呀,是很难得,国家需要外汇。"

这回沉默的时间要长些,希望和信心都在增长。

可是A老太太又琢磨出问题了:"咱们买外国东西用外国钱,外国买咱的东西不是也得用中国钱吗？那您说,咱这东西可怎么换回外汇来呢?"

"不,"U师傅细声地笑一下,"外国人买咱们的东西要付外汇。"

"那就不对了,都用他们的钱,合着咱的钱没用?"

U师傅光是笑,不再言语。

很多年以后,我在一家五星级饭店里看见了那样几件大漆的仿古陈设:一张条案、几只绣墩、一堂四扇屏风。它们摆布在幽静的厅廊里,几株花草围伴,很少有人在它们跟前驻足,唯独我一阵他乡遇故知般的欣喜。走近细看,不错,正是那朴拙的彩绘和雕刻,一刀一笔都似认得。我左顾右盼,很想对谁讲讲它们,但马上明白,这儿不会有人懂得它们,不会有人关心它们的来历,不会再有谁能听见那一刀一笔中的希望与岑寂。我摸摸那屏风纤尘不染的漆面,心想它们未必就是出自那两间老屋,但谁知道呢,也许这正是我们当年的作品。

## 五　兰子

冬天的末尾。冻土融化,变得温润松软时,B大爷在门前那块空场上画好一条条白线,砖瓦木料也都预备齐全,老屋里洋溢着欢快的气氛。但阵阵笑声不单是因为新屋就要破土动工,还因为B大爷带来的"基建队"中有个傻子。

"嘿,三子,什么风把你刮来了?"

"你们这儿不是要盖房吗?"

"嗬,几天不见长出息了怎的,你能盖得了房?"

三子愧怍地笑笑:"这不是有B大爷吗?"

三子?这名儿好耳熟。我正这么想着,他已经站到我跟前,并且叫着我的名字了。"喂,还认得我吗?"他的目光迟滞又迷离。

"噢……"我想起来了,这是我的小学同学,可怎么这样老了呢?驼背,而且满脸皱纹。"你是王……"

"王……王……王海龙。"他一脸严肃,甚至是紧张。

又有人笑他了:"就说'三子'多省事!方圆十里八里的谁不知道三子?未必有谁能懂得'王海龙'是什么东西。"

三子的脸红到耳根,有些喘,想争辩,但终于还是笑,一脸严肃又变成一脸愧怍,笑声只在喉咙里"哼哼"地闷响。

我连忙打岔:"多少年了呀,你还记得我?"

"那我还能不记得？你是咱班功课最棒的。"

众人又插嘴说："那,最孬的是谁呢？""小学上了十一年也没毕业的,是谁呢？""俩腿穿到一条裤腿里满教室跳,把新来的女老师吓得不敢进门,是谁？"

"我——！妈了个X的,"三子猛喊一声,但怒容只一闪,便又在脸上化作歉疚的笑,随即举臂护头做招架的姿势。

果然有巴掌打来,虚虚实实落在三子头上。

"能耐你不长,骂人你倒学得快！"

"这儿都是你大妈大婶,轮得上你骂人？"

"三子,对象又见了几个啦？"

"几个哪儿够,几打了吧？"

"不行。"三子说。

"喂喂——说明白了,人家不行还是咱们不行？"

"三子！"B大爷喊,"还不快跟我干活儿去？这群老'半边天'一个顶一个精,你惹得起谁？"

B大爷领着三子走了,甩下老屋里的一片笑骂。

B大爷领着三子和V去挖地基,还有个叫老E的四十多岁的男人。三子一边挖土一边念念叨叨地为我叹息："谁承想他会瘫了呢？唉,这下他不是也完了？这辈子我跟他都算完了……"V听了就呲得三子："你他妈完了就完了吧,人家怎么完了？再胡说留神我抽你！"三子便半天不吭声,挂着锹把低头站着。B大爷叫他,他也不动,B大爷去拽他,他慌忙抹了一把泪,脸上还是歉意的笑。——这些都是后来B大爷告诉我的。

## 六　春天

三子的话刺痛了我。

那个二十三岁、两腿残废的男人,正在恋爱。他爱上了一个健康、漂亮又善良的姑娘。健康,漂亮,善良——这几个词太陈旧,也太普通了,但我没有别的词给她。别的词对于她都嫌雕琢。别的词,矫饰、浮华,难免在长久的时光中一点点磨损掉。而健康,漂亮,善良,这几个词经历了千百年。

属于那个年轻的恋爱者的,只有一个词:折磨。

残疾已无法更改,他相信他不应该爱上她,但是却爱上了,不可抗拒,也无法逃避,就像头上的天空和脚下的土地。因而就只有这一个词属于他:折磨。并不仅因为痛苦,更因为幸福,否则也就没有痛苦也就没有折磨。正是这爱情的到来,让他想活下去,想走进很大的那个世界去活上一百年。

他坐在轮椅上吻了她,她允许了,上帝也允许了。他感到了活下去的必要,就这样就这样,就这样一百年也还是短。那时他想,必须努力去做些事,那样,或许有一天就能配得上她,无愧于上帝的允许。偷偷地但是热烈地亲吻,在很多晴朗或阴郁的时刻如同团聚,折磨得到了报答,哪怕再多点儿折磨这报答也是够的。

但是总有一块巨大的阴影,抑或巨大的黑洞——看不清它在哪儿,但必定等在未来。

三子的话,又在我心里灌满了惶恐和绝望。一个傻人的话最可能是真的。

杨树的枝条枯长、弯曲,在春天最先吐出了花穗,摇摇荡荡在灰白的天上。我摇着轮椅,毫无目的地走。街上车水马龙人流如潮,却没有声音——我茫然而听不到任何声音,耳边和心里都是空荒的岑寂。我常常一个人这样走,一无所思,让路途填塞时间。劳累有时候能让心里舒畅、平静,或者是麻木。这一天,我沿着一条大道不停地摇着轮椅,不停地摇着,不管去向何方,也许我想看看我到底有多少力气,也许我想知道,就这么摇下去究竟会走到哪儿。

夕阳西坠时,看见了农田,看见了河渠、荒冈和远山,看见了旷野上的农舍炊烟。这是我两腿瘫痪后第一次到了城市的边缘。绿色还很少,很薄,裸露的泥土占了太重的比例,落霞把料峭的春风也浸染成金黄,空幻而辽阔地吹拂。我停下车,喝口水,歇一会。闭上眼睛,世界慢慢才有了声音:鸟儿此起彼落的啼鸣……

农家少年的叫喊或者是歌唱……远行的列车偶尔的汽笛声……身后的城市"隆隆"地轰响着,和近处无比的寂静……但是,我完了吗?如果连三子都这样说,如果爱情就被这身后的喧嚣湮灭,就被这近前的寂静囚禁,这个世界又与你何干?

睁开眼,风还是风,不知所来与所去,浪人一样居无定所。身上的汗凉了,有些冷。我继续往前摇,也许我想:摇死吧,看看能不能走出这很大的世界……

然后,暮色苍茫中,我碰上了一个年轻的长跑者。

一个天才的长跑家——K。K在我身旁收住脚步,愕然地看着我,问我这是要到哪儿去?我说回家。他说,你干吗去了?我说随便走走。他说你可知道这是哪儿吗?我摇摇头。他便推起我,默默地跑,朝着那座"隆隆"轰响的城市,那团灯火密聚的方向……

## 七　长跑者

想起未开放的年代,一定会想起K,想起他在喧嚣或寂静的街道上默默奔跑的形象。也许是因为,那个年代,恰可以这孤独的长跑为象征、为记忆、为诉说吧。

K因为在"文革"中出言不慎,未及成年就被送去劳改,三年后改造好了回来,却总不能像其他同龄人一样有一份正式工作。所谓"改造好了",不过是标明"那是被改造过的"(就像是"盗版"的),以免与"从来就好的"相混淆。这样,K就在街道生产组蹬板车。蹬板车之所得,刚刚填平蹬板车之所需。力气变成钱,钱变成粮食,粮食再变成力气,这样周而复始。我和K都曾怀疑上帝这是什么意图。K便开始了长跑,以期那严密而简单的循环能有一个漏洞,给梦想留下一点可能。K以为只要跑出好成绩,他就可以真正与别人平等,或者得一份正式工作,或者再奢侈些——被哪个专业田径队选中。

K推着我跑,灯火越来越密,车辆行人越来越多……K推着我跑,屋顶上的月亮越来越高,越来越小,星光越来越亮越来越辽阔……K推着我跑,"隆隆"的喧嚣慢慢平息着,城市一会比一会安静……万籁俱寂,只有K的脚步声和我的车轮声如同空谷回音……K推着我跑,在我的印象中一直就没有停下,一直就那样沉默着跑,夜风扑面,四周的景物如鬼影幢幢……也许,恰恰我俩是鬼(没有"版权"而擅自"出版"了),穿游在午夜的城市,穿游在这午夜的千万种梦境里……

K是个天才长跑家。他从未受过正规训练,只靠两样天赋的东西去跑:身体和梦想。他每天都跑两三万米,每天还要拉上六七百斤的货物蹬几十公里路,其间分三次吃掉两斤粮食而已。生产组的人都把多余的粮票送给他。谈不上什么营养,只临近大赛的那一个月,他才每天喝一瓶牛奶,然后便去与众多营养充足、训练有素的专业运动员比赛。年年的"春节环城赛"我都摇着轮椅去看他跑。年年他都捧一个奖杯或奖状回来,但仅此而已,梦想还是梦想。多少年后我和 K 才懂了那未必不是上帝的好意相告:梦想就是梦想,不是别的。

有个十三四岁的男孩要跟 K 学长跑,从未得到过任何教练指点的 K 便当起了教练。

后来,这男孩的姐姐认识了 K,爱上了 K,并且成了 K 的妻子——那时 K 仍然在拉板车,在跑,在盼望得到一份正式工作,或被哪个专业田径队选中。

热恋中的 K 曾对我说过一句话。他说他很久以来就想跟我说这句话了。他说:"你也应该有爱情,你为什么不应该有呢?"我不回答,也不想让他说下去。但是他又说:"这么多年,我最想跟你说的就是这句话了。"我很想告诉他我有,我有爱情,但我还是没有告诉他,我很怕去看这爱情的未来。那时候我还没能听懂上帝的那一项启示:梦想如果终于还是梦想,那也是好的,正如爱情只要还是爱情,便是你的福。

## 八　U 师傅

U 师傅有什么梦想吗?U 师傅会有怎样的梦想呢?

U 师傅的脚落在地上从来没有声音,走在深深的小巷里形单影只,从不结群。U 师傅走进老屋里来工作,就像一个影子,几乎不被人发现。"U 师傅来了吗?"——如果有人问起,大家才往她的座位上望,看见一个满头乌发身材颀长的老女人,跟着听见一声如少女般细声细气的回答——"来了呀。"

我初来老屋之时,听说她已经有五十岁——除非细看其容颜,否则绝不能信。她的身段保持得很好,举手投足之间会令人去想:她必相信可以留住往昔,或者不信不能守望住流去的岁月。无论冬夏,她都套一身工作服,领口和袖口的扣子都扣紧。她绝不在公用的水盆中洗手,从不把早点拿来老屋吃。她来了,干活;下班了,她走。实在可笑的事她轻声地笑,问到她头上的话她轻声回答,回答不了的她说"真抱歉,我也说不好",令她惊讶的事物她也只说一声"哟,是嘛"。

"U师傅,您给大伙说两句外国话听听行不行?"

"不行呀,"她说,"都快忘光了。"

小T说:"U师傅,您听D唱的那些嘀里嘟噜的是外语吗?"

她笑笑,说:"我听不懂那是什么语。"

小T便喊D:"嘿,你听见没有,连U师傅都听不懂,你那叫外语呀?"

D走到U师傅跟前,客客气气地弓身道:"有阿尔巴尼亚语,有南斯拉夫语,有朝鲜语,还有印度语。"

"哟,是吗?"U师傅笑。

"U师傅,我早就想请教您了,您说'杜哟瑞曼巴'是什么意思?"

"你说的大概是 do you remember,意思是,'你还记得吗'?"

"哎哟喂,神了。"D挠挠头,再问,"那'得噢斯绰哈特'呢?"

U师傅认真地听,但是摇头。

"一个草帽,是吗?"

"草帽？噢，大概是 the old straw hat,'那个旧草帽',是吗？"

"'哟给喂突密'呢？"

"You gave to me,就是'你给我'。哦,这整句话的意思应该是,'妈妈,你还记不记得你给我的那个旧草帽'。"

D点头咋舌,跷着大拇指在老屋里走一圈,回到自己的座位上去。

小T快乐得手舞足蹈:"哇,老天,D哥们儿这回栽了吧?"

D不理小T,说:"U师傅,我真不明白,您这么大学问可跟我们一块儿混什么?"

L大妈的目光敏觉地投向U师傅,在那张阻挡不住地要走向老年的脸上停留一下,又及时移开:"D,干你的活儿吧,说话别这么没大没小的!"

听说U师傅毕业于一所名牌大学的西语系,听说U师傅曾经有过很好的工作,后来生了一场大病,病了很多年工作也就没了。听说U师傅没结过婚,听说不管谁给她介绍对象她都婉言谢绝。

U师傅绝对是一个谜。老屋里寂寞的时刻,我偶尔偷眼望她,不经意地猜想一回她的故事。我想,在那五十几年的生命里面必定埋藏着一个非凡的梦想,在那优雅、平静的音容后面必定有一个牵魂动魄的故事。但是她的故事守口如瓶,就连老屋里的大妈大婶们也分毫不知,否则肯定会传扬开去。

应该是一个爱情故事,一个悲剧。应该是一份不能随风消散、不能任岁月冲淡的梦想,否则也就谈不上悲剧。应该并不只是对于一个离去的人,而是对于一份不容轻掷的心血,否则那个人已经离开了你,你又是甘心地守望着什么呢?等待他回来?我宁愿不是这样一个通俗的故事。如果他不回来

（或不可能再回来），守望，就一定是荒唐的吗？不应该单单去猜测一种现实——何况她已经优雅而平静地接受了别人无法剥夺的：爱情本身。她优雅、平静但却不能接受的是：往日的随风消散。是呀，那是你的不能消散的心的重量，不能删减的魂的复杂，不能诉说的语言绝境，不能忘记的梦之神坛或大道。

到底是怎样一个故事并不重要。

有一次小T去U师傅家回来（小T是老屋唯一去过U师傅家的人），跟我们说："哇，老天！告诉你们都不信，U师傅家真叫讲究喂，净是老东西。"

D说："有比L大妈还老的东西？"

小T说："我是说艺术品，字画，瓷器，还有太师椅呢。"

D说："太湿，怎么坐？"

小T说："你们猜U师傅在家里穿什么？旗袍！哇，老天，缎子的，漂亮死了！头发挽成髻，旗袍外面套一件开身绣花的毛坎肩，哇，老天，她可真敢穿！屋里屋外还养了好多好多花……"U师傅的梦想具体是什么，也不重要。

## 九　B大爷

B大爷七十多岁了。砌砖和泥、立柱架梁、攀墙上房，他都还做得。察领导之言、观同僚之色，他都老练。审潮流之时、度朝政之势，他都自信有过人之见——无非是"女人祸国"的歪论、"君侧当清"的老调。B大爷当过兵打过仗，枪林弹雨里走过来，竟奇迹般没留下一点伤残。不过他当的既非红军，亦非八路，也不是解放军。他说他跟"毛先生"打过仗。

"哪个毛先生？"

"毛主席呀,怎么了?"

"哎哟喂B大爷子!毛主席就是毛主席,能瞎叫别的?"

"不懂装懂不是?'先生'是尊称,我服气他才这么叫他。当年我们追得毛先生满山跑,好家伙,陈诚的总指挥,飞机大炮的那叫狂,可追来追去谁知道追的是师傅哇?论打仗,毛先生是师傅,教你们几招人家还未准有工夫呢,你们倒他妈不依不饶地追着人家打?作死!师傅就是先生,'先生'是尊称,懂不?"

"满山跑?什么山?"

"井冈山呀?怎么着,这你们又比我懂?"

"哪里哪里,你是师傅,啊不,先生。"

"噢嗬,不敢当,不敢当。"B大爷露出一嘴残牙笑。

他当过段祺瑞的兵,当过阎锡山的兵,当过傅作义的兵,当过陈诚的兵。

"那会儿不懂不是?"B大爷说,"心想当兵吃粮呗,给谁当还不一样?就看枪子儿找不找你的麻烦。饥荒来了,就出去当两天兵,还能帮助家里几个钱。年景好了就溜回来,种地,家里还有老娘在呢。唉,早要是明白不就去当红军了?"

"您当兵,也抢过老百姓?"

"苍天在上,可不敢。冲锋陷阵,闹着玩的?缺德一点儿枪子儿也找你。都说枪子儿不长眼,瞎说,枪子儿可是长眼。当官儿的后头督着,让你冲,你他妈还能想什么?你就得想咱一点儿昧良心的事儿没有,冲吧您哪。不亏心,没事儿,也甭躲,枪子儿知道朝哪儿走。电影里那都是瞎说。要是心虚,躲枪子儿,哪能躲得过来?咣当,挺壮实的一条汉子转眼就完了。我四周躺下过多少呀!当了几回兵,哪回我娘也没料着我能囫囵着回来。我说,娘,你就信吧,人把心眼儿搁正了,枪子儿绕着你走。"

"B先生,枪子儿会拐弯儿吗?"

"会,会拐弯儿。"

你惊讶地看着B大爷,想笑。B大爷平静地看着你,让你无由可笑。B大爷仿佛在回忆:某个枪子儿是怎样在他眼前漂漂亮亮地拐了弯儿的。

"这辈子我就信这个,许人家对不起你,不许你对不起人家。"

在基建队,B大爷随时护着三子,不让他受人欺侮。

晚上,三子独自东转西转,无聊了,就还是去B大爷那儿坐坐。

生产组的新车间盖好了,B大爷搬去那两间老屋里住,兼做守卫。木床一张,铺盖一卷,几件换洗的衣裳,最简单的炊具和餐具,一只不离身的小收音机——B大爷说:"这辈子就挣下这几样儿东西,不信上家里瞅瞅去,就剩一个贼都折腾不动的水缸。"

三子到B大爷那儿去,有时醉醺醺的。B大爷说:"甭喝那玩艺儿,什么好东西?"

三子说:"您不也喝?"B大爷说:"我什么时候死都不蚀本儿啦!喝敌敌畏都行。"三子说:"我也想喝敌敌畏。"B大爷喊他:"瞎说,什么日子你也得把它活下来,死也甭愁活也甭怕才叫有种!"三子便愣着,撕手上的老茧,看目光可以到达的地方。

B大爷对旁人说:"三子呀,人可是一点儿不傻,只不过脑子不好使。"

脑子不好使而人并不傻,真是非凡之见。这很可能要涉及艰深的哲学或神学问题。比如说,你演算不出这非凡之见的正确,却能感受到它的美妙。

## 十 浪与水

从老屋往北,再往东,穿过芜杂简陋的大片民居,再向北,就是护城河了。老城尚未大规模扩展的年代,河两岸的土堤上柽柳浓荫、茂草藏人,很是荒芜。河很窄,水流弱小、混浊,河上的小木桥踩上去嘎嘎作响,除去冰封雪冻的季节,总有人耐心地向河心撒网,一网一网下去很少有收获;小桥上的行人驻足观望一阵,笑笑,然后各奔前途。

夏天的傍晚,我把轮椅摇过小桥,沿河"漫步",看那撒网者的执著。烈日晒了一整天的河水疲乏得几乎不动,没有浪,浪都像是死了。草木的叶子蔫垂着,摸上去也是热的。太阳落进河的尽头。蜻蜓小心地寻找露宿地点,看好一根枝条,叩门似的轻触几回方肯落下,再警惕着听一阵子,翅膀微垂时才是睡了。知了的狂叫连绵不断。我盼望我的恋人这时能来找我——如果她去家里找我不见,她会想到我在这儿。这盼望有时候实现,更多的时候落空,但实现与落空都在意料之内,都在意料之内并不是说都在盼望之中。

若是大雨过后,河水涨大几倍,浪也活了,浪涌浪落,那才更像一条地地道道的河了。

这样的时候,更要到河边去,任心情一如既往有盼望也有意料,但无论盼望还是意料,便都浪一样是活的。

长久地看那一浪推一浪的河水,你会觉得那就是神秘,其中必定有什么启示。"逝者如斯夫"?是,但不全是。"你不能两次踏进同一条河"?也不全是。似乎是这样一个问题:浪与水,它们的区别是什么呢?浪是水,浪消失了水却还在,浪是什么呢？浪是水的形式,是水的信息,是水的欲望和表达。浪活着,是水,浪死了,还是水,水是什么？水是浪的根据,是浪的归宿、是浪的无穷与永恒吧。

那两间老屋便是一个浪,是我的七年之浪。我也是一个浪,谁知道会是光阴之水的几十年之浪？这人间,是多少盼望之浪与意料之浪呢？

就在这样的时候,这样的河边,K跑来告诉我:三子死了。

"怎么回事？"

"就在这河里。"

雨最大的时候,三子走进了这条河里,——在河的下游。

"不能救了？"

我和K默坐河边。

河上正是浪涌浪落,但水是不死的。水知道每一个死去的浪的愿望——因为那是水要它们去作的表达。可惜浪并不知道水的意图,浪不知道水的无穷无尽的梦想与安排。

"你说三子,他要是傻他怎么会去死呢？"

没人知道他怎么想。甚至没有人想到过:一个傻子也会想,也是生命之水的盼望与意料之浪。

也许只有B大爷知道:三子,人可不比谁傻,不过是脑子跟众人的不一样。

河上飘缭的暮霭,丝丝缕缕融进晚风,扯断,飞散,那也是水呀。只有知道了水的梦想,浪和云和雾,才可能互相知道吧？

老屋里的歌。应该是这样一句简单的歌词,不紧不慢反反复复地唱:不管浪活着,还是浪死了,都是水的梦想……

一九九五年秋

## 图书在版编目（CIP）数据

秋天的怀念 / 史铁生著.--2版.--北京：华夏出版社，2018.1
（2025.7重印）
ISBN 978-7-5080-9343-7

Ⅰ.①秋… Ⅱ.①史… Ⅲ.①短篇小说-小说集-中国-当代 ②散文集-中国-当代 Ⅳ.①I217.2

中国版本图书馆CIP数据核字(2017)第267175号

## 秋天的怀念

| 作　　者： | 史铁生 |
|---|---|
| 责任编辑： | 王霄翎　刘雨潇 |
| 美术编辑： | 殷丽云 |
| 责任印制： | 刘　洋 |

出版发行：华夏出版社有限公司
经　　销：新华书店
印　　刷：北京汇林印务有限公司
装　　订：北京汇林印务有限公司
版　　次：2018年1月北京第2版
　　　　　2025年7月北京第12次印刷
开　　本：880×1230　1/32
印　　张：9.75
字　　数：203千字
定　　价：49.00元

华夏出版社有限公司　　网址：www.hxph.com.cn
地址：北京市东直门外香河园北里4号 邮编：100028
若发现本版图书有印装质量问题，请与我社营销中心联系调换。
电话：（010）64663331（转）